Stutz

Karel Klostermann

Der Herr Professor

Deutsch von Gerold Dvorak

Stutz

Die Deutsche Bibliothek – CIP-Einheitsaufnahme

Klostermann, Karel:
Der Herr Professor / Karel Klostermann. Dt. von Gerold Dvorak.
- 1. Aufl. - Passau : Stutz, 1999
Eiheitssacht.: Pan Profesor <dt.>
ISBN 3-88849-052-9

Erste Auflage 1999

Texterfassung: Susanne Auberger, Passau
Umschlagfoto und -gestaltung
Rudolf Klaffenböck, Passau
Druckvorbereitung: Retlaw Hüttemann, Ruderting
Printed in the Czech Republic
ISBN 3-88849-052-9

1

»Der neue Professor ist schon angekommen!«

Diese Kunde verbreitete sich mit der Geschwindigkeit eines Lauffeuers im ganzen Städtchen, dessen Namen ich nicht nennen werde, und von dem ich vorläufig nur so viel verrate, daß es im Herzen unseres Böhmerwaldes liegt.* Im Jahre 1869 hatte sich die Gemeinde eine sogenannte unselbständige Realschule mit drei Klassen eingerichtet, welche später, zu Beginn der Siebzigerjahre, in eine Bürgerschule umgewandelt wurde.

Die Stadt, zwar altehrwürdigen Ursprungs, zählte aber nur wenig mehr als zweitausend Einwohner, war Sitz eines Bezirks- und eines Finanzamtes, und es lebte sich darin sehr schlicht und patriarchalisch. Die Ankunft eines neuen Beamten, eines Lehrers oder gar eines kommunalen Professors, stellte eine keineswegs alltägliche Begebenheit dar, sondern etwas sehr Bedeutsames und Wichtiges und fesselte die Aufmerksamkeit und das Denken der gesamten Einwohnerschaft.

Der neue Professor traf also eines schönen Oktoberabends ein, als die Sonne die Gneisfelsen mit einem goldigen Schimmer übergoß, die Wiesen noch grün waren, und die Wälder in allen Farben des Regenbogens prangten.

Die Postkutsche war schwarz-gelb gestrichen, irgendwann vor Zeiten einmal lackiert worden, und bot außer dem Postillion nur noch einer einzigen Person einen Sitzplatz. Als der Herr Professor ausstieg, bildete sich um ihn herum rasch ein ganzer Kreis von Schaulustigen, Männern und Frauen, Alten und Jun-

* Vergleichen Sie dazu die Bemerkungen ab Seite 229.

gen, die ihn gleichsam um die Wette anstarrten. Es kann sein, daß ihm dieses aufdringliche Glotzen zuwider war, es kann auch sein, daß der allgemeine Eindruck, welchen die Stadt auf ihn machte, nicht gerade übermäßig einladend wirkte, kurzum, obwohl er jung war, dieser Herr Professor, sehr fröhlich sah er nicht aus. Nein, er blickte finster drein und ließ nicht die geringsten Anzeichen jener Befriedigung merken, die uns Menschenkindern von den Augen abzulesen ist, wenn wir nach langer, beschwerlicher Reise endlich das Ziel unserer Pilgerfahrt erreicht haben.

Man braucht sich ganz und gar nicht zu wundern, daß das damalige Aussehen der königlich freien Goldbergstadt, um die es sich handelt, nicht so beschaffen war, daß es bei gerade angekommenen Fremden Gefallen erweckt hätte. Im Gegenteil, die Stadt lebte geradezu auf Kriegsfuß mit dem klangvollen Titel, den sie vor längst vergangenen Zeiten verliehen bekommen hatte. Im ganzen Ort gab es keine fünf Gebäude mit roten Ziegeldächern, die Häuser waren durchgehend mit grauen, braunen oder weißlichen Schindeln gedeckt, auf denen dick grünliche oder gelbliche Flechten wuchsen. Die Giebel hatte man mit morschen, schwarzen Brettern vernagelt. Die Häuser standen nicht ordentlich in einer Reihe; die Fassaden wirkten beinahe unmöglich, mit kleinen, drunter und drüber in die Mauern eingelassenen Fenstern, die an die eingefallenen Augen sterbender Kreaturen erinnerten; ein Gewirr von krummen, ungepflasterten, wenig sauberen Gassen und Gäßchen, die keine Namensschilder aufwiesen. Dafür hatte ihnen der Volksmund treffende Bezeichnungen verliehen, die aber keinesfalls so poetisch klangen, daß ein Chronist sie anführen würde, wenn er mit seinem Buch in der guten Gesellschaft keinen Anstoß erregen wollte. Da gab's doch wirklich eine Flohgasse und die schauerliche Leichengasse; da gab's ein Gäßchen, benannt nach den nützlichen Borstentieren, deren Import aus Serbien von unserer Agrar-Lobby verhindert wird. Es existierte noch eine andere kleine Gasse – nein, lieber Leser, es geht nicht – ich kann jenen scheußlichen Namen weder aussprechen noch zu Papier bringen, denn es ist der terminus technicus für die letzte Etappe des physiologischen Stoffwechsels im menschlichen und tierischen Organismus. Nein, ich kann wirklich nicht! – und doch wohnte in eben jenem Gäßchen der damalige Referent für schulische Angelegenheiten, der das gewichtigste Wort im Rat der Stadt hatte.

Weil der neu angekommene Herr Professor das nicht wissen konnte, läßt sich daraus folgern, daß seine schlechte Laune nicht von der besagten Gasse verschuldet worden ist. Damals führten Straßennamen überhaupt noch nicht zu so vielen Streitigkeiten wie in späteren Zeiten, wo sich sogar sehr hochgestellte Herren erregten, denn noch wurden solche Benennungen nicht als Kränkung empfunden. Den Herrn Professor deprimierte vielleicht der Anblick des Marktplatzes, auf dem er gerade der Postkutsche entstiegen war, worüber ich mich ein bißchen wundere. Auf mich hat dieser Marktplatz nämlich nie einen beklemmenden Eindruck gemacht. Im Gegenteil! Ich schwärme für die Damen Fauna und Flora, und das Forum der altehrwürdigen Goldbergstadt hat diese entzückenden Göttinnen in ihrem anmutigen und segensreichen Wirken zu keiner Zeit beeinträchtigt. Da gab es kein eintönig-tristes Steinpflaster, welches das Keimen und Wachsen der verschiedensten üppigen Gräser verhindert hätte. Dort waren weite grünende Flächen entstanden, übersät mit blühendem Löwenzahn, weißen Gänseblümchen, die einen Stich ins Rötliche hatten, und kleinem, gelbem Fingerkraut. Ein Schwarm von Gänsen belebte diese ausgedehnten

Grünflächen und plantschte in den schwarzen Pfützen, die nicht einmal während langer Dürreperioden gänzlich austrockneten, und deren Zu- und Abflüsse höchst interessante hydrographische Rätsel aufgaben. Außerdem trotteten zu bestimmten Tageszeiten größere und kleinere Herden scheckiger Rinder daher, auch Ziegen mit niedlich hüpfenden Geißlein, die geschickt dem ihnen ekligen Wasser auswichen. Dann und wann lieferten sich Hunde lautstarke Kämpfe, hie und da waren streunende Katzen zu sehen und von Abfällen angelockte Ratten; kurzum, ein Leben wie irgendwo im tiefsten Innern Afrikas.

»Wo ist denn hier das Gasthaus ›Zur weißen Rose‹?« fragte der Herr Professor.

Diejenigen, welche die Frage hörten, vermochten nicht gleich zu antworten, sie waren noch viel zu sehr mit Glotzen beschäftigt. Erst als der Ankömmling seine Frage wiederholt hatte, erhoben sich ein Dutzend Hände und zeigten in die Richtung, aus der er gekommen war. Aber es gab keinen Menschen, der sich dazu hätte entschließen können, zur Seite zu gehen, damit der Herr Professor ungehindert die ihn umringende Menge hätte verlassen können. Sie mußten ihn ja schließlich weiter anschauen, mit großer innerer Spannung jede seiner Bewegungen, jedes Augenzwinkern verfolgen. Wahrlich, wenn irgendein Negerhäuptling geradewegs von den Quellen des Nil oder vom Ufer des Kongo die Stadt besucht hätte, er hätte auch kein größeres Aufsehen erregt.

Als sich der Herr Professor doch endlich durch den Ring der Gaffer durchgequetscht hatte, hängte sich der Haufen an ihn an, zu einem dicken Knäuel zusammengedrängt, nicht anders als ein Bienenschwarm, der seiner ausgeflogenen Königin folgt.

Weder mir noch irgendeinem anderen Sterblichen ist klar, was jene Leute an dem Herrn Professor so ungewöhnlich Interessantes sahen. Er war ein junger Mann, an die fünfundzwanzig Jahre alt, nicht besonders groß oder klein, überhaupt kein auffallender Typ. Sein dunkelkastanienbraunes Haar trug er kurz geschnitten, der Schnurrbart, der Backenbart und das Kinnbärtchen, welche sein eher rundliches Gesicht umrahmten, waren von der gleichen Farbe. Er hatte eine ganz gewöhnliche Nase, weder nach oben steigend noch adlerartig, und graue, etwas ins Grünliche spielende Augen. Der starke, gedrungene Körper steckte in einem Anzug ohne jede Besonderheit, weder in der Farbe noch im Schnitt. Lediglich seine Füße, ziemlich groß und, wie es schien, platt in der Sohle, was seinen Gang etwas schleppend machte, wichen zu einem gewissen Grad von der Normalität ab.

Noch ehe er zur ›Weißen Rose‹ gekommen war, eilte eine ältere Dame, heftig schnaufend und prustend, auf Hochtouren laufend, ihm entgegen, geradewegs auf ihn zu. Sie war aus der Straße gekommen, die vom Süden her in den Marktplatz mündet, ziemlich breit ist, aber sehr holprig und steil abfallend. Ihre roten Wangen glühten regelrecht, im halb offenen Mund waren einige gelbliche und schwärzliche Zahnstummel zu sehen, was jedoch den Ausdruck von Gutmütigkeit in ihrem Gesicht nicht beeinträchtigte. Ihr schwarzes Kopftuch war in den Nacken gerutscht, und die Strahlen der Abendsonne, welche schon sehr schräg einfielen, fingen sich in der zerzausten Fülle ihrer grauen Haare und woben silbrig schimmernde Fäden hinein.

Schon aus einer Entfernung von gut vierzig Schritten bis zu dem Ankömmling öffnete sie die Schleusen ihrer Beredsamkeit: »Ach du mein Jesus im Himmel! No, das ist schön! Ihr seids da! Ihr seids doch dieser neue Herr Prefessor, gell? No, das ist ein Wort, schau mal an ...! Und das freut mich, daß Ihr gekommen ... schließlich hat mir schon der Herr Prefessor Horouschek, gell, der, der sich für Ihnen um eine Wohnung gekümmert hat, jaaa, der hat mir schon gesagt, daß Ihr heut' oder morgen ankommts. So, jetzt gehts Ihr also mit mir mit, alles ist schon in Ordnung für Ihnen ...« Es ging nicht anders, sie mußte aufhören, um ihrer Lunge, die vom langen Reden und raschen Gehen leergepumpt war, wieder etwas Luft zukommen zu lassen. Immerhin war sie während ihrer Ansprache bis zu ihm gelangt, fauchend wie eine Lokomotive.

Der Professor war völlig überrascht stehen geblieben.

»No, Ihr kennts mich halt noch nicht,« hob sie erneut an. »Gell, ich bin die Frau Touschek*, der ihr Mann Stadtrat ist, gell. Er hat aufs Feld hinaus müssen, das Stoppelfeld umackern, sonst wär' er auch gekommen, Ihnen begrüßen. Er hält große Stücke auf Bildung und auf die Herren Prefessoren, von dem werdets Ihr Euch bald überzeugen, gell ...« es war unvermeidbar, daß sie wieder ein bißchen unterbrechen mußte, aber wenn sie auch aufgehört hatte, mit dem Mund zu reden, so sprachen doch ihre Finger weiter, die jetzt damit begannen, seine beiden Hände herzlich zu drücken und zu pressen, so lange, bis der Mund wieder an der Reihe war.

»Jaaa, so ist das, gell! Aber jetzt ist's erlaubt, daß ich frag', wo Ihr denn überhaupt eigentlich herkommts? Ihr habts sicherlich eine schrecklich lange Reise hinter Euch und viel aushalten müssen, gell?«

»Ich komme aus Hodonin in Mähren,« antwortete der Professor, der seine Überraschung zu überwinden begann.

»So, so! Aus Hodonin, jaaa, jaa, aus Hodonin,« pflichtete sie ihm bei. Hätte er gesagt, er komme aus Madagaskar, hätte sie ihm ganz genau ebenso zugestimmt. Für sie waren beide Angaben völlig gleichwertig, denn von Hodonin wußte sie ebenso wenig wie von der besagten Insel. Und wenn in ihr überhaupt irgendeine Vorstellung entstand, dann beinhaltete sie bestimmt nichts anderes als eine ungewisse, nebelhafte, weite Ferne. »So, also aus Hodin seids Ihr,« setzte sie ihre Rede fort, »das gefällt mir, das ist schön! Mein Mann wird bestimmt wissen, wo das ist. Wie er Metzgerbursch' gewesen ist, war er viel auf Wanderschaft in der Welt und ist bis irgendwo hinter Ungarn gekommen, nach Winterberg nein, Wirtimberg nennt sich das. Dort leben angeblich Schwaben, und so ist er sicher auch in diesem Hodonin gewesen. Aber jetzt gehen wir, das Abendessen hab' ich schon vorbereitet, weil ich mir gleich gedacht hab', daß Ihr Hunger haben werdets, wenn Ihr von so weit herkommts. Hammelfleisch in saurer Rahmsoße, das wird Ihnen ganz bestimmt sicher gut schmecken, gell?«

Ohne eine Antwort abzuwarten, redete sie fortwährend weiter, sprach von allen möglichen Speisen und der Art, in der sie zubereitet werden müssen. Dabei hielt sie ihn am Arm fest und zog ihn mit unwiderstehlicher Kraft in die Richtung nach Süden, die Straße hinunter, über Steinhaufen, Schlaglöcher und ausgetrocknete Wasserrinnen, deren unbefestigte Ränder an vielen Stellen von größeren und kleineren Rasenstücken eingefaßt waren, die an grüne Inseln erinnerten.

Und die Menge, die sich mittlerweilen an das Paar angehängt hatte, lief wieder hinter ihnen her, laut und unaufhaltsam, wie eine lebende Lawine. Ausrufe und Gelächter waren aus ihrer Mitte zu hören. »Schauts mal! Die Touschek hält ihn schon fest!« – »Bei den Touscheks wird er wohnen!«

Sie kamen in die Gasse, die ›Lange Gasse‹ genannt wird, eine Art von Boulevard, dessen Bild ein paar hölzerne Brunnen charakterisieren. Dort dirigierte ihn Frau Touschek heftig nach rechts. An den Einmündungen irgendwelcher kleiner Nebengasse vorbei, aus denen ein bräunliches Bächlein herausfloß wie aus einer tiefen Schlucht, ging sie mit ihm durch das breite Tor eines hübschen Hauses mit weißem Verputz. Während draußen die Menschenmenge lärmte, aus deren Mitte einige vorwitzige und neugierige Individuen bis in die Toreinfahrt vordrangen, liefen ihnen aus dem dunklen Inneren des Hauses zwei junge Mädchen entgegen. Sie hatten leuchtend rote Backen, blondes Haar, blaue Augen und lachten freundlich. Die eine zählte etwa zwanzig Jahre, die andere knapp sechzehn, beide waren angenehm mollig und beide trugen weiß und rosafarben geblümte, kurze, gewebte Kleider. Die Ältere trug grauweiße Wollstrümpfe und klobige Holzschuhe. Die Jüngere hatte ihre unteren Gliedmaßen nicht derartig verpackt, ihre rosigen Waden leuchteten verteufelt verführerisch unter dem keineswegs pedantisch sauberen Saum ihres Rockes hervor.

»No, da schau her,« beendete Frau Touschek ihren Vortrag über den Stand der Kartoffeln und des Krauts, mit dem sie unterwegs ihren zukünftigen Mieter unterhalten hatte. Der hatte, wie aus seinem Gesichtsausdruck zu folgern war, nicht übertrieben interessiert zugehört. »Also da schau her! – Zuerst werd' ich mal vorstellen, denn diese beiden da sind meine Töchter. Die Ältere da ist das Fräulein Toni, und die andere ist das Fräulein Pepi. Und, Mädeln – dieser da ist der Herr Prefessor, ihr wißts schon, dieser Neue, für den der Herr Prefessor Horouschek die Wohnung verabredet hat.«

Die beiden Mädchen begnügten sich mit einem einigermaßen verlegenen Lächeln, einige Burschen und Frauenspersonen, die sich noch am Tor aufhielten, lachten laut auf, und der Herr Professor, der offensichtlich nur schwer begriff, daß die Tracht der damaligen – keineswegs der heutigen – Fräuleins unter den Bewohnern der königlich-böhmischen, freien Goldbergstadt sich ziemlich stark von der Frauentracht anderer Städte unterschied, riß die Augen weit auf und brummte irgendetwas, was man auf alle möglichen Weisen hätte ausdeuten können, wenn sich jemand darauf eingelassen hätte, das zu analysieren.

Doch die Touschek-Damen analysierten nicht. Ihr Lächeln, anfänglich etwas verlegen, änderte sich im Handumdrehen und wurde zu einem richtigen Lachen, so herzlich, so warm, so ungezwungen, daß es eine Eisscholle zum Schmelzen hätte bringen können. Die Mädchen führten den Herrn Professor über eine schmale Holztreppe nach oben, in den ersten Stock, die Frau Mama strebte ihnen nach, ohne ihren Redefluß zu unterbrechen. Oben angelangt, ging die ganze Gesellschaft in ein geräumiges, frisch geweißtes, sauberes, luftiges, helles Zimmer, das mit schlichtem Mobiliar aus weichem Holz eingerichtet war. In allen Fenstern – vier waren es, von denen zwei zum Boulevard ›Lange Gasse‹ hinausgingen, in der sich die Menge der Gaffer gerade zu zerstreuen begann. Die beiden anderen Fenster öffneten sich in das Gäßchen, dessen Benennung, wie bereits bemerkt, derart heikel ist, daß sie hier nicht angeführt werden kann. Also, alle Fenster waren vollgestellt mit Blumentöpfen voller Pelargonien, Fuchsien, Verbenen u. s. w. Gemütlich war's hier, alles schien vor Lachen zu strahlen, sogar die weißen Vorhänge, genauso wie die freundliche und redselige Frau Touschek und deren zwei hübsche Töchter.

Sie waren kaum eingetreten – dem Professor blieb nicht einmal Zeit, um mit einem flüchtigen Rundblick all das zu erfassen, was da war und ihn einladend anlachte. Nur das gewaltige Bett konnte er mit erstaunten Augen mustern. Fast bis an die Zimmerdecke hinauf waren pralle Federbetten darauf übereinandergetürmt, die in rot-blau gestreiften Bezügen steckten. – Und schon wieder drang ein Durcheinander von Stimmen an seine Ohren, schnarrende und glockenreine Töne, mal piano, mal forte, daß er sich's bequem machen solle, daß hier der Wäscheschrank sei und dort der Kleiderschrank, in den er die Anzüge hängen könne, und wo er überhaupt sein Gepäck habe? – und er antwortete, daß er gar nicht so viele Sachen habe, bloß einen kleineren Koffer, den der Postkutscher nicht hatte annehmen wollen. Aber irgendcin Fuhrmann habe ihn übernommen, in der größeren Stadt, in die er von Prag aus mit dem Stellwagen gefahren sei – damals gab es in ganz Südböhmen noch keine Eisenbahn – und jener Mann habe ihm versprochen, ihm den Koffer noch dieser Tage zu bringen. Ein noch kleinerer Koffer sei auf der Poststation geblieben. Den wolle er sich holen, weil er darin die allernotwendigsten Sachen habe.

Weiter kam er nicht. Das wär' ja noch schöner, erklärten einstimmig die Frau Mama und die beiden Fräuleins, daß er gehen sollte! »Der Lehrbub geht dorthin, und zwar gleich!« Dieses ›gleich‹ hatte jedoch keine Eile, denn weder die Frau Mutter noch eine der Töchter machten sich daran, die Ausführung in Angriff zu nehmen, was er nicht gerade wohltuend empfand, da er sich schon nach einem gründlichen Waschen und nach frischer Kleidung sehnte. Ganz im Gegenteil – alle drei Damen redeten wieder durcheinander, und eine Flut von Fragen ergoß sich über ihn. Es waren ihrer so viele, daß er es nicht einmal geschafft hätte, auch nur ein Zehntel davon zu beantworten. Das verlangte übrigens niemand von ihm, die Damen waren es anscheinend gewöhnt, für den Redefluß zu sorgen, das Zuhören dagegen anderen zu überlassen.

»Verpflegen lassen könnens Ihnen bei uns auch,« sagte Frau Touschek, »und ich garantier' Euch dafür, daß Ihr's besser haben werdets als im Gasthaus. Übrigens, ganz wie's Euch beliebig sein wird, Herr Prefessor, gell? Mein Mann ist Metzger, und Fleisch gibt's bei uns im Haus immer genug. Der Stall ist voller Viecher, und fünfundfünfzig Tagwerk Grund* haben wir. Um Brot, Kartoffeln, Kraut und Rüben schaut's bei uns nie schlecht aus. Gell, Not ist keine bei uns, davor beschütze uns der Herrgott! Das wär' ja noch schöner, wenn bei uns Not wär'! – Dreizehn Gulden wären für alles monatlich zu zahlen: Am Morgen zum Frühstück Kaffee mit Rahm – wir haben sehr guten Rahm – und dazu einen Wecken. Zum Mittagessen immer Fleisch, bloß am Freitag essen wir keins; das versteht sich, gell, daß wir fasten, aber so und auch an anderen solchen Tagen gibt's gewöhnlich Buchteln, Dalken, Liwanzen, Knödel, wie Ihr's nur wünscht, daß wir's Euch richten. Butterschmalz gibt's auch genug, so viel Schmalz wie Fleisch – schließlich haben wir fünf Milchkühe, gell! – Zum Abendessen gibt's wieder Fleisch! Unser Geselchtes, das wird Euch schmecken! Also, ich glaub', dreizehn Gulden sind nicht viel ... Aber Jessesmaria! Da schwätz' ich ununterbrochen, und Ihr müßts schon Hunger haben. Seids nicht bös! – Schließlich, das versteht sich doch, unterhält man sich gern mit so einem studierten Herrn, der von weit herkommt, die Welt kennengelernt hat und weiß, wie's anderswo ausschaut. Was das angeht, gell, bin ich dumm. Bis Klattau bin ich gekommen, das war das allerweiteste. Weiter dann nicht mehr. Aber Pepi, bring jetzt das Abendessen! Heut', gell, kostet das nichts, das ist zur Begrüßung. Heut' seids Ihr bei uns Gast, morgen dann werdets ... Jetzt geh, Pepi, geh endlich, Kind!«

Der Herr Professor hätte gern erwähnt, daß er sich vor dem Abendessen am liebsten noch gewaschen und umgezogen hätte, aber die Alte ließ ihn nicht zu Wort kommen. Toni holte Tischtuch und Serviette aus dem großen Schrank und begann, den Tisch zu dekken. Nach kurzer Zeit erschien auch Pepi. Sie trug eine tiefe Majolika-Kasserolle, mit einem Teller zugedeckt, auf dem Messer, Löffel, Gabel sowie ein Laib Brot lagen. Das Besteck und das Brot legte sie auf den Tisch. Den Teller stellte sie auch darauf, nachdem sie die Unterseite desselben, von der Soße tropfte, gründlich an ihrer Schürze abgewischt hatte. Nun folgte die Kasserolle, bis an den Rand mit großen Stücken Hammelfleisch gefüllt, die in einer dicken Rahmsoße schwammen. Es war eine Portion, an der sich fünf Holzhauer hätten sattessen können.

»Essen Sie, bitte, Herr Professor!« ermunterten ihn die beiden Mädchen, die, wie zu hören war, schon so weit auf dem Bildungsweg vorangekommen waren, daß sie die Höflichkeitsform »Sie« beherrschten. Und nach ihnen Frau Touschek: »Eßts nur, eßts! Eßts alles auf! Und guten Appetit dazu, und schneidens Ihnen Brot ab! Es ist gut, reines Korn, gell!«

Der Herr Professor, der wirklich Hunger hatte, ließ sich nicht lange bitten und machte sich mit Genuß ans Essen, obwohl ihn die bedenklichen Flecken, welche die vom Tellerboden abgewischte Soße auf der auch sonst keineswegs übermäßig sauberen Schürze von Fräulein Pepi hinterlassen hatten, am Anfang etwas hemmten. Frau Touschek schaute ihm eine Zeitlang zu, und da sie erkannte, daß es ihm schmeckte, und er nur hie und da mit kurzen Bemerkungen übers Essen seiner Zufriedenheit Ausdruck verlieh, hielt sie den Strom ihrer Rede an. Schließlich ging sie sogar, mit der Entschuldigung, daß ihre Hausfrauenpflicht sie in die Küche rufe, wo sie sich um das Abendessen für das Gesinde kümmern müsse. Dafür blieben die beiden Fräuleins bei ihm. Toni setzte sich zur seiner

Rechten, Pepi zur Linken, und beide redeten ununterbrochen auf ihn ein und ermunterten ihn, daß er nur tüchtig essen solle. Ja, die eine hier, die andere da, suchten sie für ihn nach Fleischstücken in der Kasserolle, legten sie ihm auf den Teller und übergossen sie mit Soße. Als er gegessen und wiederholt bei seiner Ehre und allen Heiligen bekräftigt hatte, daß nichts mehr in ihn hineingehe, trugen sie trotzdem das übriggebliebene Fleisch nicht ab, sondern saßen weiter bei ihm und überschütteten ihn mit ihrem Gerede und mit Fragen, von denen er, genauso wie vor dem Abendessen, nur wenige beantworten konnte. Viele dieser Fragen waren sowieso von der Art, daß sie keiner Beantwortung bedurften, und daß niemand, der Fragende selbst auch nicht, eine Antwort erwartete. Dabei rückten die Mädchen immer näher an ihn heran, und ihre Zutraulichkeit wuchs derart, daß die eine hier, die andere dort ihm die Hand auf die Schulter legte. Ein Wunder war's, daß sie sich nicht ganz an ihn anschmiegten. Irgendwann einmal fiel ihnen ein, daß der Herr Professor zwar ordentlich gegessen, daß man aber aufs Trinken vergessen hatte. Eine begann, die andere um Bier zu schicken, worüber sie sich fast zerstritten hätten. Der Friede blieb glücklicherweise dadurch gewahrt, daß der junge Herr erklärte, er trinke überhaupt niemals Bier, sondern bitte nur um Wasser. Darüber wunderten sich beide nicht wenig und aufrichtig. Fräulein Toni rief: »Das ist doch nicht möglich! Sie trinken kein Bier? – Da sind Sie ja ein ganz seltsamer Heiliger! So einen findet man bei uns nicht!«

Darauf schickten sich die Fräuleins gegenseitig um Wasser, und nach einigem Zaudern und Widersprechen ging schließlich Pepi. Ihre Abwesenheit ausnützend, sagte die liebe Toni: »Sie müssen entschuldigen, Herr Professor, meine Schwester ist gewissermaßen noch ein bißchen zu jung, und es fehlt ihr die richtige Bildung. Aber zur gegebenen Zeit wird sie sie schon bekommen, schließlich kümmere ich mich ja darum. Unsere Mama ist dafür viel zu altmodisch. Je länger der Mensch diese Welt erlebt, desto mehr schleift er sich ab, hobelt sich ab und bekommt Politur. Ich hab' der Pepi gesagt, daß sie sich anziehen soll. Aber sie war gerade im Stall, wie Sie gekommen sind, und sie ist geblieben, wie sie gerade war; damit hat sie gegen die Bildung verstoßen.«

Noch ehe der junge Herr darauf antworten konnte, kam Pepi zurück. Sie brachte ein Glas und einen großen gläsernen Krug voll Wasser, goß ein und reichte dem Herrn Professor das Glas, keineswegs ohne Anmut, obwohl sie kein Tablett gebrauchte und das Glas einfach in den Fingern hielt. Nach einer Weile erschien Frau Touschek wieder und ließ eine lange Rede vom Stapel. Diese war noch nicht beendet, als auch der Herr Stadtrat Touschek hereinkam. Sein Anzug war nicht gerade für den Salon oder die Promenade passend und unterschied sich überhaupt erheblich von der Kleidung, welche die Ratsherren anderer Städte zu tragen pflegen. Dennoch bewegte und benahm er sich gesetzt, wie es sich für einen Patrizier einer königlich freien Goldbergstadt gehört.

Er hatte sich seiner Holzschuhe bestimmt erst entledigt, als er ins Zimmer trat. Aber weder in den Wollsocken, die er über die Knöchel und das untere Ende seiner Hose gezogen und mit Bindfaden festgeschnürt hatte, noch in der Hose, an der Spuren von sämtlichen nützlichen Arbeiten klebten, die er auf dem Feld, im Stall und beim Metzgern verrichtet hatte, verstieß er auch nur einen Augenblick lang gegen die Würde eines Ratsherren. Außer der beanstandeten Hose und den Socken gewahrte der Herr Professor an ihm und bei ihm die hohe Gestalt, eher hager als korpulent, unter jedem Ohr ein etwa zwei Daumen langes Büschel von Backenbart; Wangen, Kinn und Oberlippe, bewachsen mit einem Durcheinander von schwarzen, rötlichen und weißen Stoppeln, verrieten, daß er sich vor ungefähr einer Woche rasiert hatte; eine fleischige, rötlich glänzende Nase voller Pikkel; kleine, blaue Augen unter einem Paar dichter, struppiger Brauen; einen kahlen Kopf. Die Farbe der Weste war nicht genau zu bestimmen, einige Knöpfe fehlten daran. Sein Hemd, soweit es die Farbe anbelangt, hatte nicht vor, frisch gefallenem Schnee Konkurrenz zu machen.

Nachdem er den jungen Herrn herzlich begrüßt hatte, hielt er folgende Rede: »Die Realschule,« erklärte er, »ist unser Glanzstück. Sie kostet uns, das ist wahr, große Opfer, aber die nehmen wir gern auf uns, denn wir erwarten von ihr, daß sich in ihr unsere Söhne, Enkel und Urenkel in der Wissenschaft üben und in sämtlichen Befähigungen, in denen ... in denen ... um es so zu sagen und der Wahrheit die Ehre zu geben, in denen sie sozusagen aufwachsen, denn es ist eine unausweichliche Notwendigkeit, daß ... daß ... wie soll ich das sagen? – Ja, jetzt weiß ich's, damit die Seele der jungen Menschen geschliffen wird, damit ... Damit wir ihnen ein Andenken hinterlassen, daß sie später nicht sagen können, daß wir nicht gelebt hätten, als wir in Wirklichkeit hier waren ...«

Weiter kam er nicht. Nicht bloß deswegen, weil ihn seine Beredsamkeit verlassen hatte, sondern auch, weil seine Frau Gemahlin das Wort an sich riß: »Jaaa, gell,« sagte sie, »Hauptsache ist die Wissenschaft und dann die Gelehrsamkeit, und davon hat's früher bei uns nicht mal eine Ahnung gegeben. Und gleich danach kommen die Herren Prefessoren. Da haben wir als ersten den Herrn Horouschek. Der, gell, ist schon sechsunddreißig Jahre alt, und für den wär's schon

Zeit zum Heiraten. Aber, gell, der Mensch weiß nicht, liegt's an der großen Gelehrsamkeit oder an der Auswahl unter den Mädeln. Da sagt man so und dann wieder so und noch anders, und zuletzt kommt wieder nichts dabei heraus, wie bei uns erzählt wird. Aber Ihr wißts das sowieso, Ihr habts ja genug dafür studiert ...«

Hier müssen wohl Zweifel angemeldet werden, ob der junge Herr den tieferen Sinn dieser Rede voll erfassen konnte. Der freundliche Blick, den er aus den Augen von Fräulein Toni auffing, war sicherlich verständlicher.

»Der Herr Prefessor Kratochvil,« fuhr Frau Touschek fort, »der wieder, kaum daß er angekommen ist, hat sich mit einer von Gottweißwoher verheiratet, als ob's bei uns nicht genug Mädeln geben würde, die zu ihm gepaßt hätten! – Wenn ich an seiner Stell' gewesen wär', so was hätt' ich nie gemacht, gell! – Denn wenn einer zu uns gehört, gell, wenn man ihn bezahlt und ihm eine Existenz gibt, dann soll er auch einer von uns bleiben. Unsere hiesigen Mädeln sind ganz bestimmt sparsam und haushälterisch, und wenn so ein Herr will, daß seine Frau auch eine Bildung hat, dann kann er ihr die ja beibringen, nicht wahr? Wozu ist er ein Prefessor, wenn er das nicht zusammenbringt? No, hab' ich nicht recht, auch wenn ich vielleicht ein dummes Frauenzimmer bin und bei weitem nicht genug Gelehrsamkeit hätt' ...?«

Der Herr Professor versuchte, seine Gedanken ein wenig zu sammeln; überlegte, was er auf eine so delikate Frage antworten sollte, da half ihm der Herr Touschek wieder aus der Verlegenheit. Der ging in keiner Weise auf die Worte seiner Frau ein und sagte: »Bei der letzten Sitzung der städtischen Schulbeauftragten haben wir tausend Gulden für die physikalische Sammlung bewilligt. Tausend Gulden! Da stimmt mir garantiert jeder zu, daß tausend Gulden eine

Menge Geld sind! Für tausend Gulden kann man sechs oder sieben, eventuell sogar acht Ochsen kaufen. Aber ich hab' aus echter Begeisterung für diese tausend Gulden gestimmt, weil ich weiß, daß unsere Studenten sich nicht wissenschaftlich ausbilden können, wenn sie nicht, sozusagen Auge in Auge, Elektrizität, Barometer, Dampfkessel, mit einem Wort, sämtliche Erfindungen, die auf der Welt gemacht worden sind, sehen können. – Wie die Sachen angekommen sind, bin ich selbst hingegangen und hab' sie angeschaut, damit ich mich auch ein bißchen bilde und nachhole, was ich, wenn's auch nicht meine Schuld war, in der Jugend versäumt hab'. Jetzt weiß ich, wie zum Beispiel Gewitter entstehen. Die Wolken reiben sich aneinander« – der Metzgermeister rieb sich auf sehr anschauliche Weise die Hände – »und aus dieser Reibung entstehen Funken. Das sind die Blitze. So eine Elektrizität ist ein kunstvolles Stück Erfindergeist: Messing, Glas, Siegelwachs, Gold- und Silberpapier, aber mit welcher Geschicklichkeit das zusammengebaut ist! Der Mensch muß sich drüber wundern, aber wenn jemand einem das, wie sich's gehört, erklärt, – meiner Seel', versteht er's plötzlich und begreift, daß das gar nicht anders sein kann, als es ist.«

»Und was ist mit dem geographischen Kabinett?« fragte der Herr Professor, welcher die Pause nützte, die in den Ausführungen des Herrn Stadtrats eingetreten war, der mit solcher Begeisterung nachzuholen versuchte, was ihm in wissenschaftlicher Hinsicht fehlte. Damit hatte der Professor gleichzeitig sein Fach verraten. »Es ist doch wohl zur Genüge ausgestattet mit geographischen Karten und Globen ...?«

»Kloben? Kloben haben Sie gesagt ...?«

»Ich meine Erdkugeln, die ...«

»Aha! Jetzt versteh' ich. Sie meinen die großen Kugeln, die mit Papier beklebt sind, auf dem das

Meer mit blauer Farbe angemalt ist, und die Erdteile, Asien, Wien und die Schweizerei! Aber natürlich. Davon gibt's dort mehrere, kleinere und größere, und wenn die nicht reichen, lassen sich noch andere Erdteile bestellen und machen! Sagen Sie's nur mir, und Sie bekommen so viele Erdteile, wie Sie wollen.«

Während dieser Gespräche war es schon längst dunkel geworden, und seit geraumer Zeit brannte auf dem Tisch eine ziemlich altmodische Öllampe. Trotzdem blieb die ganze Familie noch lange bei dem Herrn Professor, weihte ihn in die örtlichen Verhältnisse ein und machte ihn mit mancherlei bedeutenden Persönlichkeiten vertraut. Erstaunlich war, daß das, was von jenen erzählt wurde, fast durchwegs darauf hinauslief, daß sich der junge Herr vor denen in acht nehmen sollte. Als es schließlich schon neun Uhr vorbei war, wandte sich die Familie des Herrn Touschek samt ihrem Oberhaupt doch endlich ihren Gemächern zu. Ehe das geschah, wurde ihm noch der kleine Koffer gebracht und ein Eimer Wasser mit einer Waschschüssel; und man vereinbarte, daß er bei ihnen beköstigt werden würde. Die beiden Fräuleins wünschten ihm mindestens zwanzigmal eine gute Nacht und lachten dabei so schelmisch, als ob sie erwarteten, daß er sie auffordern würde, noch bei ihm zu bleiben, aber einsähen, daß er das im Hinblick auf die Anwesenheit der Eltern nicht tun könne.

Jetzt war er also allein mit seinen Gedanken und mit Eindrücken, die für ihn ganz entschieden neu waren. Dreizehn Gulden für Kost und Logis, das war nicht viel, und die Einfalt jener Leute war ihm keineswegs unangenehm, obwohl er sich sehr darüber wunderte. Einen besonderen Eindruck hatten auf ihn die beiden »Fräuleinchen« gemacht. Beide waren ausgesprochen nett, geradezu pikant; ein bißchen Vergnügen mit ihnen und ihrer naiven Anschauung von der

Welt und von den Menschen wird bestimmt nicht schaden. Aber Gott bewahre ihn davor, daß er sich mit ihnen näher einläßt und sich ihnen gegenüber etwas vergibt! Das umso mehr deshalb, weil ihm das Gerede der Frau Touschek über die eigensinnige und starrköpfige Keuschheit des Herrn Horouschek und über die provozierende Heirat des Herrn Kratochvil vorkamen wie bedrohliche Wolken, die am entfernten Horizont aufsteigen. Nach den Erzählungen von Herrn Touschek, dem begeisterten Freund und Förderer schulischen und allgemeinen Wissens, könnten sich diese ganz leicht in absehbarer Zeit aneinander zu reiben beginnen, woraus sich dann unfehlbar gefährliche Funken entwickeln müßten. Nun, man wird schon sehen ...! Wenn wenigstens der Kollege Horouschek gekommen wäre, an den er sich mit der Bitte gewandt hatte, ihm eine Unterkunft zu besorgen. Es wäre doch angebracht gewesen, sich zuvor mit ihm zu besprechen, ehe er sich so ganz und gar unter dieses Dach stecken ließ.

Jedoch, der Herr Kollege Horouschek hatte den Tag nicht wissen können, an dem er hier eintreffen würde; schließlich hatte er ihn selbst nicht genau gewußt, da er keine Ahnung von den Anschlüssen gehabt hatte. Außerdem, wer weiß, ob der Herr Horouschek überhaupt in der Stadt war. Schließlich hatte er ihm vor vierzehn Tagen geschrieben, daß er zu Bekannten fahren und die letzten Ferientage bei ihnen verbringen werde. Und der Unterricht sollte ja erst in drei Tagen beginnen.

»Aber ein verdammtes Nest ist es doch, diese Goldbergstadt,« sagte er zu sich selbst, nachdem er sich gründlich gewaschen, ausgezogen und auf seinem neuen Lager niedergelassen hatte. »Vielleicht hätte ich besser daran getan, wenn ich mich um diese Stelle überhaupt nicht beworben hätte. Allem Anschein nach bin ich da zu voreilig gewesen. Aber was bringt's, wenn ich mir das jetzt überlege? Ich bin nun einmal da, und es bleibt mir nichts anderes übrig, als mich nach den gegebenen Verhältnissen einzurichten.«

Er streckte sich aus, und die schweren Kissen begruben ihn unter sich wie eine alles zermalmende Lawine. Still war's um ihn herum, nur in den alten Brettern, mit denen die Steinmauer beim Bett verkleidet worden war, was hierzulande aus Furcht vor Erkältungen gemacht wird, erwachten die kleinen Holzbock-Käfer, und jeder von ihnen tickte wie eine Uhr.

Lange Zeit konnte er nicht einschlafen, so unheimlich erschien ihm dieses Ticken.

2

Jetzt schläft er also die erste Nacht in seinem zukünftigen Wirkungsort, der neue Herr Professor, und bietet mir somit die Gelegenheit, all das nachzutragen, was ich meinen lieben Lesern bisher über ihn nicht gesagt habe. Daß er aus Hodonin kommt, wo er vor fünfundzwanzig Jahren das Licht der Welt erblickt hat, habe ich bereits erzählt; ebenso, daß er die humanistischen Fächer Erdkunde, Geschichte, tschechische und deutsche Sprache unterrichten sollte, und daß er kein Bier trank. Er hieß Jan Chlumák und stammte von einer Familie, die – oh weh, jetzt wäre ich beinahe zu weit gegangen – von der Familie darf ich noch nicht sprechen, mit der wird der Leser im Laufe der Erzählung bekannt und durch den Herrn Professor selbst in sie eingeführt werden. Er hatte das Gymnasium in Strážnice absolviert* und dann ein paar Semester an der Hochschule in Wien studiert – wieviele Semester das waren, darüber hat er sich nie bestimmt geäußert. Man kann jedoch mit Recht annehmen, daß er die vorgeschriebenen drei Jahre an der philosophischen Fakultät nicht vollendet hat. Hätte er es nämlich gemacht, hätte er bestimmt keine Stelle an einer Realschule angenommen – mit den Fächern, die er dort lehren sollte. Er war dann als Hauslehrer tätig geworden, bei einer herrschaftlichen Familie in Mähren. Um die ganze Wahrheit zu sagen, er war auch kein richtiger Professor! Nach dem Gesetz haben nämlich Lehrer an nicht voll ausgebauten Realschulen keinen Anspruch auf diesen Titel. Es ist übrigens nicht notwendig, daß alles, was existiert, durch rechtliche Verordnungen geregelt sein muß, irgendein Titel schon überhaupt nicht; aber unser Herr Chlumák war kein Professor! Als er in unsere Stadt einzog, war er faktisch nicht einmal Lehrer, sondern, wie man das damals nannte, ›Adjunkt‹.* Diese Benennung eines lehrerischen Individuums war dermaßen treffend, daß man wahrhaftig im Staub hinknien und dem bürokratischen Genius huldigen muß, der diese Bezeichnung ersonnen hat. Solch ein Adjunkt übte sein Amt für das schwindelerregende Honorar von vierhundertfünfzig Gulden im Jahr aus. Weil jedoch, wie wir gesehen haben, Herr Chlumák monatlich für Kost und Logis dreizehn Gulden zahlen mußte, für die zehn Monate, welche ein Schuljahr dauerte, also einhundertunddreißig Gulden, und weil ihm für die anderen Bedürfnisse und für die Ferien noch dreihundertundzwanzig Gulden blieben, ist es verständlich, daß seine Stellung, unter Berücksichtigung der damaligen Lebenshaltungskosten, doch noch weit günstiger und sorgenfreier war als die Stellung eines Supplenten*, welchem spätere »liberalere« Regierungen ein Monatsgehalt von fünfzig Gulden gewährten. Von diesem Betrag benötigte ein derart Honorierter für Kost und Logis auch bei allergrößter Bescheidenheit mindestens fünfundfünfzig Gulden. Und trotzdem fanden sich Landesschulinspektoren, die sich nicht schämten, mit ihren großen Verdiensten zu prahlen, die sie sich angeblich dadurch erworben hatten, daß sie durch »scharfsinnige Berechnungen« Stellungen nicht definitiv besetzt und damit in zehn Jahren ihrer Tätigkeit dem Staat bare achtunddreißigtausend Gulden erspart hatten. Es fand sich auch – schade, daß sein Name nicht der Nachwelt erhalten geblieben ist – ein noch größerer Genius als derjenige, welcher den Titel ›Adjunkt‹ ersonnen hatte, in der Person dessen, der als erster den Begriff ›Supplent‹ mit »ein länglicher Hilfslehrer« übersetzte. Hier zeigt sich die unglaubliche Treffsicherheit der deutschen Sprache, besonders soweit es die bürokratische Terminologie betrifft, weil das Wort »länglich« etwas ausdrückt, was unbestimmt, aber sicher von längerer Dauer ist.

Doch lassen wir diese der Menschheit so ungeheuer nützlichen Genies und Wohltäter auf ihren erhabenen Postamenten und im unsterblichen, strahlenden Andenken bei allen guten und vernunftbegabten Menschen! Wenden wir uns lieber wieder unserem Herrn Professor zu, der zusätzlich zu seinem Gehalt in bar auch noch ein solches Quantum an Brennholz erhalten wird, wie es in größeren Städten nicht einmal fünf Familien zusammen verheizen.

Meine lieben Leser haben also jetzt mit seiner Person Bekanntschaft geschlossen und einigermaßen auch mit den Verhältnissen und der Umgebung, in die er durch die Fügung des Schicksals geraten ist. Darum führe ich meine Leserschaft nun in sein behagliches Zimmer, damit wir ihm gemeinsam einen guten Morgen wünschen können, nach der ersten Nacht in der königlich-freien und so weiter Stadt im Böhmerwald. Bei seiner Morgentoilette werden wir ihn nicht stören, denn die hat er schon vor gut einer Stunde beendet. Wir sind auch nicht die ersten, die bei ihm eintreten, denn er hat bereits Besuch empfangen, von der Frau Touschek und ihren Töchtern, die alle drei gekommen sind und ihm Wasser zum Waschen und Kaffee zum Frühstück gebracht haben. Dabei wurde viel geredet, es gab viel zu lachen, und gescherzt wurde auch recht viel. In erster Linie führte natürlich Frau Touschek das Wort, und das sehr ausgiebig, weil es ihr darum ging, daß ihr gelehrter Mieter die richtige Vorstellung von der Macht, dem Ruf und der Bedeutung ihres Gatten bekam. Das Ende ihrer Ausführungen hatte den Charakter einer Warnung und lautete wortgetreu folgendermaßen: »Gell, Herr Prefessor, auf der Welt gibt es eine Menge der verschiedenartigsten Menschen, und bei uns ist das gerade ebenso. Da gibt's gute Leut' und schlechte, kluge und auch dumme. Ihr hättets dorthin geraten können und dorthin, aber wie mir der Herr Horouschek gesagt hat, daß Ihr ein Quartier brauchen werdets, hab' ich gleich dazu gesagt: »Gell, Herr Prefessor, hab' ich gesagt, damit er nicht unter irgendein Gesindel gerät, wohin er nicht hingehört, den Herrn, den nehm' ich ins Logis! – Nehmts mal an, er wär' in die Hände der Brotaneks geraten, dieser Bagage! Diese elende Bande wagt es, einem ledigen Herrn ein Zimmer zu vermieten, und dabei schämen dic sich nicht und pantschen Ziegenmilch mit Kuhmilch, als ob das nicht die ganze Stadt wüßte! Das muß sich der Herr Prefessor mal überlegen, so eine Frechheit! Ein Bettelpack ist das, sag' ich Euch ...! Die hab'n im ganzen Haus ja nicht mal ein Klosett,« – es folgte eine ausführliche Beschreibung, was bei den Brotaneks gemacht wird, um ohne diese wichtige Örtlichkeit zurechtzukommen – und dann weiter: »Hab' ich denn meinem Mann nicht schon hundertmal gesagt, daß man den Brotanek schon längst aus dem Stadtrat hätt' rausschmeißen sollen, diesen elenden Kerl – von Beruf ist er also Seifensieder, gell, und ein Dreck ist dort und ein Gestank, daß ich's nicht mal in der Nachbarschaft aushalten könnt', und die Hausratten wandern bei ihm in ganzen Prozessionen bis in den ersten Stock hinauf! Und das soll dann ein Haus sein, in dem irgendein Herr Prefessor oder so ein Herr von der k. und k. Behörde bleiben soll? – Und, das müßts Ihr auch wissen. Dieser Kerl untersteht sich und will meine Toni für seinen Sohn haben, für diesen unverschämten Lümmel, wie er selbst auch einer ist! – Weil er ein paar tausend Gulden gewittert hat, was wir unsern Töchtern mitgeben, gell. Aber fragts mich nicht, wie ich den hab' abblitzen lassen! Meine Töchter, hab' ich ihm gesagt, sind nicht für so einen dahergelaufenen Seifensieder oder Kerzenzieher da. Dafür hab' ich sie nicht großgezogen, hab' ich ihm gesagt, meine Töchter können einen gebildeten Herrn ...«

»Nein, wirklich,« ergänzte Fräulein Toni diesen Satz, »bei uns gibt's auch heute noch so viele grobe und ungebildete Leut', und man muß sich schämen, daß sie aus der Stadt sind und sich doch aufführen wie Bauernlackeln, die überhaupt keine Bildung haben und ganz ordinär sind. Aber bei uns daheim, da ist eine gute Familie die Hauptsache ...«

Die Erwähnung einer anständigen und guten Familie brachte den Herrn Professor auf die Idee, ein paar Worte über seine eigene Familie zu sagen. Aber dann führte ihn auf einmal irgendein Teufel in eine unwiderstehliche Versuchung: Er solle ein wenig aufschneiden, um zu sehen, was für einen Eindruck es auf seine Zuhörerinnen machen würde, wenn er ihnen seine Familie als »ganz besonders gut« darstellte. Deshalb warf er wie beiläufig in die Unterhaltung ein: »Es freut mich, daß Sie Wert auf gute Familie legen. Ich darf mich wohl rühmen, auch von einer solchen abzustammen. Mein Vater, der ist allerdings schon vor langer Zeit verstorben, aber meine Mamà,« er betonte hier nach französischer Art die zweite Silbe, »lebt noch und verwaltet das Gut, das bereits seit jeher im Besitz unserer Familie gewesen ist. Dieses Gut ist recht groß, und weil wir bei uns erstklassige Böden haben, ernten wir bei weitem mehr, als man zum Beispiel hier aus den Feldern herausholen könnte. Wir bauen lediglich Weizen an, Rüben, Raps und Zwiebeln. Der Roggen wird bei uns gemäht, solange er noch grün ist, und damit wird das Vieh gefüttert. Die Zwiebeln liefern wir en gros nach Wien, durchschnittlich so tausend bis zwölfhundert Schock*, zu zwei Gulden pro Schock. Im Marstall stehen immer zehn bis zwölf Pferde, und in den Stallungen fünfundvierzig bis fünfzig Rinder ...«

Es war ein Wunder, daß Frau Touschek nicht vor Staunen erstarrte, als sie von diesem sagenhaften Wohlstand hörte. »Du himmlische Jungfrau!« rief sie und schlug ihre sonnengebräunten Hände zusammen, »zwölf Pferde! Zwölf Pferde ...! Und so eine Menge Zwiebeln nach Wien ...!«

Den Fräuleins waren unwillkürlich dic roten Kirschenmünder offen stehengeblieben, und weil sie sie zu schließen vergaßen, bot sich dem jungen Herrn rcichlich Gelegenheit ihre Zähne zu betrachten, die Perlen aus Alabaster glichen. Bevor sie ihre Münder zuletzt doch zumachten, war dieser Muskelbewegung noch eine Übertretung des zweiten göttlichen Gebotes vorausgegangen, das verbietet, den Namen des Allerhöchstcn gedankenlos auszusprechen.

Herr Chlumák spürte, daß er bei seinen biederen Zuhörerinnen unermeßlich an Wertschätzung gewonnen hatte. Und der Versucher, der ihn antrieb, daß er noch weiter angeben sollte, siegte auf der ganzen Linie über die Stimme des Gewissens, die anfing, sich schwach zu melden und ihm vorzuwerfen, daß ein derartiges unwahres Daherreden nicht klug sei. Bedauernswertes Gewissen! – Der Verführer würgte es in einem einzigen Augenblick ab, so daß es mit seinen Vorhaltungen gleich aus war. Es hatte keine Worte mehr, nicht anders als die Frau Touschek auch, die sie allerdings nach einer Weile wieder fand.

»Und ich bitte Ihnen,« fragte sie, »wie groß ist dann der ganze Grundbesitz?«

»Das weiß ich gar nicht so genau,« sagte der junge Herr so leichthin wie vorher, »darum hab' ich mich nie besonders gekümmert. Mich haben einzig und allein meine Studien interessiert. Ich denke, daß ich nicht weit daneben liege, wenn ich Ihnen sage, daß Ackerland und Weiden zusammen ungefähr vierhundert Tagwerk ausmachen. Übrigens beabsichtigt meine Mamà, noch den Hof eines kleineren Bauern in unserer Nachbarschaft dazuzukaufen, im ganzen etwa hundert Tagwerk Weizenfelder und Wiesen. Es geht darum, den Grundbesitz abzurunden, damit mehr Pferde gezüchtet werden können.«

Neues, unaussprechliches, unbeschreibliches Erstaunen! Was für ein wunderbares Land, wo der Besitzer von hundert Tagwerk Weizenfeldern und Wiesen als kleiner Bauer bezeichnet wird. Welch ein Wunder, daß die gute Frau Touschek, wenn sie ihn an jenem Tage anredete, sich nicht mehrmals versprach und ›Gnädiger Herr‹ zu ihm sagte!

Und der Versucher hörte nicht auf, ihn zu verführen, wenn der Herr Professor nach außen auch so tat, als wollte er bis zu einem bestimmten Grade den gewaltigen Eindruck abschwächen, den er auf die Gemüter der drei Frauenzimmer gemacht hatte. »Natürlich wäre das Gut nicht übel,« sagte er, »aber man muß auch bedenken, daß wir eine Menge Kinder sind, und daß daher für jeden einzelnen von uns nicht so viel abfällt, wenn der allerjüngste Bruder, der sich nach dem Tode der Mutter um den Besitz kümmern und die große Verantwortung dafür übernehmen muß, uns alle ausgezahlt hat. Der älteste Bruder ist kaiserlich-königlicher Konsul in Athen, in Griechenland. Dieses Land wird Ihnen ja bekannt sein, Frau ...«

Frau Touschek war jenes Land allem Anschein nach völlig unbekannt, was sie aber nicht daran hinderte, seine Frage mit einem emphatischen ›Ja‹ zu beantworten. Der junge Herr führte anschließend weiter aus: »Der zweite bin ich, und der dritte übernimmt das Gut. Außerdem hab' ich noch drei Schwestern. Eine hat einen Baumeister in Brünn geheiratet, die zwei jüngeren sind bis jetzt noch ledig.«

Fünf Minuten danach stürmte Frau Touschek lebhaft gestikulierend und Selbstgespräche führend aus dem Haus, segelte wie eine im Sturm schlingernde Fregatte durch die Straßen, machte bei allen Damen ihrer Bekanntschaft halt und erzählte ihnen aufgeregt. Neben anderen begegnete sie auch der Frau des Schuldieners, bei der sie besonders lange stehen blieb. So erfuhr die Schuldienersgattin, daß der Herr ›Professor‹ Chlumák sich bei den Touscheks, natürlich bei den Touscheks, einquartiert habe, ja, der Herr Chlumák, ein Herr, beinahe ebenso groß wie der Fürst Schwarzenberg, denn er besitze vierzig Pferde, eine riesige Herde Rinder und ein paar tausend Tagwerk Weizenfelder, und dabei sei dieser Herr ganz und gar nicht aufgeblasen oder hochmütig, sondern rede mit dem Herrn Touschek und mit der Frau Touschek wie mit Seinesgleichen, weil er bei seiner großen Gelehrsamkeit sofort erfaßt habe, was ihrerseits die Touscheks in der Welt bedeuten würden ... und einen Schwager habe er, der habe ganz Brünn erbaut, und einen Bruder, welcher der Erste und Höchste beim Kaiser irgendeines Landes sei. Und noch viele andere großartige und interessante Sachen erfuhr die Frau des Schuldieners, die aufzuschnappen versuchte, soviel wie ihre Ohren zu fassen vermochten. Als sie sämtliche Neuigkeiten erfahren hatte, eilte sie geschwind nach Hause.

Daheim angekommen, berichtete sie alles, was sie gehört hatte, dem Schuldiener, ihrem Ehemann. Jener war nicht irgendein beliebiger Dahergelaufener, sondern Bürger der königlich u.s.w. Stadt, zwar nicht aus einem der Patriziergeschlechter, aber doch reinblütiger Vollbürger. Wie er richtig hieß, dieser bedeutende Mensch, weiß ich nicht einmal, aber sein Spitzname lautete ›Flaschka‹. Ich nehme an, daß er diesen Namen erhalten hatte, weil er häufig mit dem Gefäß dieses Namens schäkerte, das er angeblich sehr, sehr gern hatte, vor allem dann, wenn es nicht leer oder nur mit Wasser gefüllt war.

So brachte also die Frau Flaschka – es sei mir gestattet, daß ich den Spitznamen des Ehegemahls auf sie übertrage – die Kunde dem Flaschka, ihrem Mann. Zweifellos hätte sie ihr Wissen vorher noch der Frau Direktor zugetragen, doch so eine gab es zu jener Zeit in unserer goldenen Stadt nicht, denn der damalige Herr Direktor war Priester. Weil sie aber mit Recht der Ansicht war, daß die Pflicht es verlange, daß auch der Herr Direktor über die Neuigkeit von dem wunderbar reichen neuen Mitglied des Lehrerkollegiums unverzüglich unterrichtet werden müsse, wurde Flaschka beauftragt, ihn darüber zu informieren. Es scheint, daß der gute Flaschka diese Mitteilung für einen ungewöhnlich ernsthaften und feierlichen Akt hielt, für den er sich mit einem tüchtigen Schluck stärken mußte. Dieser ermunterte seine Phantasie ungeheuer, so daß er, als er dem Herrn Direktor sämtliche Besitztümer des Herrn Chlumák aufzählte, jeden Posten doppelt, ja dreifach vervielfachte.

Als der Herr Direktor diese Botschaft hörte, schüttelte er den Kopf, als ob er das nur schwerlich glauben könne. Doch Flaschka beachtete diese Zweifel nicht, sondern marschierte schnurstracks zu den Herren Professoren Horouschek und Kratochvil, damit auch diese schön brühwarm die Kunde von dem ungewöhnlichen Reichtum ihres neuen Herrn Kollegen mitbekommen konnten. Die Herren Professoren wunderten sich bloß, Frau Kratochvil jedoch wurde ganz bleich im Gesicht und soll angeblich zu ihrem Mann gesagt haben: »Neben dem wärst du ja ein Niemand, Adalbert ...! Und dabei ist er doch bloß ein Adjunkt ...«

Andere Kreise erfuhren die Neuigkeit aus den Mündern der Touschek-Fräuleins. Toni trug sie einer Gruppe junger Damen zu, die in ihren Morgentoiletten, welche Hausgewändern sehr ähnlich sahen, in den Straßen der Stadt herumspazierten. »So ein nobler Herr,« sprach ihr Himbeermund, »so einen habt ihr noch nie gesehen ... und daheim hat er noch dazu einen Herrensitz.« Darauf folgte eine sehr ausführliche Aufzählung sämtlicher Posten seines Besitzes, wobei die schöne Berichterstatterin, um wirklich nichts zu schmälern, lieber noch ein bißchen draufschlug.

In einem ähnlichen Sinne redete Fräulein Pepi zu einer anderen Gruppe. Wie es der Unerfahrenheit ihres jugendlichen Alters entsprach, legte sie allerdings mehr Gewicht auf die Schönheit und Eleganz desjenigen, dessen Loblicd sic sang.

Natürlich ist es kein Wunder, daß die beiden Touschek-Fräuleins im Handumdrehen Objekte des unverhüllten Neides wurden. Und weil der Neid die Mutter sämtlicher Verleumdungen ist, war es auch kein Wunder, daß die Gefühle der jugendlichen Zuhörerinnen ihren Ausdruck in den folgenden, wahrlich keineswegs menschenfreundlichen, dafür aber umso aufrichtiger gemeinten Sätzen fanden: »Schaut euch doch mal diese Touschek-Bagage an! Was bilden sich denn diese Kröten samt dem alten Drachen, ihrer Mutter, ein? Da ist der Herr kaum angekommen, hat sich die Alte ihm schon entgegengestürzt, ihn eingefangen und nach Hause geschleift, so wie der alte Touschek ein Kalb oder einen Hammel vom Markt heimbringt. Es ist direkt ein Wunder, daß sie nicht den Hund mitgenommen hat, damit er ihr heimtreiben geholfen hätte. Übrigens kann's ja sein, daß der Herr nobel ist und reich noch dazu, aber wenn er's wirklich ist, nimmt er sich garantiert nicht so ein Touschek-Frauenzimmer. So viel Verstand müßte wenigstens die Alte haben, wenn die Mädeln schon so dumm sind.«

Doch lassen wir jene Damen, die mit diesem mehr oder weniger zärtlichen Erguß ihre Herzen erleichtert haben, und folgen wir dem Herrn Professor auf seinem ersten Weg zur Schule! Wenn er nur einigermaßen aufmerksam war, konnte er nicht übersehen, was für eine Sensation er bewirkte. Fast das gesamte schönere Geschlecht hatte sich in die Fenster gelegt, als ob es erwarten würde, daß ein prunkvolles Begräbnis oder ein großartiger Umzug zur Eröffnung einer nationalen Feierlichkeit durch die Straßen ziehen würde. Wahrhaftig, die Sensation wäre nicht geringer gewesen, wenn hinter ihm her sämtliche Pferde und die ganze Rinderherde nachgezogen wäre, über die seine Mamà herrschte. Ich weiß nicht, ob ihn diese allgemeine Aufmerksamkeit erfreute, aber er hätte blind sein müssen, wenn er sie nicht bemerkt hätte. Sogar die Mannsleute, die ihm begegneten, grüßten ihn sehr ehrerbietig, blieben stehen, schauten ihm nach und redeten dann leise einer mit dem anderen.

Im Lehrerzimmer der Schule empfingen ihn die Kollegen mit einer Art von zurückhaltender Ehrfurcht, und nicht einmal der gestrenge Herr Direktor hatte, als er ihn willkommen hieß, seine sonst übliche Amtsmiene aufgesetzt. Der junge Herr erschloß daraus sehr bald, daß sämtliche Mitglieder des Lehrerkollegiums bis ins Detail über alles informiert waren, was er seinen Hausleuten über seine Familien- und Besitzverhältnisse erzählt hatte. Er nahm zwar Anlauf, um die Dinge ins rechte Maß zu rücken, und begann etwas daherzureden, daß sein Vermögen gar nicht so groß sei, aber der Herr Professor Horouschek ließ ihn nicht ausreden und rief: »Sie beneidenswerter, guter Mensch! Setzen Sie sich doch nicht so herab und lassen Sie diese übermäßige Bescheidenheit! Glauben Sie mir, wir wissen alles. Das einzige, was wir nicht begreifen, ist, was einen Mann in Ihren Verhältnissen veranlassen konnte, den Posten eines Adjunkten anzunehmen, an einer Realschule in einem derart verlassenen Nest ...«

»Mein Gott – wundern Sie sich überhaupt nicht darüber! Schließlich muß der Mensch ja etwas tun und sich irgendeinen Beruf aussuchen. Ich hätte ja, wahr ist's, noch eine gewisse Zeit in Řečkovice bleiben können, dort ist mir's ausgezeichnet gegangen, aber ...«

»Aha, in Řečkovice ist das Gut Ihrer Mutter? Řečkovice kenn' ich, das ist gleich in der Nähe von Brünn ...«

»Aber nein! In Řečkovice sind das Schloß und die Herrschaft des Herrn Barons von Kunewald. In dessen Haus war ich bis zum Ende des vergangenen Schuljahres als Erzieher ...«

Horouschek schlug die Hände zusammen: »Das auch noch!« rief er, vollkommen überrascht. »Erzieher waren Sie? – Das soll begreifen, wer kann. Das müssen Sie mir einmal ganz genau erklären, welcher Teufel Sie auf diese Bahn geführt hat! Wenn Sie schon nicht privatisieren wollten, dann einen Schulmeister zu spielen, das ist mehr als äußerst erstaunlich, ein völlig unbegreifliches Steckenpferd. Warum haben Sie nicht lieber die Diplomatenlaufbahn eingeschlagen, wie Ihr Herr Bruder, der Botschafter ist, nicht wahr? Mir scheint, daß der Schuldiener, der mir das alles zugetragen hat, da einiges durcheinander gebracht haben muß.«

»Ich hatte meiner Lebtag weder Lust noch Begabung dazu, Diplomat zu werden,« brummte Herr Chlumák sehr verlegen. »Übrigens, darf ich Sie bitten, mir den Gefallen zu erweisen und mich nicht nach diesen Dingen zu fragen? Ich rede nur sehr ungern darüber ...«

Es ist eine ganz natürliche Sache, daß ein Mensch mächtigen und reichen Leuten ungern widerspricht, und daß er andererseits alles unternimmt, um ihnen entgegenzukommen und sich ihrem Willen unterzuordnen. Aus diesem Grunde nickte Herr Horouschek zustimmend und fing an, über andere Themen zu sprechen. Er, und mit ihm die anderen Mitglieder des Lehrkörpers, der Direktor nicht ausgenommen, waren darauf bedacht, den Kontakten zu dem reichen Benjamin des Kollegiums den Anstrich einer gewissen delikaten Ehrerbietung zu geben, was jenem nicht wenig schmeichelte, seit er das Lehrerzimmer betreten hatte. Stellen wir uns doch einen fünfundzwanzigjährigen jungen Mann vor, der in die Fremde, in völlig neue Verhältnisse kommt und sieht, daß er Gegenstand allgemeinen Respekts ist! Dann verstehen wir leicht, daß er zögern wird, die Gloriole wegzuwerfen, die ihm zu dieser außergewöhnlichen Stellung im Lehrkörper und in der Gesellschaft verholfen hat, selbst wenn er sich in seinem Innern eingestehen muß, daß er einzig mit Hilfe von Lügen dazu gekommen ist, auch wenn diese ursprünglich nur als Scherz vorgebracht worden sind. Um bei der Wahrheit zu bleiben: Er hat diese Lügen niemandem gegenüber wiederholt, nicht ein einziges Mal, und es war ihm arg beklommen ums Herz, sooft jemand darauf anspielte. Aber sie zu widerrufen, dazu hatte er nicht den Mut und glaubte – durchaus mit Recht – daß er sich dadurch kopfüber von dem hohen Postament stürzen würde, auf dem er sich befand. Die gute Familie Touschek sorgte außerdem eifrig dafür, daß sie dem Strom des allgemeinen Ansehens, in dem er schwamm, neue Zuflüsse erschloß.

Als zum Beispiel zwei Wochen nach seiner Ankunft die nachgeschickten Sachen eintrafen, ein Koffer mit Kleidung und eine riesige Kiste voller Bücher, befiel die Eheleute Touschek und deren Töchter ein neues und maßloses Erstaunen, welches sich im Handumdrehen in der ganzen Stadt verbreitete. Nicht nur, daß seine Wäsche und überhaupt die ganze Garderobe seinen Wohlstand geradezu offenbarten, nein, aus der Kiste quollen solche Massen von Büchern, daß sicherlich die gesamte übrige Einwohnerschaft der freien, goldenen Stadt, alle Bücher zusammengezählt, nicht so viele besaß. Und was das für Bücher waren! Alte, schwere Folianten in altehrwürdigen Schweinsledereinbänden, illustrierte Werke größerer und kleinerer Formate, gebundene und nicht gebundene Romane, mancherlei wissenschaftliche Bücher, in denen nach der Überzeugung des Ehepaares Touschek und dessen Töchtern die gesamte menschliche Weisheit und Gelehrsamkeit enthalten waren. Unter anderem waren da auch solche Bücher, die in ihnen unbekannten Sprachen geschrieben waren, und schließlich sogar solche, welche mit Buchstaben gedruckt waren, von deren Existenz niemand, der sie zu sehen bekam, auch nur eine Ahnung gehabt hatte.

Niemand von den Hausleuten zweifelte daran, daß diese Bücher einen ungeheueren Wert haben mußten. Herr Touschek, der ihre Anzahl und ihr Aussehen mit den Büchern verglich, welche die Stadt für die Schülerbibliothek der Realschule angeschafft hatte, schätzte im Geiste, daß jemand, der sie kaufen wollte, dafür einen Betrag zahlen müßte, für den er mindestens drei feiste Mastochsen bekommen könnte.

Oft, wenn der Herr Professor in der Schule war, schlüpften Frau Touschek und die beiden Fräuleins in sein Zimmer, standen lange Zeit vor dem Schrank, in dem die Bücher eingeordnet waren, und betrachteten sie mit andächtiger Hochachtung. Bei solchen Gelegenheiten verkündete die ehrbare Frau Stadtrat hin und wieder folgendes: »Oh, du mein gekreuzigter Heiland! Diese Weisheit! Diese Gelehrsamkeit! Und wenn man bedenkt, daß dieser Herr das alles da auch noch in seinem Kopf hat! Wer würde denn glauben, daß das alles in einen Kopf reingeht ...!«

Dem lieben Leser verrate ich hier so nebenbei, daß Herr Chlumák sich nur den kleineren Teil dieser Bibliothek von seinen eigenen Ersparnissen angeschafft hat. Den größeren, besonders die alten Folianten, hatte er vor einigen Jahren von einem Onkel geerbt, einem Bruder seiner Großmutter, der irgendwo in der Hannakei* Pfarrer gewesen war.

Vielleicht nicht weniger als die in der ganzen Stadt kursierenden Gerüchte von seiner sagenhaft reichhaltigen Bibliothek trug zu seinem Ansehen und seinem Ruhm auch das Faktum bei, daß er Kost und Logis für drei Monate im voraus bezahlt hatte. Wie Herr Touschek das ausdrückte, war das ein noch nie dagewesenes Kuriosum. Jenes Wort hatte er einmal auf der Kegelbahn aufgeschnappt, wo es der Gendarmeriewachtmeister gebraucht hatte, als bei einem Preiskegeln der städtische Revierförster alle Neune nicht von der Spitze, sondern vom linken Saunagel aus,* geschafft hatte. Dieses Wort hatte Herrn Touschek so gut gefallen, daß er es fortan bei jeder passenden und unpassenden Gelegenheit verwendete. – Als die Kollegen des jungen Herrn von diesem Kuriosum erfuhren, schüttelten sie die Köpfe, als wollten sie sich darüber wundern, daß er so viel bezahlte, und das umso mehr, weil ihm bis dahin sein Gehalt noch gar nicht ausbezahlt worden war. »Er ist halt doch ein Reicher,« dachten sie und hörten auf, ihre Häupter zu schütteln.

Und ebenso wie die Kunde von seinem Wohlstand verbreitete sich auch der Ruhm von seiner Gelehrsamkeit. Durch irgendeinen Zufall – er hatte dazu kein einziges Wort gesagt – hieß es plötzlich, daß er fließend Französisch spreche und auch noch andere fremde Sprachen beherrsche. Mit verschiedenen lateinischen und griechischen Zitaten verblüffte er auch den Herrn Direktor, welcher diese entweder überhaupt nicht gekannt oder schon längst wieder vergessen hatte. Außerdem überzeugte sich der Herr Direktor rasch davon, daß Herr Chlumák trotz seines jugendlichen Alters ein hervorragender und gewissenhafter Lehrer war. Dieser war auch bei den Schülern beliebt, obwohl er strenge Disziplin hielt; und sie respektierten ihn umso mehr, weil auch ihnen nicht verborgen geblieben war, daß er sie angeblich nur zu seinem Vergnügen unterrichtete.

Wenn er gewollt hätte, hätten sich zu seinen Schülern auch noch Schülerinnen hinzugesellt, und zwar in Gestalt aller heranreifenden und erwachsenen Mädchen aus der Schicht der Patrizier und der allgemeinen Intelligenz in der Stadt. Die Touschek-Fräuleins prahlten nämlich damit, daß ihnen der Herr Professor Chlumák Französisch beibringe, und es war interessant, ihnen zuzuhören, wie sie im Stall, am Brunnen und an anderen privaten und öffentlichen Plätzen mit sich selbst redeten: »Bonne schuhr! Bonne Suwahr! Komm an aweh wuh dormi?«

Jene und noch ein paar andere hübsche und bedeutungsvolle Redewendungen imponierten namentlich der Damenwelt ungeheuer, wenn auch der heimische Akzent und die charakteristische südböhmische Intonation unüberhörbar waren, die ihnen auch ein ganzer Haufen französischer Phonetiker in lebenslanger Arbeit nicht hätte abgewöhnen können. Fräulein Toni ergänzte notfalls noch zum Beispiel mit folgendem Satz: »Wenn ich bloß noch einen etwas besseren Schädel hätt', dann hätt' ich schon die ganze französische Sprach' intus.«

Dafür erklärte Frau Touschek jedermann: »Einen solchen Herrn findet man nirgends, und wenn man die ganze Welt absuchen würd', so einen geschickten. Er hat kaum angefangen, mit diesen Mädeln Französisch zu machen, da hatte er's schon in ihre Köpfe eingetrichtert, und jetzt reden sie schon so französisch, daß es nur so prasselt. Die könnten einen Menschen damit glatt fertigmachen, aber das schadet nichts. Der Mensch muß bedenken, daß Bildung jetzt was anderes ist, als es in unserer Jugendzeit war, gell.«

Diese Sätze versetzten die ganze Damenwelt in helle Aufregung, und die Erkenntnis, »daß die Bildung eine andere werden muß,« trieb sie allesamt zu dem Herrn Professor, der ihnen Französisch-Stunden geben sollte. Gegenüber jener Sehnsucht nach Bildung nahm der Herr Professor eine ablehnende Haltung ein und erklärte, selbst wenn ihm die Damen fürstliche Honorare bezahlen würden, könne er keine Privatstunden übernehmen, und zwar deshalb, weil er studieren müsse. – Jene, seine Weigerung, war für die Touschek-Familie eine Quelle für eine ganze Reihe neuer Triumphe.

Der Herr Professor war überhaupt etwas eigensinnig und seltsam. Er wurde zu Familien eingeladen, zu heiteren Gesellschaften, sogar zu Schlachtfesten – vergebens; er ging nirgends hin und nahm keine Einladung an. Auch alles Zureden der Kollegen, er solle doch an ihren abendlichen Zusammenkünften und Vergnügungen teilnehmen, blieb wirkungslos. Der junge Herr erklärte, daß er kein Bier trinke und nicht in Wirtshäuser gehe, und dabei blieb er. Er ging überhaupt nirgendwo anders hin als in die Schule, und bloß ausnahmsweise machte er hie und da einen Spaziergang in die Umgebung der Stadt. Die gesamte Intelligenz grämte sich geradezu über die vor allem jenen Herren völlig unbegreifliche Hartnäckigkeit. Sie hätten ihn gern in ihrer Mitte gesehen, als eine wahre Zierde ihrer Zirkel hätten sie ihn betrachtet, ja, sie hätten ihm sogar aufrichtig gehuldigt. Nicht daß sie ihm deswegen gegrollt hätten; im Gegenteil, vom Herrn Bezirksamtmann bis zum letzten Schreiber hörten sie nicht auf, ihn zu bewundern.

Herr Chlumák wirkte schon etwa zwei Monate lang an der kommunalen Realschule, als die Stadt von einem grausamen Unheil heimgesucht wurde; eine entsetzliche Feuersbrunst vernichtete beinahe die Hälfte ihrer Gebäude*. Ein unbeschreibliches Elend befiel die Unglücklichen, ihres Obdachs und beinahe all ihrer Habe beraubt, und das gerade an der Schwelle eines unbarmherzigen Böhmerwaldwinters. Das Haus der Touscheks war vom Feuer verschont geblieben, und daher berührte das große Unglück auch den Herrn Professor nur mittelbar.

Dieser erschien am Tag nach der Katastrophe im Amtszimmer des Stadtoberhaupts. »Herr Bürgermeister,« redete er den erschütterten Würdenträger an, »bis jetzt ist mir mein Gehalt noch nicht ausbezahlt worden. Ich bin gekommen, um Ihnen zu erklären, daß ich zugunsten der vom Brand Geschädigten auf den Betrag verzichte, der mir nach den zwei voll abgelaufenen Monaten zustünde. Geruhen Sie außerdem diese Kleinigkeit anzunehmen, die ich von meinem Geld noch dazugebe, und verteilen Sie die Spende nach Ihrem weisen Dafürhalten. Zugleich bitte ich Sie, die Angelegenheit als vertraulich zu betrachten und meinen Namen nicht zu nennen.« Mit diesen Worten übergab er dem Bürgermeister zwei Hundert-Gulden-Scheine.

Jener riß die Augen weit auf, ein Wunder war's, daß er vor Staunen nicht die Sprache verlor. Aber es dauerte doch eine geraume Zeit, ehe er einige Worte des Dankes hervorbringen konnte. Was die zuletzt vorgetragene Bitte des großmütigen Spenders anbelangte, erfüllte sie der Herr Bürgermeister insoweit wortwörtlich, daß er noch am selben Tag lediglich seinen zwei allervertrautesten Freunden im Amt von der eben geschilderten Szene Mitteilung machte. Es braucht nicht gesagt zu werden, daß die Folge davon darin bestand, daß nach wenigen Stunden die ganze Stadt von allem wußte, und wir können uns den Ruhmeskranz vorstellen, der dem jungen, wohlhabenden, gelehrten und großherzigen Herrn aufs Haupt gesetzt wurde.

3

Drei, möglicherweise vier Monate waren bereits vergangen, die der Herr Chlumák an der Realschule unserer königlich-goldenen Stadt gewirkt hatte und in denen er das Objekt allgemeiner Hochachtung und aufrichtiger Bewunderung gewesen war.

Solch eine Hochachtung, solche Bewunderung schmeichelt der Seele wirklich, aber trotzdem kann man nicht behaupten, daß sie sämtliche Bedürfnisse eines Menschen erfüllen würde, vor allem nicht, was die materielle Seite anbelangt. Davon kann einer nicht fett werden. Es ist keinem Sterblichen gegeben, daß er sich allein von Nektar und Ambrosia richtig ernähren könnte. Und himmlischer Äther ergibt nur eine dünne und magere Suppe, die einem nicht bekommt und den Knochen weder Festigkeit noch Kraft verleiht. Bewunderung und Hochachtung ersetzen auf die Dauer nicht den Mangel an geselligem Leben. Derjenige, den alle bewundern, erhebt sich zwar hoch über seine irdischen Brüder, aber einsam schreitet er auf seinem leuchtenden Pfad dahin.

Übertragen wir diese Überlegungen auf unseren Fall und übersetzen wir sie in prosaische Sprache, dann lesen wir daraus heraus, daß es dem Herrn Professor sehr unbehaglich zu werden begann, in der Umwelt, in die er geraten war. Das Gefühl der Vereinsamung machte ihm zu schaffen, und die Langeweile führte ihn böse in Versuchung. Mit hartnäckiger Beharrlichkeit flogen seine Gedanken, je weiter die Zeit vorrückte umso öfter, in das Schloß von Řečkovice zurück, zur Familie des Barons von Kunewald, bei der er drei Jahre verbracht und die er seinerzeit nur höchst ungern und mit schwerem Herzen verlassen hatte. Indem sie dorthin zurückkehrten, ergänzten seine Gedanken das, was ihm von dort kommende Briefe über Begebenheiten und Leute zutrugen, mit denen er dort verkehrt hatte. Drei Jahre hatte er dort verbracht, und diese Gedanken zwangen ihn dazu, sein jetziges Leben mit dem zu vergleichen, das er bis vor nicht allzu langer Zeit in Řečkovice geführt hatte. Wie ein Traum waren ihm diese drei Jahre vergangen, aber viel hatte er davon profitiert, viel dazugelernt, das erfaßte er in seiner jetzigen Vereinsamung erst völlig. Wie nett und fröhlich war es dort immer gewesen, welch ausgewählte Gesellschaft war dort zusammengekommen ... Er war zwar, wahr war's, nur Erzieher gewesen, hatte nur eine abhängige Stellung innegehabt, mit ungewissen Zukunftsperspektiven, aber niemand hatte ihn das fühlen lassen, alle waren gut zu ihm gewesen, ganz ungezwungen hatte er sich bewegen können, wie zur Familie so auch zur Gesellschaft gehörend. Bewundert, wie es hier gemacht wurde, hatte man ihn nicht, aber beliebt war er gewesen, und gedankt hatte man es ihm, daß die Kinder an ihm hingen, die er gewissenhaft und erfolgreich unterrichtete. Und hier? So eine Umgebung! So eine Abgeschiedenheit!

Das alberne Geschwätz der Touschek-Fräuleins, welches ihm anfangs komisch vorgekommen war, ihn erheitert und ihm Spaß gemacht hatte, langweilte ihn mit der Zeit und wurde ihm zuletzt richtig zuwider. Ihre zu offensichtlichen Vertraulichkeiten begannen ihn regelrecht anzuekeln. Wenn er in der Schule war, durchwühlten sie seine Schubladen und Schränke, lasen die Briefe, die er dort aufbewahrt hatte. War er zu Hause, platzten sie ständig bei ihm herein, störten und belästigten ihn. Sie kamen sogar noch spät am Abend daher, wenn er schon gern schlafen gegangen wäre. Und die unzweideutige Koketterie, welche diese hier, jene dort mit unbestreitbarer Geschicklichkeit entwickelte, um seine Gedanken zu erregen und zu betören, erfüllten sein Gemüt mit heimlicher Furcht, ja, mit echtem Entsetzen. Er sah schon kommen, daß er entweder diesen Nachstellungen erliegen oder daß es zum Bruch kommen werde. Es geschah oft, wenn er sich keinen anderen Rat mehr wußte, daß er sich einschloß und sie mit mancherlei, häufig recht ungeschickten Ausreden abwimmelte, wenn sie sich ihm aufdrängen wollten. Er las und studierte wirklich sehr fleißig, aber einem jungen Mann von fünfundzwanzig Jahren ist auch nicht immer danach, sich ständig in

Büchern zu vergraben. Sie waren entsetzlich lang, diese seine Winterabende, entweder in Vereinsamung verbracht oder in Gesellschaft dieser Mädchen, deren Gerede ihn langweilte, die aber – das konnte er nicht bestreiten, seine Sinnlichkeit zu erregen begannen, denn außer dem Anblick ihrer jugendlichen, gesunden und üppigen Körper bot diese Gesellschaft ja nichts anderes.

Warum sollte er nicht doch einmal abends in ein Wirtshaus gehen und die Gesellschaft der Kollegen und anderer dort versammelter junger Leute suchen? – Dieser Gedanke kam ihm nicht bloß einmal, aber jedesmal verdrängte er ihn und widerstand siegreich der Versuchung, hauptsächlich aus dem Grunde, daß ihm die Scham zu Hilfe kam, eine brennende, erbarmungslose Scham, sooft er sich daran erinnerte, daß er sich hier mit einer großen Lüge eingeführt hatte. Er warf sie sich bitter vor, jene unnötige, völlig unverständliche Lüge, aber wenn er auch einsah, daß sie früher oder später sowieso ans Licht kommen würde, er hatte nicht den Mut, sich zu ihr zu bekennen. Er spürte richtig: Sobald er ein entsprechendes Bekenntnis ablegen würde, wäre der ganze Nimbus dahin, der seine Person mit einem strahlenden Glanz umwob, und die Achtung, die alle ihm gegenüber zeigten, würde sich in Hohngelächter verwandeln. Er würde wieder zum Objekt von allem Klatsch und Gerede werden, diesmal aber im umgekehrten Sinne. Vielleicht wurde sowieso bereits so einiges gemunkelt und mehr und mehr Zweifel an seinem Reichtum geäußert. Sicherlich wunderte sich schon alle Welt, daß ihm mit der Post keine Gelder überwiesen wurden, die doch eintreffen müßten, wenn er wirklich reich wäre. Schließlich wußte man hier von jedem Kreuzer Bescheid, der auf diesem Wege in unsere Stadt kam.

Es geschah, daß Kollegen, an erster Stelle unter ihnen Horouschek, ihm zuredeten, daß er sie doch wenigstens hie und da besuchen, daß er sich ihrer Gesellschaft nicht entziehen solle. Mit herzlichen Worten erklärten sie ihm, wie gern sie ihn in ihrer Mitte sähen. Sie führten ihm vor Augen, daß die Abgeschiedenheit, in der er lebte, sich mit der Zeit an ihm rächen würde, daß der Kontakt mit anderen Leuten für den Menschen erforderlich, ja sogar lebensnotwendig sei, wenn er nicht wolle, daß er verkalke und zu einem widerlichen, trübsinnigen, seltsamen Kauz werde. Sooft solche Sätze an seine Ohren drangen, war es verständlich, daß sie in seinem Inneren einen erbitterten Kampf auslösten. Sein Gesichtsausdruck, sonst gütig und milde, wurde hart, beinahe böse. Damit sie ihn in Ruhe ließen, entgegnete er, daß das Wirtshausleben sämtliche besseren Gefühle und alle edleren Gedanken ersticke und abtöte; daß er noch niemals alkoholische Getränke getrunken und sein Leben lang vor jedem Gasthaus Ekel empfunden habe. Solange er am Leben bleibe, werde er niemals ein Wirtshaus betreten. Es war zu merken, daß er sich in diesen Abscheu hineinsteigerte, und daß, je entschiedener er seine Einstellung verfocht, sich in seinem Gesicht umso größerer Trotz spiegelte. Sein Blick verdüsterte sich, seine Augen nahmen einen grünlichen Glanz an, und Blitze zuckten aus ihnen hervor. Trotzdem hatte es manchmal den Anschein, als ob Chlumák solche Debatten vorsätzlich provozieren würde, damit ihn seine Gegner von der Richtigkeit ihrer Ansichten überzeugen sollten, und daß er sich dann darüber ärgerte, daß es ihnen nicht gelungen war. Er kannte das Wirtshausleben überhaupt nicht, bloß wenn er auf Reisen unterwegs gewesen war, hatte er ein Wirtshaus betreten. Niemals hatte er einen Abend in einem Gasthaus verbracht, nicht einmal während seiner Studentenzeit in Wien, denn auch damals war er bei einer Familie in Kost und Logis gewesen. Der Ekel, den er vor einer Schenke hatte, kam von seinem Abscheu vor dem Alkohol; von Reden, die er oft von zarter Jugendzeit an gehört hatte, und die ein Wirtshaus als Ursprung von mancherlei Bösem und aller Nöte schilderten; von abschreckenden Beispielen, die er aus den Schicksalen einiger seiner Mitschüler und anderer Bekannter abgeleitet hatte, die dem Alkohol und anderen physischen Verderbern verfallen waren. Hauptsächlich kam der Abscheu daher, daß er es als unnützes, unverzeihliches Zeitvergeuden und -totschlagen betrachtete, Abende in Wirtshäusern zu verbringen. Zu all dem kamen noch die Scham und die Angst dazu, daß ihn jemand auf seine Familie und auf sein Erbe ansprechen könnte. Um nichts in der Welt hätte er nochmals die Lüge wiederholen wollen, mit der er sich bei seinen Hausleuten eingeführt hatte und die von jenen in der ganzen Stadt verbreitet worden war. Seinem Wesen und seiner Einstellung nach war er nämlich ein geselliger Mensch, und je länger desto schwerer ertrug er die Vereinsamung, zu der er sich selbst verurteilt hatte, aus der es – wie er fest glaubte – keine Befreiung gab, und in der ihm nun schon langsam der fünfte Monat seines Aufenthaltes an seiner neuen Wirkungsstätte verging.

Zu dieser Scham und Angst gesellte sich gegen das Ende jener Zeit noch eine andere Ursache, die ihn zwang, zu Hause zu bleiben, selbst wenn er dem schönen Zureden des Herrn Horouschek und der anderen Kollegen hätte nachgeben wollen und das Grauen vor einem Wirtshaus überwunden hätte. Er mußte die Gesellschaft der Touschek-Fräuleins weiter erdulden und sich weiter mit der drohenden Gefahr herumschlagen, die in den nicht nachlassenden Nachstellungen lauerte, welche diese Mädchen inszenierten: Er hatte nämlich keinen Kreuzer Geld mehr!

Als er seinerzeit Kost und Logis für drei Monate im voraus bezahlt und den vom Stadtbrand Geschädigten seinen Anspruch auf die ersten zwei Monatsgehälter und dazu noch zwei Hunderter gespendet hatte, beinahe seine gesamten Ersparnisse, die er von Řečkovice mitgebracht hatte, waren ihm keine ganzen dreißig Gulden mehr geblieben. Davon hatte er den größeren Teil für das Abonnement verschiedener Zeitschriften verbraucht, der Rest war für kleine Ausgaben draufgegangen. Er hatte jene Beträge aus gutem Herzen gespendet und – um die Wahrheit zu sagen – auch ein wenig im Fieber des schwindelerregenden Größenwahns, der ihn damals erfaßt hatte, als er sich als Objekt allgemeiner Bewunderung und maßlosen Respekts gesehen hatte. Es war ihm nicht leid um das Geld gewesen, weil er es nicht gebraucht hätte, und weil er nicht einmal im Traum auf die Idee gekommen wäre, daß er einmal in irgendeine Geldverlegenheit kommen könnte. Schließlich sollte er von der Gemeinde ein Gehalt bekommen, das ihm zum Lebensunterhalt reichte, und dessen Auszahlung in den allernächsten Tagen erfolgen mußte. Als es dann trotz allem fortwährend nicht dazu kam, wunderte er sich wirklich über diese unerklärliche Verzögerung. Aber er sagte nichts, damit niemand glauben sollte, daß er vielleicht auf dieses Geld warten würde. Was Geld anbelangte, hatte er in Řečkovice auch keine großen Erfahrungen sammeln können. Dort war an jedem Monatsersten, gleich in der Frühe, kaum daß er sich angezogen hatte, ein Lakai zu ihm ins Zimmer gekommen und hatte einen verschlossenen Umschlag auf den Tisch gelegt, mit den Worten: »Der Herr Baron läßt danken und schickt dem Herrn Lehrer sein Gehalt.«

Am meisten ärgerte ihn, daß er nach Ablauf des ersten Vierteljahres kein Geld mehr hatte, um seinen Hausleuten Kost und Logis bezahlen zu können. Die forderten jedoch keine Bezahlung von ihm, im Gegenteil, mit keinem Wort und auch auf keinerlei andere Weise deuteten sie ihm an, daß sie darauf warten würden oder daß sie die Brandgeschädigten für diese Unkorrektheit dafür verantwortlich gemacht hätten. Er hätte sich gerne wenigstens entschuldigt, ihnen zu verstehen gegeben, daß er nicht zahlen könne, weil er sein Gehalt noch nicht bekommen habe, aber um nichts in der Welt konnte er sich dazu durchringen, ihnen das irgendwie einzugestehen. Er wartete und hoffte fortwährend darauf, daß sich eine passende Gelegenheit ergäbe, bei der er das machen könnte. Doch er wartete und hoffte vergebens. Der Herr Stadtrat Touschek hatte zwar, das stimmte, nicht bloß einmal mit ihm ein Gespräch begonnen, in dem es um Gemeindeangelegenheiten gegangen war, um Ansprüche, welche die Gemeinde betrafen, um alle möglichen anderen Themen, aber mit keinem Wort hatte er den Grund erwähnt, weshalb noch kein Gehalt ausbezahlt worden war, obwohl er dabei einmal sogar das Dekret vom Tag seines Dienstantrittes in der Hand gehalten hatte. Es kam wirklich so weit, daß der Herr Professor nichts mehr hatte, womit er den Briefträger für zugestellte Postsendungen hätte bezahlen können – damals zahlte man für die Zustellung eines frankierten Briefes einen Kreuzer – und ihm blieb nichts anderes übrig, als wiederholt Frau Touschek zu bitten, ihm auszuhelfen. Die war ihm natürlich bereitwilligst zu Diensten, ja, sie bot ihm sogar an, ihm gern jeden möglichen Betrag zu borgen, falls er Geld brauche. Es versteht sich von selbst, daß diese Offerte nicht ohne einen riesigen Wortschwall über die Bühne ging. Der Herr Professor wehrte jedoch das angebotene Darlehen mit aller Entschiedenheit ab, aber die Bereitwilligkeit seiner Quartierfrau schmerzte ihn mehr als diese die Ablehnung.

Diese ihm so peinliche Geldverlegenheit, in die er auch durch eigenes Zutun geraten war, und die ihn fortwährend quälende Langeweile wirkten sich derart auf seine Stimmung aus, daß er, je länger dieser Zustand dauerte, in seinem Umgang mit den Leuten desto mehr überempfindlich, mürrisch, ja abweisend und menschenscheu wurde. Er wich selbst den Kollegen aus, und nur noch mit Horouschek hatte er so leidlich Kontakt. Der sagte ihm von allen noch am meisten zu, auch wenn er sich seinem Charakter und seiner Lebensweise nach sehr von ihm unterschied und die Welt ganz anders betrachtete als er. Horouschek war nämlich eine Art von kleinstädtischem Lebemann, der sich mit allen anfreundete, sämtliche Gesellschaften besuchte, beim Bier eine Menge Erklärungen abgab, seine Mitmenschen unterhielt und allen Frauen den Hof machte. Darum pflegte Chlumák auch mit diesem Herrn nur in der Schule Umgang und unternahm nur selten mit ihm einen Spaziergang.

Eines Nachmittags, als sie zusammen von der Schule weg und über den holprigen, schneebedeckten Marktplatz gingen, platze Chlumák, ganz verdüstert, mit der Frage heraus: »Sagen Sie mal, Herr Kollege, was ist denn eigentlich mit meinem Gehalt los? ... Bis heute hab' ich noch keinen Kreuzer bekommen ...«

»Sie Glückspilz,« antwortete Horouschek und lachte dabei in der ihm eigenen Art. »Sie fragen erst jetzt, nach beinahe fünf Monaten? Ich würde mir wünschen, auch einmal in solch einer glücklichen Lage zu sein! Sie müssen wissen, mein Lieber, sofern Ihnen das noch nicht bekannt ist, daß es in unserer Stadt nicht üblich ist, daß die Gemeinde ihren Angestellten und Lehrern regelmäßig die Gehälter zahlt. Die Gemeinde hat zwar tatsächlich beträchtliche Einnahmen aus ihren Wäldern und Teichen, aber in der

Stadtkasse würden Sie vergeblich nach ein paar Groschen suchen. Das heißt, es gibt schon Tage, wo Geld in sie reinkommt, aber davon weiß unsereins niemals beizeiten. Daher kämen wir jedesmal zu spät, wenn wir uns nicht behelfen würden – mit einem gewissen Mittelchen, das sich aus der Praxis entwickelt und gründlich bei uns eingebürgert hat ...«

Chlumák, in dessen Gesicht Anzeichen einer großen Beunruhigung sichtbar wurden, unterbrach an dieser Stelle die Ausführungen seines Kollegen: »Wären Sie vielleicht so ungemein freundlich,« brummte er, »mir dieses Mittelchen zu verraten?«

»Aber mit dem größten Vergnügen,« lachte sein Gesprächspartner. »Kennen Sie Herrn Aaron Katz, den einzigen Sohn Israels, welchen die Mauern unserer Stadt beherbergen, und gleichzeitig einen der allernützlichsten Menschen, welche die hiesige reine Luft atmen?«

Chlumák zog die Brauen hoch, sein Blick verdüsterte sich noch mehr. »Ich hatte bisher nicht die Ehre, mit ihm bekanntgemacht zu werden,« knurrte er. »Und übrigens, Sie werden von mir doch nicht annehmen, daß ich zum Juden gehen würde, um mir von ihm Geld zu borgen?«

»Ich glaub' das umso weniger von Ihnen, als ich das selbst auch nicht mache, obwohl ich manchmal so arg in der Klemme bin, daß sich niemand wundern dürfte, wenn ich's auch versuchen würde. Die Sache verhält sich einfach so: Herr Aaron Katz ist von Natur aus damit begabt, oder wie er es auszudrücken pflegt, ›belastet‹, daß er einen derart feinen Geruchssinn hat, daß er unfehlbar Geld wittert, sobald es im Schoß der Kasse liegt. Und wie er's wittert, geht er auch schon hin und holt sich's.«

»Wie? Der Katz nimmt Geld, das in der Kasse liegt?«

»No, er holt sich unser Geld. Wir geben ihm nämlich Quittungen, wenn wir Geld brauchen, bei bestimmten Gelegenheiten, zum Beispiel, wenn wir in die Ferien fahren wollen. Wir geben ihm auch solche Quittungen, die auf zwei oder drei Monate im voraus ausgestellt und unterschrieben sind, und er zahlt uns auf die hin mit menschenfreundlicher Gefälligkeit das Geld aus. Als Provision zieht er für sich nur einen Gulden von hundert im Monat ab. Er hilft uns damit aus der Klemme, und wir sind ihm dafür dankbar. Das ist schließlich eine sehr praktische und für uns vorteilhafte Einführung, hab' ich nicht recht? – Und Katz ist ein braver Mensch. Man darf ja nicht übersehen, daß er sich in die Gefahr begibt, Geld dabei zu verlieren. Wenn zum Beispiel jemand von uns sterben sollte, wer gibt ihm dann was?«

Chlumák verdüsterte sich noch mehr, insofern das überhaupt noch möglich war. »Nein,« sagte er nach einer beträchtlich langen Pause, »zu diesem Mittelchen werd' ich nicht greifen. Ich werde niemals die Gefälligkeit eines Wucherers in Anspruch nehmen!«

»Ich bin ganz sicher, daß Sie das nicht tun werden,« sagte Horouschek. »Sie, wenn Sie Geld benötigen, brauchen nur an die Frau Mama zu schreiben. Wenn ich das doch auch so machen könnte! Aber ich muß meine alte, kränkliche Mutter unterstützen.«

Horouschek bemerkte gar nicht, wie heftig Chlumák bei diesen Worten errötete, und was für ein Schatten des Unmuts über sein Gesicht flog. Er brummte ein paar unverständliche Worte vor sich hin, worauf er fortfuhr: »Was soll ich von einer Gemeinde denken, die ihre Lehrer zu solch unwürdiger Bettelei um Hilfe zu einem halsabschneiderischen Wucherer treibt? Ich werd' mir so was nicht gefallen lassen und ein ernstes Wort mit dem Bürgermeister sprechen.

Hier geht es ums Prinzip! Ich werde unter allen Umständen mein Recht durchsetzen und, wenn es nötig sein sollte, auch vor Gericht!«

Während er das sagte, erhob er seine Stimme, die von Natur aus schon laut und metallisch klang. Die letzten Worte hallten wie die Posaunen der Erzengel vor dem letzten Gericht und erschreckten den friedliebenden Horouschek. »Um Gottes willen, ich bitt' Sie,« sagte jener völlig verängstigt, beinahe mit weinerlicher Stimme, »mäßigen Sie Ihre Lautstärke! Ihnen ist es zweifellos gleichgültig, ob Sie sich den Groll des Bürgermeisters zuziehen oder nicht, aber wir übrigen können uns nicht mit ihm und dem Schulausschuß verfeinden.«

Wenn Herr Horouschek den geradezu taubenartigen Charakter seines jüngeren Kollegen gekannt hätte, wäre er sicher nicht so wegen der Drohung erschrocken, die jener so energisch und mit solchem Einsatz seiner Stimmbänder vorgetragen hatte. Dann hätte er nämlich gewußt, daß es dem jungen Mann nicht einmal in seinen Träumen einfallen würde, so eine Drohung wahr zu machen.

Als Chlumák seinerseits erkannte, welch gewaltigen Eindruck seine Worte hervorriefen, schoß er einen Blitz um den anderen aus seinen ins Grünliche schillernden Augen und fuhr in gleichem Ton, womöglich noch lauter, fort: »Ich werd' doch noch mein Recht durchsetzen können! Bei Gott, das schaff' ich! Das wär' ja noch schöner, wenn der Mensch vom Wohlwollen eines Halsabschneiders und Wucherers abhängen müßte! Sie werden's noch sehen, wie ich da einschreiten werde – der Bürgermeister und die ganze Gemeinde sollen sich in acht nehmen! Wir sind wir! – sagt man bei uns!«

»Verzeihen Sie, Herr Kollege, ... ich sollte ... ich müßte ... mit dem Buchbinder noch was besprechen ...

betreffs neuer Entwürfe ...,« stotterte Horouschek und schaute ängstlich nach allen Seiten. Er bog von dem in den Schnee gestapften Pfad ab, ging quer über den Marktplatz und achtete nicht auf die aufgetürmten Schneewehen, in denen er bis zu den Knien versank. Dieser plötzliche Rückzug ähnelte aufs Haar der wilden Flucht eines Menschen, der von einem mörderischen Feind überfallen worden ist, welcher ihm nach dem Leben trachtet. Wenn Herr Horouschek fürchtete, daß Chlumáks Reden und Drohungen von jemandem mitgehört werden könnten, der entschlossen wäre, sie auf der Stelle in der Stadt zu verbreiten, so daß er dann mit Chlumák zusammen kompromittiert wäre, dann war seine Angst wirklich überflüssig. Und seine mit solchen Beschwernissen verbunden Flucht war völlig übereilt. Denn die Fenster, welche im Sommer nur selten geöffnet werden, aus Besorgnis vor der frischen Luft, die in der freien, goldenen Stadt weht, sind im Winter so gründlich vernagelt, daß nicht einmal der Knall eines Kanonenschusses durchzuhören ist. Und auf dem Marktplatz war außer einem schwerhörigen Bettelweib, das gerade von Haus zu Haus schlich, und ein paar herumstreunenden Hunden kein lebendes Wesen. Beim Rathaustor, von der Stelle, wo sich die eben geschilderte Szene zwischen den beiden Professoren abgespielt hatte, am weitesten entfernt, standen bewegungslos wie ein Statuenpaar die Brüder Konopka, die einzigen Wächter der öffentlichen Sicherheit der Goldbergstadt. Von denen wurde allgemein behauptet, daß sie von allen Leuten, die innerhalb der Stadtmauern lebten, am wenigsten sehen und am schlechtesten hören würden.

Chlumák jedoch, nachdem er den gewaltigen Eindruck erfaßt hatte, den die Stimme seines Zorns bewirkt hatte, verließ den Schauplatz mit stolz erhobenem Kopf, wie ein General nach siegreicher Schlacht, bog zuerst links in die Breite Gasse, dann rechts in die Lange Gasse ab und verschwand schließlich in der schwarz gähnenden Öffnung des Touschekschen Haustores.

Nachdem er sich von der zermalmenden Wirkung seines lauten Organs und der im Zorn unheimlich leuchtenden Augen hatte überzeugen können, griff er später auch bei anderen Gelegenheiten auf diese bewährten Waffen zurück. Und es muß angemerkt werden, daß er damit jedesmal unbestrittenen Erfolg hatte. So kam zu den Gerüchten von seinem großen Reichtum, von dem Ruhm seiner großherzigen Wohltätigkeit, von seiner ungewöhnlichen Gelehrsamkeit und seinem pädagogischen Geschick auch noch die Kunde hinzu, wie schrecklich er in seinem Zorn war.

4

Wiederum waren ein paar Wochen vergangen, vielleicht zwei Monate, der Frühling kündigte sich sogar schon an, der sich bei uns regelmäßig stark verspätet. Herrn Chlumák hatte jener Wechsel der Jahreszeit allerdings keine Rosen gebracht, weil er noch nicht einmal jetzt sein Honorar ausbezahlt erhalten hatte. Dennoch hatte man nicht das geringste davon gehört, daß er – wie er in seiner denkwürdigen Unterredung mit Herrn Horouschek gedrohte hatte – irgendwelche Schritte unternommen hätte, um sein Recht einzufordern. Es war auch nicht die Rede davon, daß er in absehbarer Zeit derartige Schritte zu unternehmen gedächte. Stattdessen war allgemein bekannt, und in der ganzen Stadt wurde darüber gesprochen, daß ihn tatsächlich Briefe mit dem Poststempel ›Hodonin‹ erreichten. Diese waren größtenteils nicht frankiert, die

Adresse war merkwürdig verstümmelt, und die arg undeutliche Schrift deutete auf eine ungelenke, im Schreiben ganz und gar nicht geübte Hand hin. Aber nie, nicht ein einziges Mal während der ganzen Zeit, die der Herr Professor bereits in der Goldbergstadt weilte und wirkte, hatte ihm der Briefträger einen Umschlag überbracht, in dem Geld enthalten gewesen wäre. Der allgemeinen Aufmerksamkeit war auch nicht entgangen, daß er die verschiedenen Prager und Wiener Zeitungen nicht mehr erhielt, auf deren Banderolen seinerzeit aufgedruckt gewesen war: »Ihr Abonnement läuft am letzten Dezember des [gerade abgelaufenen] Jahres 186. aus«. – Dieser an sich unbedeutende Umstand lieferte den Anlaß für mehr als genug Auslegungen und Erwägungen. Überdies hatte die ganze Stadt ja auch erfahren, daß der Herr Professor Chlumák wirklich Kost und Logis für drei Monate im voraus bezahlt hatte, daß von jenem Zeitpunkt an die Frau Touschek aber keinen Kreuzer mehr von ihm zu sehen bekommen hatte. Für dieses Gerede darüber hatte Frau Touschek selbst den Anlaß geliefert, indem sie überall in der Nachbarschaft von dem angeblich einzigen Fehler herumerzählte, den ihre scharfen Augen an dem Herrn Professor entdeckt hätten, nämlich von einer gewissen Unentschlossenheit und Zögerlichkeit, die sich einerseits darin offenbare, daß er seiner Mama nicht um Geld schreibe, andererseits und hauptsächlich darin, daß er sich bis jetzt noch nicht geäußert habe, ob er nun der Toni oder der Pepi den Vorzug gebe. Soweit es sie, die Frau Touschek, beträfe, sähe sie es lieber, wenn er sich für die Toni entscheiden könnte, denn diese sei älter, vernünftiger und auch gebildeter. Sollte sich der junge Herr aber die Pepi in den Kopf setzen, würde sie ihm auch diese geben. Und der Herr Touschek, dem die Pepi lieber sei, und der ohne sie nur schwer leben könnte, würde am Ende genau so einwilligen wie sie.

Ein anderes Mal wieder erklärte sie folgendes: »Er ist schon seltsam, dieser unser Herr Prefessor, sehr nett, sehr ordentlich, er schmeckt nicht einmal auf einen Sprung in ein Wirtshaus hinein, studiert viel und steckt dauernd in den Büchern, aber trotzdem ist er seltsam. Glaubt ihr, daß der einen Finger rührt, um sein Gehalt zu bekommen? – Er, na ja, er braucht es nicht, er ist reich, und wenn er's wollte, hätte er gleich ein Geld da. Aber er, gell, um nichts in der Welt würde der seiner Frau Mutter schreiben. Schämt er sich? Hat er mit ihr Streit gehabt? – Er sagt keinem Menschen was, so daß kein Mensch was weiß. Und doch wurmt's ihn, daß er ohne Geld dasteht. Er macht ein finsteres Gesicht, schaut, als wenn er mit allen bös wär', und redet mit niemandem. Nicht einmal mit den Mädeln scherzt er mehr, und das, gell, ist nicht gut, gell? Was wär' denn, wenn sich die Mädeln über ihn ärgern würden und ihn dann nicht mehr haben wollten? – Das könnt ihm leicht ...«

Zumindest was den Groll ihrer Töchter betraf, irrte sich die gute Frau Touschek gründlich. Der junge Herr machte mit den Mädchen zwar keine ›Späßchen‹ mehr, redete nur noch sehr wenig mit ihnen, zuletzt benahm er sich hie und da sogar unhöflich, aber die Fräuleins zürnten ihm deshalb nicht ernsthaft, weil sie sicher waren, daß sein Herz auch anderen Weiblichkeiten gegenüber genauso verstockt war. Gewiß, der junge Herr hockte zu Hause, trank kein Bier und machte ein finsteres Gesicht. Aber sein düsterer Blick rührte nicht von einer unglücklichen Liebe her, die ihn von einer anderen Seite her beschäftigen würde, und das genügte ihnen. Sie waren ihm nicht einmal böse, daß er aufgehört hatte, ihnen Französisch-Stunden zu geben, weil sie überzeugt waren, daß ein weiterer Unterricht nicht mehr nötig war, da sie sowieso schon alles konnten.

So lagen also die Dinge, als eines regnerischen Tages im Monat April die Herren Horouschek und Chlumák gemeinsam über den Marktplatz schritten, jeder mit einem aufgespannten Regenschirm in der Hand. Chlumáks Gesicht zeigte einen bedrohlichen, geradezu wütenden Ausdruck, und seine Erregung war derart groß, daß er mit den Füßen in den Kot und in die Pfützen stampfte, ohne Rücksicht auf den Glanz seiner Schuhe, daß das Wasser und der Schlamm in die Höhe spritzten, als wollten sie dem fallenden Regen Konkurrenz machen. »Ich hab' mich gründlich mit der Mutter zerstritten,« eröffnete er seine Rede, wobei er sich bemühte, seine Stimme zu dämpfen, während seine Augen aber wieder jenen grünlichen Glanz bekamen, der Horouschek geradezu unheimlich dünkte. »So wie's aussieht, hat Mamà den Verstand verloren – sie kann es nicht verwinden, daß ich nicht ins Seminar gegangen – was sag' ich? – in die orientalische Akademie gegangen bin, wollt' ich sagen. Jetzt will sie mich dafür bestrafen und aushungern. Aber das sag' ich Ihnen: Sie bemüht sich vergeblich, das schafft sie nicht ...« Während dieser Worte zog er einige Register seines tönenden Organs, und seine Stimme erreichte wieder jene Dimensionen, welche an dröhnende Posaunen erinnerten und Horouschek erschauern ließen.

Zum Glück hatte er wohl die Wirkung seines Fortissimo bemerkt, denn er setzte einen Dämpfer auf und redete einigermaßen gemäßigt weiter: »Der werd ich's beweisen, daß ich auch ohne ihre Hilfe zurechtkomme. Ich hab' mir alles überlegt. Ich werd' mich nicht mit dem Bürgermeister herumraufen, des Direktors wegen, wissen Sie, und mit Rücksicht auf die Kollegen. Seinerzeit, Sie erinnern sich doch noch, haben Sie von mir verlangt, ich sollte nachsichtig sein. Gut! – Also seien Sie jetzt so freundlich und verraten Sie mir, wo ich jenen elenden Hund, den Katz, finden kann. Lieber rede ich mit diesem Wucherer, als daß ich vor der Mutter zu Kreuze krieche und noch Wasser auf die Mühle ihrer Unvernunft gieße. Ich werd' mich auch drum kümmern, daß sie davon erfährt, zu welchen Schritten sie mich getrieben hat. Das wird ihr teuflisch weh tun, aber das ist mir jetzt völlig wurscht. Wenn mich jemand auf diese Weise reizt, kenn' ich auch keine Rücksicht ...«

Und wieder wurden einige Register seines Organs gezogen, seine Stimme donnerte und dröhnte, als würde ein Fuhrwerk, mit Eisenstangen beladen, über Kopfsteinpflaster rattern, grüne Blitze schossen aus seinen Augen, und der Schlamm unter seinen Füßen spritzte nach allen Seiten.

Da erschauerte Horouschek von neuem und zeigte rasch mit dem Finger auf das Haus, in dem jener ›elende Hund, der Katz‹ wohnte. Darauf krächzte Chlumák noch ein paar unverständliche Worte, verabschiedete sich und strebte dem bezeichneten Haus zu, in dessen Innern er rasch verschwand.

Wenige Tage danach ging von der Post die Nachricht aus, daß in unserer Stadt wieder Zeitungen eintrafen, mit der Adresse: ›Herrn Jan Chlumák‹, auf deren Banderolen man lesen konnte: »Ihr Abonnement endet ...« und dahinter ein späteres Datum. Es verstummten auch die Gerüchte, daß der Herr Professor Chlumák den Touscheks Kost und Logis schuldig sei, zugleich schien auch das Interesse an seiner Person und an seiner Dienstausübung beträchtlich abzunehmen. Vor allem wurde nicht mehr darüber gesprochen, daß er kein Bier trank, weder in Gesellschaften noch in Wirtshäuser ging. Ja, es sah sogar so aus, als ob selbst diejenigen, welche ihn anfangs so gern in ihren Kreisen gesehen hätten, für immer aufgehört hätten, ihn zu sich holen zu wollen. Selbst ihm konnte wirklich nicht entgehen, daß die allgemeine Hochachtung und die unbeschreibliche Bewunderung, deren Objekt er gewesen war, merklich geschrumpft waren. Er gab zwar nicht zu, daß ihm etwas Derartiges aufgefallen wäre, das umso weniger, weil er sich vielleicht darüber grämte, aber seine Gereiztheit steigerte sich zusehends, und er wurde mit der Zeit immer griesgrämiger und überempfindlich im Verkehr mit dem kleinen Personenkreis, mit dem er dienstlich und privat weiter Kontakt halten mußte.

5

Wieder waren einige Monate vergangen, die Ferien standen vor der Tür.

»Fahren Sie nach Hause?« wurde Chlumák von Horouschek gefragt, der gerade eine Rundreise durch eine ganze Reihe von Städten vorbereitete, in denen, wie gemunkelt wurde, eine größere Zahl von Geliebten weilten und wohnten.

»Ich fahr' nirgendwo hin,« antwortete Chlumák verdrossen, »damit sich die Mutter nicht einbildet, daß ich zu ihr kommen würde. Wenn die ihren Dickschädel aufsetzt, setz' ich meinen auch auf. Lieber bleib' ich hier, in diesem gräßlichen, scheußlichen Loch, wo's nicht die geringste Unterhaltung und keine Gesellschaft gibt. Das ist bei uns anders, das sollten Sie sich dort mal anschauen! Bei uns trinken die Leute wenigstens Wein und keinesfalls dieses miserable Bier, das den Menschen geistig und körperlich schwerfällig macht. Bei uns sind die Leute gesellig und freundlich und gleichen nicht diesen unbeweglichen Klötzen hier. Übrigens ist es in Böhmen überall so ...«

»Erlauben Sie mal, Herr Kollege,« fiel ihm Horouschek ins Wort, wobei er sich bemühte, soweit er konnte, friedlich und sanft zu sprechen, so, wie ein verliebter Täuberich gurrt. »Sie haben sich doch selbst ins Abseits gestellt. Wie hätten wir uns alle gefreut, wenn Sie in unsere Gesellschaft gekommen wären. Wie schmerzlich haben wir Sie vermißt.«

Aus Chlumáks Augen schossen wieder Blitze, und seine Stimme dröhnte mächtig. »Ich geb' nichts auf eine Gesellschaft, die nur beim Bier zusammenkommt, wobei dann dumm dahergeredet wird. In dieser gottverlassenen Gegend gehe ich auch nicht in Familien, wo einem wieder bloß Bier angeboten wird; im besten Falle noch Kaffee; und dann wird getratscht, daß die Gäste nur zum Schmarotzen kommen. Ein Skandal!«

Vielleicht spürte Horouschek, der bei vielen Familien in der Stadt verkehrte, hinter jenen Worten seines jüngeren Kollegen irgendeine gegen ihn gerichtete Spitze. Er wurde bleich und erwiderte erregt: »Wahrscheinlich schöpfen Sie Ihre Ansichten über die hiesigen Verhältnisse und Personen aus der ziemlich trüben Quelle der Familie Touschek. Dazu könnte ich Ihnen nicht gratulieren und ich versichere Ihnen, daß Sie uns allen Unrecht tun. Und im übrigen – wie's Ihnen beliebt! – Ich werde Sie nicht mehr weiter einladen, daß Sie in unsere Gesellschaft kommen sollen, nachdem wir Ihnen so wenig zusagen. Meinetwegen und von mir aus können Sie um sich herum auch eine Chinesische Mauer errichten.«

Chlumák blieb stehen. Er brummte etwas, was wie eine Entschuldigung klang, aber Horouschek hatte sich bereits von ihm abgewandt und beachtete ihn nicht mehr. Am darauffolgenden Tag fuhr er auch weg, ohne sich von ihm verabschiedet zu haben. Chlumák blieb an seiner Wirkungsstätte und verbrachte dort die ganzen Ferien. Er langweilte sich umso gräßlicher, weil er auch die natürliche Schönheit der Umgebung nicht genießen konnte. Seine Plattfüße, mit denen ihn Mutter Natur bedacht hatte, machten ihn unfähig zu Ausflügen in die Berge.

Doch auch diese Ferien gingen vorüber, und ein neues Schuljahr begann. Es brachte keine Veränderung in das harte Leben, durch das unser Held wankte, außer daß – sofern das überhaupt möglich war – er noch griesgrämiger und mürrischer wurde, als er bisher gewesen war. Und den Katz besuchte er jetzt ebenso regelmäßig wie die übrigen seiner Kollegen.

Frau Touschek und ihre beiden Töchter warteten weiterhin darauf, daß er sich endlich äußern würde, wen er erwählt habe. Aber sie warteten vergeblich; er äußerte sich nicht bloß nicht, sondern brach auch jeden Umgang mit jenen beiden armen Mädchen ab, ja, er mied sie sogar offensichtlich und redete überhaupt nicht mehr mit ihnen.

Und so geschah es, daß die Geduld der Frau Touschek, bis zum äußersten angespannt und harten Prüfungen ausgesetzt, einen großen Riß bekam. Eines Abends, als sie ihm das Abendessen brachte, sagte sie zu ihm in einem halb weinerlich-vorwurfsvollen, halb herausfordernd-spöttischen Ton: »No, also, das Essen, Herr Prefessor, gut schmecken soll's Ihm, das Geselchte mit Kraut, damit Ihr einmal drandenkts, wie's bei den Touscheks immer gewesen ist.«

Chlumák, einigermaßen verblüfft, schaute sie scharf an. »Wie haben Sie das gemeint, Frau Hauswirtin?« krächzte er.

»No, wie ich das meine? Ich meins halt so, wie ich's gesagt hab'. Euch gefällts anscheinend schon lang nicht mehr bei uns, und mit dem Essen seids auch nicht zufrieden. Ich kann immerhin behaupten, daß wir tun, was nur möglich ist, um Euren Erwartungen gerecht zu werden. Doch Ihr, der Ihr das eigentlich anerkennen müßtets, schauts uns in einem fort bloß bös' an. Also, was ist das für ein Leben? – Wenn's Euch bei uns nicht gefällt, dann suchens Ihnen doch anderswo Kost und Logis! So viel Verstand müßts Ihr doch haben, schließlich seids Ihr ein mordsgescheiter Herr, daß Ihr wißts, daß wir Euch nicht aufgenommen haben, damit wir aus Ihnen einen Profit machen.«

Diese Sätze fielen auf das Gemüt des jungen Herrn wie kalter Schnee auf den nackten Körper eines verweichlichten kälte-empfindlichen Menschen. Er erfaßte mit einem Schlag, was es für ihn bedeuten würde, wenn man ihm Kost und Logis kündigen sollte. Wo sollte er Zuflucht suchen? In der ganzen Stadt würde er nirgends so gutes Essen bekommen und gleichzeitig auch noch so billig; weder bei Privatleuten noch in den Gasthäusern würde er Gleichwertiges finden. Schließlich hatte er schon Grauenvolles gehört, wie armselig in den bürgerlichen Familien gegessen wurde – Krautsuppe oder saure Suppe, Kartoffeln, Kohlrüben, schwarze Knödel, im allerbesten Falle zweimal in der Woche Buchteln oder Dalken; selten einmal Fleisch, und wenn, dann schlecht und fürchterlich zubereitet, in Stückchen zerkocht, sei's in der Suppe oder in irgendeiner sauren Soße ... und im Gasthaus essen? – Brrrr, Grauen befiel ihn, wenn er bloß daran dachte. Nicht nur Horouschek, auch andere hatten ihm häufig erzählt, wie schlampig und schlecht man in den Wirtshäusern bedient wurde, und überhaupt empfand er ja einen unüberwindlichen Ekel gegenüber allem Wirtshausessen. Das Ergebnis all jener Überlegungen, die ihm in einem Augenblick mit der Geschwindigkeit eines Blitzes durch den Kopf geschossen waren, bestand darin, daß er nicht mehr finster dreinschaute, daß kein einziger grünlicher

Blitz aus seinen Augen schoß, daß überhaupt keines der Register gezogen wurde, die sein ohnehin gewaltiges Organ noch verstärkten, sondern darin, daß er seine Augen aufriß und in reumütigem Ton Einspruch erhob: »Aber, ich bitte Sie, Frau Hauswirtin, was ist Ihnen denn bloß eingefallen? – Wie? – Ich sollte nicht zufrieden sein? Im Gegenteil, ich bin äußerst zufrieden und Ihnen ausgesprochen dankbar dafür, daß Sie mich so gut füttern, und daß ich so behaglich bei Ihnen wohne. Wie könnte ich sonst anders ...?«

Darauf begann Frau Touschek, durch seine Worte versöhnt, beinahe gerührt, mütterlich sein Haar zu streicheln, seine Wange und seine Schulter, und von ihren Worten troff geradezu das Schmalz: »No, schauts mal an, schauts mal! No, Ihr seids nicht bös, gell ...! Das hör' ich gern, daß mir das gesagt wird. Schließlich gehörts Ihr zu uns, wir haben Ihnen auch mit offenem Herzen aufgenommen und kümmern uns um Ihnen wie um ein eigenes Kind ...«

»Wahr ist's, das stimmt, Frau Hauswirtin,« unterbrach er sie, nickte dazu mit dem Kopfe und bemühte sich, so gut er konnte, sie möglichst freundlich anzulächeln, was ihm aber nicht so überaus gut gelang.

Sie jedoch merkte nicht, welche Gewalt er sich antat, und setzte ihre Rede fort. »No, sehts Ihr, Herr Prefessor, schauts mal! Das freut mich riesig, daß Ihr das anerkennts. Aber erklärts mir doch: Wenn Ihr zufrieden seids, wenn's Euch bei uns gefällt, warum schauts Ihr dann so finster drein und seids so griesgrämig? Dieses grantige Geschau von Euch drückt geradezu wie ein Alptraum auf uns – die Mädeln sind davon ganz unglücklich. Die meinen's so gut mit Euch, die armen Hascherln, und Ihr werfts ihnen dafür Blicke zu, grad als ob Ihr sie erdolchen wollts. Ist es Euch denn noch nicht in den Sinn gekommen, Herr Prefessor, daß Ihr sie damit behexen könnts? Ihr denkts vielleicht gar nicht dran, wieviel Böses Augen antun können! Wer hätt' das gesagt, damals, gell, wie Ihr zu uns gekommen seids, daß Ihr das fertigbringts, so finster dreinschau'n – der Herrgott soll mir's verzeihen, – wie der Teufel leibhaftig!«

Chlumák lachte unwillkürlich. »Frau Hauswirtin,« antwortete er, »so dürfen Sie das nicht deuten, und die Fräuleins genauso wenig. Das steckt einfach im Menschen so drinnen, und der Mensch denkt sich dabei gar nichts Schlechtes. Der Mensch hat den Kopf einfach voller Sorgen, das ist es. Daß mir keine Zeit für Scherze und Plaudereien mit den jungen Damen bleibt, hat seinen Grund darin, daß ich mich auf das Staatsexamen vorbereiten muß, damit ich an dieser Schule hier bleiben kann, damit ich ein richtiger ›Definitiver Lehrer‹ werde, wie man das nennt, wenn übers Jahr meine Stelle ausgeschrieben wird. Ihr Herr Gemahl erklärt Ihnen das, Frau Hauswirtin, und erzählt Ihnen, daß ich hier an der Schule nur vorläufig bin, provisorisch heißt das, und daß mich die Gemeinde erst fest anstellt, wenn ich dieses Examen abgelegt habe. Sonst würde meine Stelle einem anderen zufallen. Daraus folgt, daß ich fleißig und unausgesetzt studieren muß, mich in den Büchern vergraben muß, an nichts anderes denken darf, an keine Plaudereien, an keine Vergnügungen ...«

Sie hörte ihm mit gespannter Aufmerksamkeit zu, wobei sie ständig mit dem Kopf nickte. Als er ausgeredet hatte, riß sie das Wort wieder an sich: »No, freilich, freilich – das kann ein Mensch verstehen. Ihr müßts tefine ... nein, fetine ... nein, nifete ..., gell was ich für einen blöden Kopf hab' nicht einmal dieses Wort kann ich mir merken. Aber fürchten brauchens Ihnen nicht, diese Stelle darf kein andrer kriegen, darum werd' ich mich selbst kümmern. Es ist gut, daß wir miteinander geredet haben.«

»Danke schön, Frau Hauswirtin,« sagte Chlumák mit leichter Ironie in der Stimme, welche sie jedoch nicht bemerkte. »Ich weiß schon, wer in der Gemeinde das erste Wort hat.«

Geschmeichelt von dieser Bemerkung, ließ sie sich weitschweifig über ihren Einfluß aus, wobei sie mindestens zehn Frauen aufzählte, durchwegs Gattinnen von Herren des Rates oder des Schulausschusses, welche neben ihr doch überhaupt nichts bedeuteten und keinerlei Geltung erlangen konnten. Das Ende jener langen Rede klang in dem Sinne aus, daß der junge Herr mit sicherster Sicherheit von der Gemeinde »tefi ..., fine ..., nitefi ..., soll sich der Teufel dieses Wort merken« angestellt werden würde. »Bloß so finster dreinschauen dürfts Ihr nicht!« fügte sie noch als Schlußpunkt an.

Und der junge Herr machte kein finsteres Gesicht, nur nachdenklich und ernst schaute er vor sich hin, und als sie aufgehört hatte zu reden, sagte er mit gedämpfter Stimme: »Und sollte ich künftig wieder mal zornig dreinschauen, Frau Hauswirtin, beachten Sie's nicht und denken Sie sich einfach, daß ich mich über Mamà ärgere, die über ihre anderen Kinder, meine Brüder und Schwestern, mich ganz und gar vergessen hat. Und ich hab' ihr doch nicht das allergeringste angetan, das einen Grund ergäbe, mich so zu behandeln.«

Jene Worte sprach er mit stärkerem Nachdruck, schaute dabei böse, und aus seinen Augen loderte ein grünlicher Schein.

»Da schau her, sehts Ihr's,« tadelte sie ihn, »jetzt schauts Ihr schon wieder so wild! Über die Frau Mutter darf man sich nicht ärgern, das wär' nicht in Ordnung, gell! Hie und da werd' ich auch wütend auf die Mädeln, es kann sogar passieren, daß ich ihnen eine schmier', vielleicht hätten sie's nicht mal verdient.

Aber das möcht ich mal sehen, wenn sie mir deswegen bös' wären, so wie Ihr das tuts ...«

»Frau Hauswirtin, Sie wissen ja nicht ...,« erwiderte er und wandte die Augen ab.

Frau Touschek blieb noch einige Zeit bei ihrem Mieter und unterhielt sich ausführlich mit ihm, ehe sie sich mit der Erklärung zum Gehen wandte, daß mancherlei hausfrauliche Pflichten nach ihr riefen. »Es läßt sich so schön reden,« sagte sie, schon in der Tür stehend, »und es freut mich mächtig, daß wir uns so ausgesprochen haben. Das hätten wir schon früher machen sollen.«

Dann, ganz strahlend vor Befriedigung, fügte sie noch vertraulich hinzu: »Gell, ich sag' den Mädeln alles, was wir hier geredet haben, damit sie aufhören, traurig zu sein, weil der Herr Prefessor sie so oft so finster angeschaut hat. Ich werd' denen auch sagen, daß sie Ihnen in Ruh' lassen und keine langen Redereien mit Euch führen sollen. Schließlich sind die Mädeln nicht so blöd, daß es ihnen nicht in den Kopf ginge, daß Ihr jetzt studieren müßts, weil Ihr zu dieser Prüfung müßts. Gell, wer würde das denken, daß Ihr Euch noch was dazulernen müßts, so ein gelehrter Herr! Ein Mensch würd' sagen, daß es sowieso nichts mehr auf der Welt gibt, was Ihr nicht wissen tätets ... Und jetzt wird gegessen! – Jungfrau im Himmel! Wer weiß, ob nicht schon alles kalt geworden ist, nach der Zeit, die ich da herumgeschwätzt hab'. Wenn Ihr wollts, wärm ich's Euch nochmal ...«

Es erwies sich, daß das Geräucherte mit dem Kraut und den Knödeln in der abgedeckten Schüssel so gut geschützt gewesen war, daß seine Wärme fast vollkommen erhalten geblieben war, und der junge Herr aß mit gutem Appetit zu Abend.

Nachdem er gegessen hatte, machte er sich an seine Studien. Es war wahr, was er seiner Hauswirtin über die bevorstehende Prüfung gesagt hatte. Es ging um die Lehrbefähigung in den beiden Landessprachen, in Geographie und Geschichte an Unterrealschulen nach den damals gültigen Prüfungsbestimmungen. Er hatte freilich übertrieben, als er behauptet hatte, daß jene Prüfung die Anspannung all seiner Kräfte erfordern würde. Er war nämlich ein ungewöhnlich begabter Mensch, belesen und fleißig, der sicherlich, soweit es die angeführten Fächer anbelangte, auch beim Staatsexamen für das höhere Gymnasium bestanden hätte. Dazu konnte er sich aber aus formalen Gründen nicht anmelden, weil er die damals vorgeschriebenen drei Jahre an der Universität nicht zu Ende studiert hatte, und zwar als Folge von Verhältnissen, für deren Veränderung sein eigener Wille nicht ausgereicht hatte. Wenn er sich in die Ausrede geflüchtet hatte, daß er viel Arbeit habe, so hatte er das vor Schreck getan, als er bemerkte, daß seine Hauswirtin die Kündigung von Kost und Logis auf der Zunge liegen hatte. Das war ihm während der ganzen Zeit nicht in den Sinn gekommen, für so festsitzend bei den Touscheks hatte er sich gehalten. Als er dann gesehen hatte, daß er mit dem Hinweis auf das Examen und die damit verbundenen Arbeiten und Studien der Hauswirtin sein Verhalten erklären, damit auch ihren Groll besänftigen und die Gefahr der Kündigung abwenden konnte, hatte er noch die Legende vom Streit mit der Mutter als Hilfsmittel eingesetzt. Die hatte er sich ausgedacht oder, besser gesagt, angepaßt, damit er auf irgendeine Weise aus der Situation herauskommen konnte, in die er sich mit den Erzählungen vom Wohlstand seiner Familie hineinmanövriert hatte. Er hoffte, daß diese ganze Historie mit der Zeit in Vergessenheit geraten oder daß wenigstens aufgehört würde, darüber zu reden. Dabei mußte er sich aber eingestehen, daß es am meisten die Angst davor war, daß ihn vielleicht jemand dazu zwingen könnte, aufs neue die Geschichte zu erzählen, die ihn in seine Vereinsamung getrieben, ihn genötigt hatte, sich zum Griesgram und Sonderling zu machen, der er in Wirklichkeit bestimmt nicht war.

Als er also nach dem Abgang von Frau Touschek und nach dem Abendessen einsam in seinem Zimmer saß, atmete er zufrieden auf. Er gab sich der Hoffnung hin, daß ihm der Zwist mit der Mutter auch in Zukunft helfen würde, sooft jemand an seinem ungeselligen Verhalten Anstoß nehmen würde, und daß er vor allem vor den ständigen Besuchen der beiden Mädchen geschützt wäre, wodurch die ihm von ihrer Seite drohende Gefahr auch gebannt wäre.

Doch der Trost und die Ruhe, die er aus dieser Hoffnung bezog, waren nicht von Dauer und zerflossen, sobald er über die Reden und das Verhalten von Frau Touschek nachzudenken begann. Über alle Zweifel erhaben wurde ihm klar, welche Einflüsse in der Gemeinde mitspielten, wenn es um die Vergabe irgendwelcher Posten ging, die zu ihren Befugnissen gehörten. Es begann ihm zu dämmern, was er bis zu diesem Zeitpunkt bloß vermutet und wogegen sich sein sonst ehrliches und nicht berechnendes Denken gesträubt hatte, daß Frau Touschek bloß darauf wartete, für welche ihrer Töchter er sich entscheiden werde. Diese Entscheidung, das stimmte, hatte er in die Zukunft hinausgeschoben, aber bestimmt nicht aus der Welt geräumt. Sie warteten ab, bis er das Examen abgelegt hatte, und würden sich auf ihn stürzen, wenn er sich um die definitive Anstellung bei der Gemeinde bewarb. Wenn er sich für keine der beiden entschloß, würde die Stelle an einen anderen vergeben. Und was sollte er dann anfangen? – In seinem Kopf wirbelte bei diesen Überlegungen alles durcheinander. Wahrscheinlich würde er nirgendwo anders unterkommen, denn neue ›Unterrealschulen‹ wurden nicht eingerichtet, ja, so manche dieser Anstalten wurden in ›Vollrealschulen‹ umgewandelt, und für diese reichte seine Qualifikation nicht aus. Entweder legt er sich jetzt fest, oder er legt sich überhaupt nicht ...

Seine Gedanken flogen weit von der Stelle weg, wo er gerade weilte, zu seiner alten Mutter, und begannen sich mit dem Streit zu befassen, keineswegs mit dem legendären, dem erfundenen Zwist, auf den er sich in seinen Verlegenheiten und Schwierigkeiten berief, sondern mit dem Streit, der wirklich und tatsächlich existierte. Je länger er sich damit beschäftigte, desto dringlicher und hartnäckiger meldete sich sein Gewissen zu Wort. Er hatte die Wahrheit gesagt, damals, als er in die Stadt seines Wirkens gekommen war und einer bestimmten phantastischen Regung nachgegeben hatte, verleitet durch seine verblüfft die Ohren spitzende Quartiergeberin, die mit ihrer ›guten Familie‹ geprahlt hatte. Es stimmte, daß seine Mutter Witwe war, daß er zwei Brüder und drei Schwestern hatte, von denen eine in Brünn verheiratet war, während die beiden anderen noch ledig waren. Wahr war auch, daß sein älterer Bruder am österreichischen Konsulat in Athen war, der jüngere sich um die Liegenschaften des mütterlichen Besitzes kümmerte. Aber Ausfluß einer üppig wuchernden Phantasie waren die mit Hunderten von Tagwerken angegebenen Weiden und Felder, aus denen jene Liegenschaften bestanden, ebenso die Herde von Pferden und Rindern, welche darauf weideten. Das Haus an der Peripherie der Stadt Hodonin, in dem die Mutter lebte, erwies sich bei nüchterner und unvoreingenommener Betrachtung in Wahrheit als eine halb zerfallene Kate. Dazu gehörten ein Gärtchen und ein Stückchen Feld. Beide zusammen waren nur um eine Kleinigkeit größer als die aneinandergelegten Handflächen aller Herren vom Stadtrat und des Schulausschusses, welche die Zügel der Herrschaft in der königlich freien Goldbergstadt festhielten, an deren Schule der mittlere Sohn der Mutter wirkte, der Besitzerin besagter Liegenschaften. Und der älteste Sohn war auch nicht wirklich Konsul, sondern ein sehr untergeordneter Verwaltungsbeamter am Athener Konsulat. Der Allerjüngste sollte das Erbe seiner Vorfahren übernehmen. Er weigerte sich aber, das zu tun, und zwar im Hinblick darauf, daß er kein Geld hatte, mit dem er seine unverheirateten Schwestern jeweils mit hundert Gulden hätte auszahlen und darüberhinaus der Mutter den Austrag hätte gewähren können. Seines Zeichens war er Flickschuster, was sein verstorbener Vater auch schon gewesen war. Auch der Schwager des Herrn Professor war in Brünn nicht gerade Bauunternehmer, sondern ein biederer, ehrlicher Maurergeselle. Und die Viehherden schließlich, von denen seinerzeit in der Stadt so viel fabuliert worden war, schrumpften – unterm Vergrößerungsglas hervorgeholt – zu einer Ziege, einem Schwein, vier oder fünf Hühnern und ein paar Kaninchen zusammen.

Vielleicht sollte man auch noch über den Zwist sprechen: Er hatte mit der Übersiedelung von Řečkovice in unsere Stadt begonnen. Solange er beim Herrn Baron von Kunewald gewesen war, hatte Chlumák seiner Mutter regelmäßig zwischen drei und fünf Gulden geschickt. Daß er das auch weiterhin tun werde, hatte er seiner Mutter versprochen, als er seine Stellung als Adjunkt angetreten hatte. Da er jedoch seine Ersparnisse für die von dem Stadtbrand geschädigten Leute geopfert hatte, und infolge der in der Goldstadt herrschenden, an türkische Wirtschaft erinnernde Gewohnheit, Lehrern und Angestellten den Lohn nicht auszubezahlen und sie der Gnade des

Herrn Aaron Katz zu überlassen, war es ihm lange Zeit überhaupt nicht möglich gewesen, sein Versprechen zu halten. Und aus Hodonin kam keineswegs Geld, wie in Anbetracht der Legende von seiner Mutter, deren Liegenschaften und Viehherden erwartet wurde, sondern es waren jene rätselhaften Briefe gekommen, versehen mit einer fast unleserlichen Adresse voller Rechtschreibfehlern. Darin hatte die bedauernswerte, alte Frau ihm mit schlichten aber ergreifenden Worten ihre Not geschildert und ihn unablässig um Geld gebeten. Er solle sich doch ihrer erbarmen und wenigstens eine Kleinigkeit zur Linderung ihres Elends beisteuern. In einem jener Briefe stand auch ein Hinweis auf den verstorbenen Herrn Onkel, den hochwürdigen Herrn, von dem, wie sich der Leser erinnern wird, er – Chlumák – die Bibliothek geerbt hatte. Solange der Herr Onkel gelebt hatte, sei's angeblich gut gewesen, an alle hätte er gedacht und die ganze Verwandtschaft unterstützt, soweit seine Kräfte es vermocht hätten. Ein herzensguter Mensch sei er gewesen. Und das, obwohl er außer jenen Büchern niemandem etwas vermacht hatte.

Als der Herr Professor damals jenen Brief las, erinnerte er sich lebhaft an ihn, an das gutmütige, freundliche Männchen, und seine Augen füllten sich mit Tränen. Er war es ja gewesen, der ihn zum Studieren nach Strážnice geschickte hatte, wo er das Gymnasium absolvierte. Der Onkel hatte, bestimmt ebenso wie die Mutter, um alles in der Welt gewünscht, daß ihr Janík Priester werden würde. Als er jedoch erfaßt hatte, daß die Interessen des Burschen in eine andere Richtung gingen, hatte er sich nicht nur nicht über ihn geärgert, sondern ihn für seine Aufrichtigkeit gelobt und an die Wiener Universität geschickt. Dabei hatte er sich auch verpflichtet, bis zum Ende die Kosten für das Studium zu übernehmen. Und sein Wort hatte er bis zu seinem Tode gehalten.

Als der Onkel starb, war's mit dem Studium aus, und es war für den jungen Mann ein Glück, daß sich ihm die Stelle in Řečkovice beim Baron von Kunewald geboten hatte.

Später, als Chlumák durch die Vermittlung des menschenfreundlichen Herrn Aaron Katz aus der schlimmsten Klemme herausgekommen war, sein Gehalt mehr oder weniger regelmäßig erhielt, schickte er seiner Mutter wieder Geld. Aber keineswegs direkt an sie, sondern wie alle Briefe, die an sie gerichtet waren, in Einschreibebriefen, adressiert an einen Verwandten, der auch in Hodonin lebte. Er tat dies aus dem Grunde, weil er sie für die Post in Hodonin nicht als Gutsbesitzerin bezeichnen konnte, er konnte auch nicht ›Wohlgeborene‹ oder ›Hochgeehrte‹ vor ihren Namen setzen, was er mit Rücksicht auf die Legende, die an seinem Wirkungsort im Umlauf war, hätte tun müssen. Die Mutter ihrerseits verstand nicht, warum er so verfuhr, ja, sie folgerte aus seiner Handlungsweise, daß er sich ihrer schäme und sie unter die Kuratel jenes Verwandten stellte. In ihren Briefen beklagte sie sich bitter darüber, daß er nicht wie ein guter Sohn an ihr handle, und daß sie sein offenkundiges Mißtrauen nicht verdient hätte. Außerdem klang in ihren Briefen an, daß das, was er ihr schicke, nicht reiche, daß er noch drauflegen müsse; und sie machte ihm viele Vorwürfe, daß er nicht Priester geworden sei. Dann hätte er sie jetzt unterstützen können, wie es seinerzeit der selige Herr Onkel getan hatte. In ihrer Beschränktheit erkannte die Alte freilich nicht den Unterschied zwischen einem jungen Kaplan und einem Olmützer Domherren – ihrer Ansicht nach waren beide Herren und hatten Geld im Überfluß.

Sicher hätte er der Mutter auch noch mehr gegeben, aber angesichts seines Jahresgehalts von vierhundertundfünfzig Gulden, das zu allem auch nicht regelmäßig eintraf, und der Provision, die er Katz entrichten mußte, was hätte er ihr geben können? Freilich zahlte er für Kost und Logis nur dreizehn Gulden im Monat, aber zum Anziehen brauchte er auch etwas, und die Zeitungen und Bücher stellten ebenfalls eine notwendige Ausgabe dar. Darüberhinaus stand ihm eine Reise nach Prag bevor, wo er das Examen ablegen sollte. Und so eine Reise aus dem Böhmerwald nach Prag, zu jener Zeit, als es in ganz Südböhmen noch keine einzige Eisenbahn gab, erforderte beträchtliche Ausgaben; da war es nötig, dafür zu sparen.

In ihrem letzten Brief hatte die Mutter angekündigt, daß sein jüngerer Bruder zu heiraten gedenke. Er habe eine Braut gefunden, die eine Mitgift von ein paar hundert Gulden bekomme. Diese würde ihn aber nur unter der Bedingung heiraten, daß sie – die Mutter – und ihre beiden ledigen Töchter aus dem Haus auszögen. Weil eine solche Partie angeblich als Glück für ihn aufgefaßt werden müsse, würden sie ihm keine Hindernisse in den Weg legen und ausziehen. Die beiden Schwestern würden in Wien in Dienst gehen, und sie – die Mutter – zu ihm nach Böhmen ziehen. Er werde wohl für ihren Unterhalt sorgen, sie werde sich, soweit es möglich sei, einschränken. Er solle ihnen doch Geld für die Fahrt schicken, und das möglichst bald, damit die Heirat seines Bruders nicht aufgeschoben werden müsse.

Der junge Herr war über dieses Verlangen regelrecht entsetzt, und eine Woche lang zerbrach er sich schon vergeblich den Kopf, was er tun sollte, wie er aus den Verlegenheiten und Sorgen herauskommen könnte, in die sie ihn stürzte. Sein gutes Herz gebot ihm, die Wünsche der Mutter zu erfüllen, sein Verstand sträubte sich mit allen Kräften dagegen. Es war nicht nur vorauszusehen, daß sein geringes Einkommen nicht ausreichen würde, um auch nur einen bescheidenen Hausstand zu bestreiten, sondern noch wesentlich mehr bedrückte ihn die Vorstellung, was für eine riesige, unerhörte und nie dagewesene Sensation es in der ganzen Stadt auslösen würde, wenn plötzlich eine sehr einfache, arme, alte Slowakin in Volkstracht auftauchen würde – seine Mutter. Zeit ihres Lebens hatte sie nichts anderes getragen und, wie er wußte, keine Rücksichtnahme, keine Macht der Welt hätte sie dazu zwingen können, etwas anderes anzuziehen als – ein rotes, geblümtes Kopftuch, einen kurzen, ebenfalls roten Rock und hohe Faltenstiefel. Er zweifelte nicht daran, daß sie für eine Zigeunerin gehalten werden würde, und daß er selbst ungeheuer lächerlich, geradezu unmöglich dastehen würde, in Anbetracht der Gerüchte, die schon so lange Zeit kursierten und bei der gesamten Einwohnerschaft der Stadt Wurzeln geschlagen hatten, der Gerüchte vom Reichtum und von der Vornehmheit seiner Mamà. Wahrlich grausam war die Strafe, die ihn dafür ereilte, daß er unschuldig – wie er sich einredete – angegeben hatte, vor Leuten, die ihm beim ersten Kennenlernen so unendlich lächerlich vorgekommen waren. Sämtliche Vorwürfe, die er sich seit jener Zeit schon oftmals selbst gemacht hatte, alle Verwünschungen dieser überflüssigen Lüge, die er jetzt so gerne zurückgenommen hätte, wenn er nur irgend gewußt hätte, wie und was er dafür machen sollte, um nicht über alle Maßen lächerlich zu werden, kamen zu spät und halfen ihm nicht aus der Klemme. Eine Lüge ist eine Lüge! – rief das Gewissen in seinem Innern – mit der Lüge, die du in die Welt gesetzt hast, hast du dich selbst belogen! Die Folgen mußt du bis zum Ende allein tragen ...!

Einige Tage danach schickte er seiner Mutter alles Geld, das er besaß, und schrieb ihr, sie möge bloß, um Gottes Willen, Geduld haben und abwarten, wie's weitergehen werde. Seine Schwestern solle sie nach Wien schicken, sie selbst, wenn es schon nicht anders möglich wäre, als daß sie bei seinem Bruder ausziehen müsse, werde von nun an von ihm mehr Geld bekommen. Er schrieb auch dem Bruder und bat ihn, daß er die Angelegenheit mit der Mutter im Guten regeln und einstweilen mit ihr Geduld haben solle! Er, Chlumák, versprach auch, daß er ihn reichlich entschädigen werde, sobald er die Ernennung zum definitiven Lehrer in der Tasche habe. Auf diese beiden Briefe war bisher noch keine Antwort gekommen, aber wie sie auch lauten würde, sie brächte ihm doch wieder nur eine Galgenfrist.

So stand es – im Licht der Wahrheit betrachtet – um den Zwist, den er mit seiner Mutter hatte, und so weit war der Zwist bis zu dem Tage gediehen, an dem ihm seine Frau Hauswirtin beinahe Kost und Logis gekündigt hätte und ihm damit gleichzeitig die großen Schwierigkeiten ins Bewußtsein gerufen hatte, die ihm aus dieser Kündigung erwachsen wären.

Und wie er all das überdachte und sich mit den ihm hartnäckig zusetzenden Befürchtungen sowie mit den Vorwürfen seines Gewissens herumschlug, erhob sich in seinem Innern eine Stimme, die ihm riet, er solle doch mit diesen ständigen Leiden, besonders mit der quälenden Ungewißheit bezüglich seiner Zukunft Schluß machen. Er brauche sich nur für eine der beiden Touschek-Fräuleins zu entscheiden, damit sichere er sich Frieden und eine ruhige Existenz in einem warmen Nest. Jene Stimme riet mehr zu Pepi: Die ist jünger, bestimmt weniger berechnend als ihre ältere Schwester, und er wird sie nach seinem Willen formen können. Wenn man ganz und gar alles in Betracht zieht, Pepi ist ein hübsches Mädchen, bescheiden in ihren Ansprüchen, und einige Tausender bekommt sie als Mitgift.

Es meldete sich jedoch noch eine andere Stimme. Sie sprach sehr ruhig und entkräftete die Argumente der ersten. Sich für das ganze Leben an so ein gewöhnliches, ungebildetes Mädchen zu binden, das in seinem bisherigen Leben vielleicht noch kein einziges Buch gelesen hat, das nur Verstand für die niedrigsten Arbeiten im Haushalt und in der Landwirtschaft hat, nicht den geringsten Geschmack hinsichtlich seines Äußeren, würde sich lächerlich machen, besonders wenn sie sich aufputzen würde. Zu Hause würde sie ungewaschen herumlaufen, in schmutzigen Fetzen und barfuß ... Unvorstellbar, daß er an der Seite einer Frau leben könnte, die ihm schon am ersten Tag nach der Eheschließung unappetitlich und abstoßend erscheinen würde ... Unmöglich schien ihm auch, daß es ihm gelingen könnte, sie vom Einfluß der Mutter frei zu bekommen, in einem Haus, erfüllt von der Atmosphäre, in der sie aufgewachsen war und nach der sie sogar roch. Er hatte wohl verschiedene Beispiele vor Augen, welche er nicht hatte übersehen können, auch wenn er mit den Leuten nicht verkehrte. Da war die Gemahlin des k. u. k. Steuerkontrolleurs, eines gebildeten Mannes, der sich vor zehn Jahren mit einer hier Gebürtigen verheiratet hatte. Schauergeschichten wurden über diese Frauensperson erzählt, lachhafte, gemeine und böse, und vom unglücklichen Leben ihres Gatten. Da gab es noch eine Hiesige, verheiratet mit einem Kaufmann, der von auswärts zugezogen war, einem recht gebildeten und weitgereisten Menschen, und die war so unsauber und schlampig, daß sich sogar die Einheimischen nicht wenig vor ihr ekelten, aber auch vor dem Laden ihres Mannes, wo sie die Kundschaft bediente. Das Ergebnis war, daß das Geschäft pleite ging, obwohl sie eine beträchtliche Mitgift eingebracht hatte. Die Frau eines bestimmten Lehrers hatte mit ihrem schrecklichen Klatschmaul die gesamte Stadtbevölkerung zum Feind ihres Mannes gemacht. Und da war auch noch die Frau eines anderen Kaufmanns, die jeden Tag stockbetrunken war ... Niemand weiß, was aus solchen ungebildeten, schlecht erzogenen Mädchen wird. Wenn sie erst einmal verheiratet sind, lassen sie all ihren Gelüsten freien Lauf und geben alle Rücksicht auf. Horouschek hatte ihn doch auch gewarnt, er – Chlumák – erinnerte sich noch gut daran, wie er ihm kurz nach seiner Ankunft gesagt hatte: »Lieber alles andere auf der Welt, als so ein hiesiges Mädchen heiraten. Um Sie hab' ich natürlich keine Angst,« hatte er dann noch angefügt, »daß Sie in eine gefährliche Höhle fallen könnten. Um Sie kümmert sich Ihre Frau Mutter und sucht eine Braut für Sie aus. Ich weiß bloß nicht, ob die Lust hätte, hier zu leben.«

Nein, es ist nicht möglich, sich durch eine Vermählung mit irgendeinem dieser Mädchen ein sogenanntes ruhiges, sorgenfreies Leben, besser gesagt, eine stilles Dahinvegetieren, zu erkaufen. Erdbeeren wachsen auf einem anderen Feld; vergeblich würde er seine Intelligenz, sein Herz, sein besseres Ich dafür opfern, wahre Ruhe würde er sich dadurch nicht sichern, sich bloß Bitternis ohne Ende aufbürden.

Und dennoch, was soll er machen? In absehbarer Zeit wird man ihn zwingen, sich zu entscheiden, werden sie ihn vor die Alternative stellen entweder – oder. Ausweg wird's keinen geben. Wenn er ›Nein‹ sagt, ist es Schluß mit seiner Stellung, ein Schwall von Sorgen um den Lebensunterhalt, um seine Existenz wird über ihn hereinbrechen, weiß Gott, wohin ihn der wilde Strudel fortreißen wird ... Wird er stark genug sein, wird er sich festhalten können? Was fängt inzwischen die unglückliche alte Mutter an?

In diesen qualvollen Betrachtungen tauchte für ihn, wie vom Himmel gefallen, ein neuer Gedanke auf, der ihm als Rettung erschien, der ihn auf den einzig möglichen Ausweg aus dem Wirbel von Befürchtungen und Entsetzen führen würde, in dem er herumtaumelte. Entscheidet er sich, dem Augenschein nach, vielleicht für Pepi, die naiver ist; hält nicht förmlich um ihre Hand an, tut aber so, als beabsichtige er, sie zur Frau zu nehmen, im Falle, daß er zum definitiven Lehrer ernannt wird. Zweifellos müßte das genügen. Wenn er dann fest angestellt ist, findet er vielleicht irgendeinen Vorwand, irgendeinen Grund, der ihn dazu zwingt, sich leidlich ehrenhaft der Verpflichtung zu entziehen, sein gegebenes, bzw. angedeutetes Wort auch zu halten. Etwas anderes wird ihm nicht übrigbleiben. Natürlich entsteht daraus ein großes Geschrei, aber das schadet ihm ganz und gar nicht. Im Gegenteil, es verwandelt sich in Spott über diejenigen, die es erheben. Die Touscheks haben viele Neider, offene ebenso wie heimliche, und die werden sich alle darüber freuen, daß deren Rechnung nicht aufgegangen ist.

Dieser Gedanke schmeichelte sich bei ihm ein, für einige Zeit beruhigte er ihn sogar, aber bald empörte sich alles dagegen, was Gutes in ihm war, und zuletzt verscheuchte er ihn mit aller Entschiedenheit. Niemals wird er sich so erniedrigen und eine derart unwürdige Komödie spielen!

Einigermaßen beruhigte ihn dieser Sieg über die Versuchung. Irgendwie wird er sich vielleicht doch retten können, versprach er sich, eventuell eröffnet sich für ihn doch anderswo eine Stelle, in Ungarn, in Kroatien, im Banat, notfalls in Siebenbürgen. Es muß erwähnt werden, daß jene Länder damals auch von Wien aus verwaltet wurden. Mit der Lüge, mit der er sich hier eingeführt hat, kommt er auch weit weg.

Mit diesem Gedanken legte er sich zu Bett, und der wiegte ihn auch in Schlaf. Er begleitete ihn von diesem Abend an eine lange Reihe von Tagen, noch gestützt von einer anderen Überlegung, die ihm zu Hilfe gekommen war: Wenn's zum Allerschlimmsten kommt, kehrt er nach Řečkovice zurück, in die Familie des Herrn Barons von Kunewald, wo es ihm so wohlergangen war, und mit der er den Briefkontakt nicht aufgegeben hatte. Er zweifelte nicht im geringsten daran, daß er dort mit offenen Armen empfangen werden würde.

6

Seit sich die eben geschilderte Szene im Hause der Touscheks abgespielt hatte, waren ungefähr acht Monate vergangen. In der königlichen Goldbergstadt herrschte der Winter, der grausame Böhmerwaldwinter. Der Schnee begrub die Straßen unter sich und erdrückte die Dächer der alten wie der neuen Häuser. Der Sturm peitschte dichte Schneewolken durch die Gassen und heulte seinen schauerlichen Gesang in allen Schornsteinen, Herden und Öfen, aber in den menschlichen Behausungen war es wohlig warm.

Nach vier Uhr wurde es bereits Abend – es dämmerte schon stark, weil die Sonne von dicken, grauweißen Wolken verdeckt wurde, aus denen Unmengen kleiner Schneeflocken herabfielen, die ein wilder Sturm durcheinander wirbelte. Um diese Zeit kehrte Chlumák von der Schule nach Hause zurück. Auch in seinem Zimmer war's warm, im Ofen loderte und prasselte ein mächtiges Feuer, aber in seiner Seele war ihm nicht so fröhlich zu Mute. Er zündete die Lampe an und bemerkte auf dem Tisch einen ungeöffneten Brief mit der ihm wohlbekannten, in krakeligen Buchstaben geschriebenen Adresse. Chlumák öffnete ihn und begann zu lesen. Er wußte wohl schon sowieso, das drinstehen würde, denn sein Gesicht verfinsterte sich, und kaum daß seine Augen das Blatt überflogen hatten, warf er es ins Feuer. Das machte er so mit sämtlichen Briefen, die er von seiner Mutter erhielt, weil er nicht wollte, daß die Touschek-Fräuleins, die diesbezüglich sehr indiskret waren, sie lesen sollten. Er setzte sich an den Tisch und starrte ins Leere. Sein Gesicht ließ Anzeichen großer innerer Unruhe erkennen, seine Blicke schweiften immerzu zur Tür hin.

Es dauerte auch wirklich keine Viertelstunde, und die Tür sprang auf. Chlumáks Frau Hauswirtin kam herein. Sie gab sich irgendwie stiller als sie sonst zu sein pflegte. Sein Blick verharrte ein wenig scheu auf ihrem Gesicht; sie sah ungewohnt ernsthaft aus, es schien ihm sogar, daß auf ihren Wangen Spuren von schlecht abgewischten Tränen glitzerten. Er merkte, daß der entscheidende Augenblick bevorstand, in dem es unerläßlich werden würde, sich zu äußern. Mit einem Schlag verschwand der scheue Blick seiner Augen. Er zog die Brauen hoch, setzte ein finsteres Gesicht auf und entschloß sich, dem Angriff die Stirn zu bieten.

Frau Touschek grüßte, stellte sich neben ihn und begann: »No, Gott sei Dank, Ihr habts es schön warm hier, Herr Prefessor, und draußen ist's kalt. Der Wind geht, daß man keinen Hund vor die Tür jagen würde. Das müßts Ihr zugeben, daß wir uns um Ihnen kümmern, wie sich's gehört.«

»Aber sicher, Frau Hauswirtin,« antwortete Chlumák sehr kurz angebunden und schaute dabei so finster wie die Nacht.

»Und, gell, das machen wir mit Freude und aus Gutherzigkeit. Schließlich müßts Ihr zugeben, daß wir das nicht wegen irgendeinem Profit machen. Was ist denn das schon für ein Geld, was Ihr bei uns bezahlts.

Und trotzdem, was immer Euch beliebt und woran Ihr nur denkts, wir machen's gern für Ihnen. Ruhig habts Ihr's hier, überhaupt keinen Krach im Haus, warm, bedient werdets Ihr, was Ihr gern eßts, wird Euch gekocht, gell? Ja nun, wir haben ja auch gedacht, daß Ihr zu uns gehörts, daß Ihr bis zum Tod ein Unsriger bleiben werdets, und drum haben wir nicht drauf geschaut ... Aber Ihr habts mittlerweile kein Herz mehr für uns, dauernd seids Ihr unfreundlich, grantig, sagts nichts. Und das ärgert einen dann auch, darüber dürfens Ihnen nicht wundern, nicht wahr? ... No, jetzt sagts selber, sprech' ich nicht die Wahrheit?«

Der junge Herr hörte auf, finster dreinzuschauen, sein Gesicht hellte sich einigermaßen auf, aber das Lächeln, welches für kurze Zeit seine Lippen umspielte, hatte etwas sehr Gezwungenes an sich. »Aber natürlich erkenne ich das voll an, Frau Hauswirtin,« sagte er, »wie gut Sie zu mir sind, und dafür bin ich Ihnen von Herzen dankbar. Vor allem Sie, Frau Hauswirtin, schätze ich sehr und hab' Sie lieber als meine leibliche Mutter. Ich werd' mich auch nie von Ihnen trennen, wenn Sie mir nicht kündigen. Ich hab' Sie schon so viele Male gebeten, daß Sie meinen Groll und meine Wortkargheit nicht beachten sollen. Ich bin nun einmal so ein grantiger Mensch, ich kann nicht aus meiner Haut heraus. Und dann – sämtliche Sorgen und der ganze Ärger – sicher kommen die mir nicht Ihretwegen, Frau Hauswirtin ... Sie wissen doch, woran das alles liegt ...«

»Ja, ja,« unterbrach sie ihn, »Ich weiß schon längst, worauf Ihr Euch immer rausredets. Früher war das auf diese Prüfung, dann wieder auf irgendwelche andere Arbeiten, und ständig gibt's da noch diese Scherereien, die Ihr mit der Frau Mutter habts. Gell, das ist fein nicht schön, daß Ihr Euch dauernd über Eure Mutter ärgerts! Zweieinhalb Jahr seids Ihr schon bei uns, und diese ganze Zeit habts Ihr nicht aufgehört, über sie zu schimpfen. Und was können denn wir dafür, daß Ihr so miteinander verkracht seids? Mir tun am meisten unsere Mädeln leid, gell? So zugetan sind sie Euch, die armen Hascherln, und Ihr habts nicht ein einziges freundliches Wort für sie übrig. Ja, bloß finster anschau'n tuts Ihr sie. Das eine Mal habts Ihr die Pepi regelrecht rausgeschmissen, nicht wahr ...«

»Nein, Frau Hauswirtin, rausgeworfen hab' ich sie nicht! Ich hab' sie bloß gebeten, daß sie gehen und mir etwas Zeit lassen sollte ... ich mußte Schularbeiten korrigieren. Ich kann Ihnen das schwer erklären, Frau Hauswirtin, bei so einer Arbeit ist man leicht nervös und gereizt ...«

»Ich tät' ja nichts sagen, Herr Prefessor, wenn das einmal passiert wär', zweimal, von mir aus auch zehnmal! Aber Ihr behandelts sie in einer Tour immer so. Wie soll so eine Behandlung die armen Dinger nicht kränken? Wenn Ihr damals die Pepi geseh'n hättets, wie sie über Eure Unfreundlichkeit völlig erschüttert war! Glaubts mir, ich hab' sie gar nimmer beruhigen können. Und trotzdem, wenn Ihr hören würdets, wie die unglückseligen Mädeln über Ihnen sprechen, wie ehrfurchtsvoll und lobend sie überall über Ihnen herumreden ...«

Es folgten ein Dutzend Belege für diese Lobeshymnen, und das Ende davon war, daß sich die Metzgerfrau gerührt über ihre Töchter ausweinte. Dieser Angriff, den sie da unternahm, der war blutiger Ernst. Der junge Herr wußte nicht, was er antworten sollte, starrte stumm auf den Fußboden und machte ein finsteres Gesicht. Die Touschek setzte ihre Rede fort: »Schauts mal, Herr Prefessor, Ihr müßts mich verstehen, wie ich das meine. Was anders dürfts Ihr nicht dahinter suchen! Ihr seids jung, meine Töchter sind jung. Ihr hättets zu einem der Mädeln passen können, und eins der Mädel wiederum zu Euch. No, das hätt' so sein können, nicht wahr? Aber nein, Ihr sollts nicht glauben, daß ich sie Euch an den Hals geworfen oder sie Euch eingeredet hätt'. Daß – davor soll mich der Herrgott bewahren, daß ich so wär' wie – sag'n wir mal – wie diese Navratil oder irgendeine solche andere, gell, Ihr verstehts mich? Ich möcht' Euch bloß sagen, daß wir, mein Mann und ich, nichts dagegen gehabt hätten, weil wir wissen, daß Ihr ein einmalig gelehrter und überaus ordentlicher Herr seids. Ihr wärts einer der Unsrigen geworden, und für Ihnen wär' das weder eine Schande noch ein Schaden gewesen. Für wen haben wir denn gewerkelt und gespart, wenn nicht für diese Mädeln? – Wir haben, Gott sei Dank, auch etwas, was wir ihnen mitgeben können. In der ganzen Stadt bekommt überhaupt keine andere so viel mit, das sag' ich Euch! Und nichts Schlechtes kann man über uns auch nicht sagen. Also, jetzt wißts Ihr's.«

Sie hatte ausgeredet. Erwartungsvoll starrte sie den Herrn Professor an, der ihre Ausführungen mit gesenktem Kopf angehört hatte. »Frau Hauswirtin,« hub er nach einer Weile an, »es ist an der Zeit, daß zwischen uns alles klar wird. Sie können mir doch nicht vorwerfen, daß ich mit Worten oder Taten etwas unternommen hätte, woraus irgendeine der Fräuleins hätte folgern oder schließen können, daß ich um ihr Wohlwollen geworben hätte ...«

»I wo!« rief Frau Touschek, die wegen der ihr nicht geläufigen Ausdrücke, welche der junge Herr gebrauchte, den Sinn der Rede nicht so recht verstanden hatte. »Der Herrgott bewahr' mich davor, daß ich Euch vorhalten wollte, daß Ihr sie vielleicht hättets verführen wollen. Dafür seids Ihr viel zu ordentlich und wenig schmeichlerisch ...«

Ein anderer hätte vielleicht gelacht, Chlumák aber machte eine ungemein saure Miene, als er diese Worte vernahm.

»Mit Ihnen ist es schwer zu verhandeln, Frau Hauswirtin,« sagte er. »Sie lassen einen nicht ausreden. Ich wollte Ihnen erklären, daß ich kein einziges Wort gesagt habe, aus dem eines der Fräuleins hätte entnehmen können, daß ich die Absicht gehabt hätte, mit ihr etwas anzufangen, was wir eine ›Bekanntschaft‹ nennen. Irgendsoetwas konnte ich überhaupt nicht sagen, denn, sehen Sie, Frau Hauswirtin, ich kann mich überhaupt nicht verehelichen.«

Völlig überrumpelt durch dieses Geständnis, fand Frau Touschek für eine Zeitlang überhaupt keine Worte mehr. Als hätte sie die Herrschaft über ihre Beine verloren, sank sie auf ein Tischchen neben dem jungen Herrn und schlug die Hände vor die Augen. Es entstand ein langes, quälendes Schweigen, und dumpfe Stille herrschte, die allein von ein paar schmerzlichen Seufzern unterbrochen wurde, die sich der beklommenen Brust der Mutter angesichts ihrer enttäuschten Hoffnungen entrangen. Erst nach einer beträchtlichen Weile fand sie die Sprache wieder: »Jetzt sagts mir doch, um Gottes Willen bitt' ich Ihnen drum,« sagte sie, »warum könnts Ihr denn eigentlich nicht heiraten, ausgerechnet jetzt nicht, wo Ihr doch tefinetif werdets? Schließlich brauchts Ihr doch keine Angst zu haben, daß Ihr eine Frau nicht ernähren könnts ...«

»Wegen Umständen, die sich in meiner Familie ergeben haben,« entgegnete er trocken und knapp.

Sie machte große Augen und schüttelte den Kopf. »So was kann ein Mensch nur schwer verstehen und noch schwerer glauben,« sagte sie. »Wenn das wahr ist, und wenn Ihr's jetzt wißts, müßts Ihr's auch schon früher gewußt haben ... und wenn's Euch bekannt war, hättets Ihr das gleich am Anfang sagen können, und wir hätten uns darauf eingestellt und entsprechend eingerichtet. Ihr hättets aufrichtiger sein sollen, gell!«

Er zog die Schultern hoch und unterdrückte die Regung des Unwillens, welche dieser dumme Vorwurf in ihm wachgerufen hatte.

In der Annahme, daß der Schlag, den sie ihm versetzt hatte, ihn vernichtend getroffen hätte, fuhr sie in ihrer Anklage fort: »Entschuldigts, aber ich muß Euch das frei von der Leber weg sagen, wie ich mir das denk'. Ihr habts eine Menge Schulbildung und Gelehrsamkeit im Kopf, aber in der Welt seids Ihr nicht herumgekommen, und zur Erfahrung in solchen Sachen fehlt's bei Euch noch weit. Ihr bleibts stumm wie ein Fisch, wo Ihr eigentlich reden solltets. Schauts mal, zum Beispiel: Morgen wird im Schulausschuß Eure Angelegenheit verhandelt, ob Ihr jetzt tefenetev werden sollts oder ob ein anderer auf Eure Stelle kommen soll. Ihr wißts recht gut, daß mein Mann was gilt. Habts Ihr auch nur ein einziges gutes Wörtchen zu ihm gesagt, daß er Ihnen begünstigen soll? Ihr betrachtets die Sache so, als ob überhaupt niemand gegen Ihnen sein dürft'. Ich könnt' Euch Schreiben zeigen, von andern, die sich an ihn gewendet und ihre Bewerbung ergebenst-untertänigst vorgetragen haben – hochgeschätzter Herr Rat hier, hochverehrter Herr Rat dort. Und, gell, er hat ständig drauf gewartet, daß Ihr ihn ansprechts und ihm ein gutes Wort gebts, so und so, gell! Aber Ihr – nichts! Das hat ihn sehr gewurmt, daß Ihr so einer seids. – Wie soll einen so was nicht verdrießen? Ist er denn irgendein Fußlappen, an dem man sich die Füß' abwischt? Erinnerns Ihnen nur daran, damals, wie Ihr gewünscht habts, daß neue Städte und Länder gekauft werden sollen, die man an die Wand hängt, damit die Schüler was draus lernen können! Wie er es im Schulausschuß durchgesetzt hat, daß dafür Geld bewilligt wird. Das hat er jetzt davon ...! Der Ärmste ist ja auch nicht mehr so jung, und bei diesem Wetter ist er nach Kvášnovice gegangen, einen Ochsen kaufen. Ich hab' ihm zugeredet, daß er morgen hingehen soll, aber er sagt, er kann nicht, morgen ist die Ausschußsitzung, wo's um dieses Tefinetef geht, und die darf er nicht verpassen. Das ist doch kein Leben, in so einem Schneegestöber nach Kvášnovice zu gehen! – Und, schauts mal, er riskiert sein Leben, damit Ihr mit Eurem Tinefitev eine Chance habts, und Euch ist er nicht mal ein gutes Wort wert! Wundern brauchens Ihnen dann überhaupt nicht, wenn ihn Eure große Sturheit und Dickschädligkeit so in Wut gebracht haben sollt', daß er in eine Verfassung kommt, in der er gegen Euren Tefinitef stimmt.«

Lang war diese Rede, wie ein reißender Strom wälzte sie sich dahin, unmöglich war's, ihn aufzuhalten. Chlumák hörte mit halb abgewendetem Kopf zu und schaute umso finsterer, je länger die Rede dauerte. Als der Strom dann doch zum Stillstand kam, weil die Metzgersfrau Atem holen mußte, wandte sich der junge Mann ihr voll zu und schaute ihr mit einem derartigen Ausdruck ins Gesicht, daß sie unwillkürlich die Augen niederschlug. Mit ruhiger, aber fester und volltönender Stimme sagte er: »Frau Hauswirtin, Sie haben sich verrechnet, wenn Sie gedacht haben, daß ich bei sonst wem wegen der Stelle betteln werde, um die es hier geht. Ich hab' ein Anrecht darauf, ich hab' mir sie verdient, und wenn ich sie nicht bekomme, dann nur deshalb, weil diejenigen, welche sie vergeben, kleinlich und ungerecht denken. Mehr hab' ich Ihnen nicht zu sagen, außer, daß ich hoffe, auch ohne diese Stelle leben zu können.«

Diese Worte, begleitet von Blitzen, die ihm aus den Augen schossen, hatten die Wirkung eines

Donnerschlags. Frau Touschek krümmte sich zuerst, als ob sie zu Boden fallen wollte, dann bäumte sie sich auf, sank wieder in sich zusammen, ruderte mit beiden Armen, wollte etwas sagen, aber ihre Kehle krampfte sich zusammen, und es entrangen sich ihr nur ein paar Seufzer und unzusammenhängende, gequälte Worte. Darauf raffte sie sich auf, taumelte zur Tür. Erst als sie die Klinke in der Hand hielt, fand sie einigermaßen die Sprache wieder. »Und das für alles, was ...!« rief sie dreimal, rumpelte hinaus und knallte die Tür so hinter sich zu, daß das ganze Haus bebte.

Der junge Herr blieb einsam mit seinen Gedanken zurück. Er war mit sich selbst zufrieden, der Angriff war abgeschlagen worden. Natürlich war er überzeugt, daß er morgen in der Sitzung des ehrwürdigen städtischen Ausschusses durchfallen, und daß die Stelle, um die er sich beworben hatte, ein anderer bekommen würde. Aber trotzdem fühlte er sich in seinem Innern frei. Er meinte, ein arg erniedrigendes Joch abgeschüttelt zu haben und gleichzeitig einer großen Gefahr entronnen zu sein, die sein ganzes Leben zu vergiften gedroht hatte. Er wußte, daß sich außer ihm nur noch zwei andere Kandidaten um die ausgeschriebene Stelle beworben hatten. Das hatte ihm der Direktor gesagt, der ihm dazu noch zugesichert hatte, daß er ihn an die erste Stelle auf der Bewerberliste gesetzt habe, und daß nicht anzunehmen sei, daß die Ausschußmitglieder einen anderen wählen würden. Wenn das entgegen allen Erwartungen doch der Fall sein sollte, nun, dann wäre das vielleicht auch nicht ganz so schlimm. Er, der Direktor, an der Stelle des jungen Herrn, würde die Studien an der Universität zu Ende führen und sich dann um eine Anstellung an einer höheren Schule in einer größeren Stadt bewerben. Dort wären der Dienst und das Leben bestimmt angenehmer als unter den hiesigen, kleinkarierten Verhältnissen. Der junge Herr errötete, weil er, gerade als es der Direktor sagte, dasselbe gedacht hatte ...

Nun, die Würfel sind gefallen. Wie die Sache auch immer ausgehen mag, irgendwie wird's schon weitergehen. Er kommt von hier weg und beginnt ein neues Leben. Er dachte sich in dieses neue Leben hinein, stellte sich verschiedene Möglichkeiten vor und malte sie in den glänzendsten Farben aus. Nach einer Weile nahm er ein Buch zur Hand und fing zu lesen an, doch bald klappte er's wieder zu und legte es weg. Ihm war jetzt nicht danach, sich in eine Lektüre zu versenken. Mit einem Mal beschlich ihn die Angst, daß Frau Touschek zurückkommen und einen neuen Angriff unternehmen könnte. Er verdüsterte sich, erregte sich bei dieser Vorstellung und grübelte darüber nach, was er ihr antworten müßte. Am allerliebsten wäre er aus dem Haus geflohen, raus aus der Stadt, in die Felder, in die Wälder, aber bei diesem schrecklichen Unwetter war das völlig ausgeschlossen. Nach einiger Zeit fiel ihm wieder ein, daß er sich lange genug von jeder Gesellschaft ausgeschlossen, lange genug in dieser völligen Isolation gelebt habe ... Wie wär's, wenn er doch einmal in ein Wirtshaus ginge, in die Gesellschaft mit anderen? Er würde sich dem befürchteten Angriff entziehen, und die Zeit, in dieser Vereinsamung schrecklich träge dahinfließend, würde ihm rascher vergehen. Aber nein, er kann nicht, er würde eine riesige Sensation auslösen, noch dazu gerade heute, am Vorabend des Tages, der über sein weiteres Schicksal entscheiden sollte. Im Wirtshaus, egal in welches er geht, sitzt bestimmt irgendein Angehöriger des Ausschusses. Wenn er ihn bemerken, mit ihm reden sollte, würde es heißen, er wäre gekommen, um dessen Wohlwollen zu erbetteln, ihn auf auffallende Weise für sich zu gewinnen trachten – oder wenn er das nicht so machen würde – und das war die allerwahrscheinlichste Alternative, weil er die Herren gar nicht kannte, da er ja nirgends hinging – würde er bestimmt das kleinliche Selbstbewußtsein irgendeines Mitglieds vom Schulausschuß verletzen und hätte dann bei der morgigen Abstimmung einen Feind mehr. Er wird wirklich nirgends um Wohlwollen betteln, aber es ist auch nicht notwendig, daß er jemanden überflüssigerweise gegen sich aufbringt. Er bleibt zu Hause, ißt zu Abend, sperrt sich gleich nach dem Nachtmahl ein, damit niemand zu ihm hereinkommen kann, und legt sich ins Bett.

Die Befürchtungen, daß seine Hauswirtin zurückkehren und einen neuen Angriff unternehmen könnte, erwiesen sich als überflüssig. Gegen sieben Uhr kam Pepi, grüßte kurz, deckte den Tisch, legte das Besteck auf und stellte eine reichlich mit Fleisch gefüllte Schüssel vor ihn hin. Das alles geschah stumm, ohne ein einziges Wort, ohne das gewohnte Lächeln, mit halb abgewendetem Gesicht. Er konnte einer gewissen Versuchung nicht wiederstehen und schaute sie von der Seite her genau an. Ihm schien es, als wären ihre Augen feucht von einem tiefen Schmerz, als glitzerten an den langen Wimpern noch Reste von flüchtig abgewischten Tränen. Sie tat ihm leid, irgendetwas drängte ihn, ihr ein gutes, freundschaftliches Wort zu sagen, aber ehe er sich im klaren darüber war, was er ihr sagen sollte, hatte sie das Zimmer schon wieder verlassen.

Er fühlte sich sehr erregt, so daß er von dem aufgetragenen Abendessen nur wenig hinunterbrachte, obwohl es – wie er anerkennen mußte – außergewöhnlich gut zubereitet war. Offensichtlich wollte man ihm ins Gedächtnis rufen, was er verliere, wenn er sich von ihnen trennen wollte. Er sollte wohl daran denken, wenn er sehen würde, wie woanders gekocht wird. Als er Messer und Gabel aus der Hand legte, erschien vor seinem geistigen Auge auf einmal Pepi, die, so rasch es überhaupt möglich war, hereinkam, um das Geschirr und die Reste vom Abendessen abzuräumen. Er fand sie besonders hübsch und nett, trotz der Schlichtheit ihrer Erscheinung. Es schnürte ihm geradezu das Herz zusammen, so leid tat sie ihm. Sie hatte es wirklich nicht verdient, daß er sich ihr gegenüber so unfreundlich und schroff aufgeführt hatte. Wenn sie käme, würde er sie freundlich-freundschaftlich ansprechen und um Verzeihung bitten ... Doch, verbarg sich nicht hinter all dem eine neue Attacke, noch viel gefährlicher als die vorangegangenen; ein Angriff, vortrefflich berechnet und schlau kombiniert? Viel Zeit, darüber nachzudenken, hatte er nicht. Ehe er's vermutet hatte, kam Pepi wirklich herein, still, nahezu unhörbar, da sie an den Füßen bloß dicke Wollstrümpfe trug, welche die Geräusche von Tritten besonders wirksam dämpfen. Wieder schaute er sie an, schnell, von der Seite, genauso wie vorher. Wieder erschien sie ihm hübsch, geradezu eine Schönheit. »Unglückliches, liebes Mädchen,« regte sich in seinem Innern eine Stimme, die aus seinem guten Herzen kam. Aber eine warnende Stimme meldete sich ebenfalls. Er schüttelte sich, er fühlte, daß er verfallen und verloren wäre, wenn er auch nur ein einziges Wort sagte.

Er sagte es nicht – es blieb ihm im Halse stecken, ja, er machte ein finsteres Gesicht, wie er es immer tat, wenn er in Verlegenheit geriet. Sie nahm schweigend auf, was auf dem Tisch war, und ging wieder zur Tür. Dort verhielt sie, blickte zurück. »Gute Nacht, Herr Professor,« sagte sie schon beinahe im Flüsterton.

»Gute Nacht!« wünschte er ihr – »Pepi« lag ihm schon auf der Zunge, aber er schluckte es wieder hinunter, weil er fühlte, daß es eine Niederlage herbeiführen würde.

Sie ging zur Tür hinaus. Auch dieser zweite Angriff war abgeschlagen.

Nicht weit von den Touscheks entfernt, in der Stube eines dieser alten Häuser in der Langen Gasse, wo der Seifensieder Brotanek lebte, war es zu eben jener Zeit zu folgender Szene gekommen:

Herr Brotanek suchte gerade Stock und Mütze, weil er beabsichtigte, ins Wirtshaus zu gehen. Seine Frau wollte ihn davon abhalten. »Wo, zum Teufel, willst du denn hin?« fragte sie ihn. »Draußen ist die Hölle los, keinen Hund würde man rausjagen, und du findest daheim keine Ruh'?«

»Morgen wird die Stelle an der Realschule vergeben,« entgegnete der Herr Gemahl, »ich möcht' noch gern mit einigen drüber reden, damit ich ihre Meinung erfahre. Man weiß ja nicht, ob alle bei dem bleiben, worauf wir uns in der vorherigen Sitzung geeinigt haben. Es heißt, daß der Touschek nicht mehr für den Herrn Chlumák ...«

»Ei! Ja da schau her!« rief Frau Brotanek, »wer hätte das gedacht? – Bis vor kurzem haben sie von ihm noch so geschwärmt, daß es schon lächerlich war ...«

Herr Brotanek zog die Schultern hoch. »Mir ist das ganz wurscht,« sagte er, »Nutzen hab' ich von keinem. Ich möcht' bloß gern wissen, warum sich der Touschek auf einmal so gewandelt haben kann ...«

Da fuhr Frau Brotanek plötzlich hoch, als wenn sie was gebissen hätte. »Und ich kann dir sagen, was dahinter steckt!« begann sie. Ihre Augen sprühten Funken, ihre Lippen verzogen sich vor Wut, ein Wunder war's, daß sie nicht die Zähne fletschte. »Ihr Mannsbilder! Blöd seid ihr und wissen tut ihr von nichts! Da steckt nichts anderes dahinter, als daß der Herr Chlumák keines von den Touschek-Mädeln nehmen will. Das hätt' denen so gepaßt: dem Herrn Chlumák diese Stelle zuschanzen und ihm eine Tochter an den Hals hängen. Und da schau her, er mag nicht! Recht hat er! Das wär' so was, wenn er sich an so eine Touschek-Schlampe hätt' anbinden lassen! Recht geschieht's ihnen, diesen aufgeblasenen, eingebildeten, angeberischen Protzen! – Das woll'n wir doch mal sehen! – Damals, wie sich unser Joseph denen ihre schlampige Toni in den Kopf gesetzt hat, da war'n wir ihnen nicht gut genug. Ich möcht' bloß wissen, wo unser Joseph da hingeschaut hat, damals, daß ihm diese vorlaute, schnappige, schmierige Zicke gefallen hat! Einen Professor hätt' sie sich gewünscht, damit sie sich dann als ›Gnädige Frau‹ hätt' anreden lassen können! Und noch dazu einen Professor aus so einer Familie, so einen reichen! Die hätt' vielleicht geschaut, dem seine Mutter, wenn er ihr so eine Braut vorgeführt hätt' ...! Und du, du bist so ein gutgläubiger Depp, so ein Waschlappen, daß du auf alles vergessen hast, was sie dir angetan haben! Erst neulich hast du dich überreden lassen, hast dem Touschek versprochen, daß du bei der Stellenvergabe für den Chlumák stimmen wirst. Du hast nicht ein bißchen Charakter in dir! Daß du dich nicht schämst! – Damals hat doch die ganze Stadt geglaubt, daß sich der Herr Chlumák eines von den Mädeln nimmt, sobald er auf diese Planstelle kommt. Man hat bloß nicht gewußt, für welche er sich entscheiden wird. Das sag' ich dir: Damals hätt'st du nicht für ihn sein dürfen! Aber jetzt mußt du für ihn sein, weil er bewiesen hat, daß er Charakter hat und nicht vor diesen Touscheks kuscht. Und die Stelle muß er auch deswegen kriegen, weil er so gebildet ist und die Jungen ihn gern haben. – Wie sagt doch der Milosch von meiner Schwester? Bei keinem anderen Lehrer lernt er so viel wie bei ihm, und so nett ist er auch noch zu ihnen. Wenn du und deine Freunde gerecht seid, wenn ihr zusammenhaltet, dann bekommt der Herr Chlumák mit Sicherheit die Stelle, die Touschek platzt vor Wut, und die zwei Zicken werden's in Zukunft billiger geben. Also schau, daß du heut' mit dem Heider, dem Peterka, dem Konopasky, dem Dvořák Martin und dem Schuster Poustevnitschek zusammenkommst, vielleicht noch mit ein paar anderen – und das sag' ich dir: Red denen ordentlich ins Gewissen, erklär ihnen die Sache und sag ihnen, daß es eine große Schande für sie wär', wenn sie sich von dem Touschek oder dem Kopr, seinem Schwager, überreden ließen – aber deswegen kannst du trotzdem bis elf wieder daheim sein! Es ist nicht nötig, daß du bis zwei Uhr dort hocken bleibst, wie du's neulich gemacht hast. Wenn ihr morgen mit dem Herrn Chlumák durchkommt, ist das für mich ein Beweis, daß du was taugst. Wenn der Herr Chlumák durchfällt, dann hast du damit gezeigt, daß du nichts giltst und nichts bedeutest, und daß du im Ausschuß nur das fünfte Rad am Wagen bist.«

Herr Brotanek hörte sich diese Rede an und nickte zu jedem Satz mit dem Kopf. Als seine Frau ausgeredet hatte, machte er eine bedeutungsvolle Handbewegung, warf den Kopf in den Nacken und sagte: »Hast recht, aber diese langen Ausführungen wären nicht nötig gewesen. Schließlich weiß ich selbst, was sich schickt und gehört, und was nicht. Ich hab' ja schon immer gesagt, daß der Herr Chlumák die Stelle bekommen muß, und kein anderer. Morgen kannst du dich davon überzeugen, was mein Wort gilt.« Damit ging er und hörte im Weggehen noch die Ermahnungen, daß er ja nicht Karten spielen und sich nicht sternhagelblau vollaufen lassen solle.

Am darauffolgenden Tag trug der Referent des Stadtrats der Versammlung des gemeindlichen Ausschusses vor, daß für die Planstelle eines Lehrers an der städtischen Realschule drei Bewerber zur Auswahl stünden, an erster Stelle Herr Jan Chlumák. Die Mitglieder des Ausschusses erfuhren jetzt auch offiziell, was hinter vorgehaltener Hand schon lange vorher bekanntgeworden war, nämlich, daß die beiden anderen Bewerber älter und verheiratet seien, ein äußerst bedeutender Umstand und wesentlich gewichtiger als alle Qualifikationen.

Als der Referent ausgeredet hatte, wurde es für eine Weile sehr still, und es war klar erkennbar, daß die Herren des Rates sorgsam erwogen und ihren ganzen Verstand mobilisierten. Damit waren sie noch immer beschäftigt, obwohl der Herr Bürgermeister bereits zweimal von der Höhe seines Thronsessels herab gefragt hatte, ob sich jemand zu dem Vortrag des Referenten äußern wolle. Erst als er zum dritten Male fragte, meldete sich Herr Josef Touschek, selber Gemeinderatsmitglied, zu Wort und sagte: »Meine Herren, was hilft das alles? Man kann so sagen oder so, aber Gerechtigkeit muß sein, und darauf kann man keine Rücksicht nehmen. Drum schlage ich vor, weil diese beiden Herren älter sind, eine Frau haben und vielleicht auch Kinder, und vielleicht in irgendeiner Situation sind, daß sie einen größeren Bedarf haben als ein Junger und Lediger und noch dazu Wohlhabender, der es nicht nötig hat, und ... und ... ich würde sagen, wie einer ...«

»Aha! Jetzt läßt er die Katze aus dem Sack!« unterbrach eine Stimme von der hintersten Bank den Metzgermeister.

»Da schau her! Er ist selber im Rat, wo dieser Plan mit dem Chlumák an erster Stelle entstanden ist, und jetzt ist er dagegen und will einen Verheirateten daherbringen ...«

»Ich bitte darum, den Redner nicht zu unterbrechen!« rief der Herr Bürgermeister. »Ich kann so ein

Ins-Wort-Fallen nicht dulden. Wenn der Herr Rat Touschek ausgeredet hat, dann kommst du, Herr Konopasky, an die Reihe!«

Und der Herr Touschek fuhr fort: »Ich bitte sehr, meine Herren, machen wir's kurz. Ich hab' mir die Sache anders überlegt, als das im Stadtrat gemacht worden ist. Ich geb' dem Herrn Macinsky den Vorzug. Er hat mir nämlich höflich geschrieben, wie und was, und daß er wegen der großen Teuerung in dem Ort, wo er ist, nicht leben kann, und wegen der großen, ungerechten Bosheit der Leute dort auch nicht, so daß er von dort weg muß. An die zweite Stelle setze ich den Herr Jestrábek, weil er um zwei Jahre jünger ist als der Herr Macinsky. Und mehr weiß ich nicht über den, weil er mir nicht geschrieben hat, und den Herrn Chlumák setz' ich an die dritte Stelle, weil er noch jünger ist. Und außerdem will ich nicht, daß es heißt, daß ich für ihn bin, weil er bei mir wohnt und bei mir Protektion hat. Ich, meine Herren, bin ganz entschieden gegen Protektion. Drum würd' ich Sie bitten und den Antrag stellen, daß Sie so stimmen wie ich, auch wenn das vielleicht gegen den Stadtrat ist, weil das schon nicht anders sein kann, als ich es sage!«

»Ausgezeichnet!« riefen zwei Stimmen.

Da meldete sich Herr Brotanek zum Wort: »Meine Herren,« sagte er, »der Antrag, den wir eben gehört haben, ist vollkommen überflüssig. Wie's der Stadtrat vorgeschlagen hat, so soll's auch gemacht werden. Der Herr Chlumák ist schon zweieinhalb Jahre lang bei uns, und gegen ihn läßt sich nichts Nachteiliges sagen. Er unterrichtet gut, nach dem Stadtbrand hat er für die Abgebrannten so viel gespendet. Bis vor kurzem war der Herr Touschek auch für ihn gewesen, und warum er sich jetzt auf einmal gegen ihn stellt, kann man sich vielleicht denken. Ich hab' noch niemals mit dem Herrn Chlumák gesprochen, weil dieser Herr nirgendwo hingeht, und daher kann niemand behaupten, er hätte bei mir Protektion. Kurz gesagt: Herr Chlumák ist schon das dritte Jahr bei uns, in der Schule unterrichtet er gut, das Staatsexamen hat er auch gut bestanden, es ist also nicht nötig, daß wir ihn gegen einen anderen austauschen, bloß vielleicht deswegen, weil jener andere dem Herrn Touschek einen höflichen Brief geschrieben hat. Wenn der Herr Touschek etwas anderes gegen ihn hat, so ist das eine Sache, welche die häuslichen Angelegenheiten von Herrn Touschek betrifft, und die, meine Herren, gestatten Sie mir, gehen uns nichts ...«

»Überhaupt keine häuslichen Angelegenheiten!« fing Herr Touschek zu schreien an und bekam einen puterroten Kopf, wie ein gereizter Truthahn. »Ich bin bloß für Gerechtigkeit ...«

»Und für die Versorgung seiner Kittelschürzen daheim!« ergänzte eine plärrende Stimme aus dem Hintergrund.

»Wer hat das gesagt? – Verdammt nochmal, wer hat das gesagt?« brüllte Herr Touschek, »dem werd ich's, Himmelherrgott nochmal, zeigen! Das soll ein Vertreter der königlichen Stadt sein? Ein Mistkerl ist das, Herr Bürgermeister! – Daß diese Unverschämtheit ja ins Protokoll geschrieben wird! ... Und mein Protest muß da auch reinkommen! So was ist eine Sauerei ...!«

»Aber bitte, meine Herren! Ich bitte Sie!« ertönte die Stimme des Bürgermeisters. »So geht das nicht! Ich rufe jenen Herrn zur Ordnung, der den Herrn Stadtrat Touschek beleidigt hat. Und Sie, Herr Touschek, muß ich auch ermahnen, sich zu mäßigen und in der Beratung keine solchen Ausdrücke zu verwenden, wie Ihr sie gebraucht habt. Schließlich ist es auch nicht möglich, solche Formulierungen ins Protokoll aufzunehmen. Ich bitte darum, daß hier sachlich und ohne Beleidigung gesprochen wird!«

Nun entwickelte sich eine sehr eigenartige Debatte: Nahezu alle redeten und schrien durcheinander, keiner hörte dem andern zu. Der Lärm endete erst, als der Bürgermeister mit allergrößtem Einsatz seiner Stimmbänder verkündete, daß jetzt über den Antrag des Stadtrates abgestimmt werde.

Das Ergebnis dieser Abstimmung bestand darin, daß der Antrag des Stadtrats – die Stelle an Herrn Chlumák zu vergeben – beinahe einstimmig angenommen wurde. Der Herr Rat Touschek war von diesem Ausgang vollkommen erschüttert. »Meine Herren!« rief er, »unter solchen Umständen vergeht einem Menschen die Lust, Staatsbürger zu bleiben ...«

Einige Teilnehmer der Sitzung lachten über diesen geistvollen Ausspruch, es fanden sich aber auch andere, die mit dem Ruf »So ist's!« ihre Zustimmung kundtaten.

Mit sehr erregten Gemütern löste sich die Versammlung auf, und die Herren debattierten noch hitzig im Flur des Rathauses, ja, einige Gruppen sogar noch auf dem Marktplatz und in den Straßen. Der Zufall wollte es, daß Herr Brotanek dem Herrn Chlumák begegnete, in der Langen Gasse. Er ergriff dessen Hand, drückte sie lange mit pompöser Herzlichkeit und redete ihn folgendermaßen an: »Ich gratuliere, Herr Professor, ich gratuliere von Herzen! Ich verkündige Ihnen hiermit, daß die Gerechtigkeit gesiegt und der Schulausschuß Ihnen fest und definitiv die Planstelle als Professor zugesprochen hat. Er hat Ihren Charakter gewürdigt, die niederträchtige, heimtückische Rachsucht hat verloren und verkriecht sich jetzt in ihr Loch. Bei uns gibt es – Gott sei Lob und Dank dafür – noch Ehrenmänner, die keine Furcht davor haben, für eine gute Sache zu kämpfen!«

»Ich danke herzlich,« antwortete der Herr Professor mit einer leichten Verbeugung, »und versichere dem erhabenen Schulausschuß, daß ich auch in Zukunft meine Pflicht in der gleichen Weise erfüllen werde, wie ich es bisher getan ...«

»Es ist nicht nötig, daß Sie dem gesamten Ausschuß danken,« sagte der vorsichtige Ratsherr, »denn, Gott sei's geklagt, auch im Ausschuß gibt es ...« Er nannte den sattsam bekannten Namen eines nützlichen Wiederkäuers, dessen Übertragung auf einen Sohn des Menschengeschlechtes eine Anzeige wegen Ehrenbeleidigung auszulösen vermag, selbst wenn der Beweis für die Richtigkeit der Aussage erbracht werden könnte. »Es wird reichen, wenn Sie bloß denen danken, die genügend Verstand haben und denen Gerechtigkeit über alles geht. Sagen wir zum Beispiel: Ich habe entschlossen auf Ihre Verdienste und Ihre Gelehrsamkeit hingewiesen ... und das war's dann auch schon. Verzeihen Sie, wenn ich Sie verlassen muß! Ich eile nach Hause, um meiner Frau zu erzählen, was wir beschlossen haben. Sie wird sich sehr freuen, wenn sie's erfährt. Nur noch eines, Herr Professor: Wenn Sie sich hie und da einmal unter uns sehen lassen würden, hätten Sie ganz bestimmt noch mehr Leute auf Ihrer Seite. Es gibt nämlich Menschen, die Sie nicht besonders gut kennen, und von denen ist dann nicht jeder so einsichtsvoll, daß er über so etwas hinwegsehen würde. Darunter finden sich sogar solche, die meinen, wir wären nicht gut genug für Sie. Nun, wie dem auch sei, Hauptsache, daß die gute Sache gesiegt hat.«

Jetzt erst ließ er die Hand des Herrn Professors los, die er während der ganzen Zeit seiner Rede gedrückt und gequetscht hatte. Und Chlumák, der zu Beginn der Ansprache seines wackeren Gönners die Lippen zu einem liebenswürdigen und dankbaren Lächeln gespitzt hatte, schaute zum Schluß ganz schrecklich finster drein. Schließlich waren die Gefühle, welche im Verlauf der Rede in ihm geweckt worden waren, von sehr verschiedener Art. Er machte auch dann noch ein grimmiges Gesicht, als er sich beim Abschied von Herrn Brotanek erneut bei ihm bedankte.

»Dieser Herr Chlumák ist schon ein sonderbarer Mensch,« sagte Herr Brotanek daheim zu seiner Frau. »Als er die Nachricht hörte, bei der jeder andere vor Freude hochgesprungen wäre, hat er mich ganz böse angeschaut! Was sagst du dazu – weiß der Kuckuck, was das bedeuten sollte.«

»So soll er halt schwarz dreinschau'n!« erwiderte die Frau. »Gut habt ihr das gemacht! – Hauptsache, daß die Touscheks eine anständige Ohrfeige bekommen haben!«

Die Sitzung des Schulausschusses an jenem denkwürdigen Tag in der Geschichte der königlichen Goldbergstadt hatte am Abend, im Touschek-Haus, in dem Zimmer, welches der Herr Professor bewohnte, noch ein Nachspiel: Dieses lief, wie folgend beschrieben wird, ab:

Erstens: Keines der Mädchen und auch nicht Frau Touschek brachte dem Herrn Professor das Abendessen, sondern, zum ersten Male, seit er hier eingezogen war, stellte es ihm die Dienstmagd auf den Tisch.

Zweitens: Nach dem Abendessen kam Frau Touschek zu ihm ins Zimmer und hielt eine Rede, ebenso rührend wie heftig, unterbrochen von Seufzern und Tränen:

»Alles in der Welt hätt' ich für möglich gehalten, aber daß es zwischen uns zu so einem Ende kommen würde, hätt' ich niemals zu sagen gewagt. Wie ein leibliches Kind haben wir Ihnen aufgenommen, Herr

Prefessor, anders kann ich's nicht nennen – regelrecht in Watte haben wir Ihnen eingewickelt, oder wollts Ihr das bestreiten ...? Und jetzt haben wir den Lohn für alles! ... Da kommt der Mann vom Rathaus heim – Gott erbarm dich – wie ich ihn geseh'n hab', was bin ich erschrocken – schauts Euch mal die zwei Flecken beim Mund an, die ich von dem Schrecken bekommen hab' ...! Ganz blaß war er und geschwankt hat er wie ein Besoffener! So hab' ich mir gedacht, daß ihn der Schlag getroffen hätt'. Um Himmels willen! – hab' ich gesagt – Mann, was ist dir passiert ...? Und er hat's mir nicht sagen wollen, und erst von woanders her hab ich's erfahren, was für eine Schande ihm angetan worden ist ...! Und ist so was nötig gewesen ...? Wenn Ihr ihm bloß ein Sterbenswörtchen gesagt hättets, er wär' für Ihnen gewesen. Die rechte Hand hätt' er sich für Ihnen abhacken lassen, seinen Kopf hätt' er für Ihnen hingehalten, so gern hat er Euch gehabt. Und was hat er für große Stücke auf Ihnen gehalten! Und das hat er dann davon gehabt! Diese Schande, die ihm dieser Lackel, der Brotanek, angetan hat, der schon immer gegen ihn gewesen ist. Und wie man jetzt in der ganzen Stadt über uns lachen wird! Ich mein' direkt, daß ich diese Schand' nicht überleb', wenn ich an diese ungebildete Brotanekin denk'. Ein Mundwerk hat die wie fünf Scherenschleifer miteinander, diese schwarze Zigeunerin, diese ...!« An dieser Stelle ihrer Rede begann Frau Touschek arg rührend zu weinen.

»Sie wissen recht gut, Frau Hauswirtin,« ergriff Chlumák das Wort, »daß ich niemandem gesagt habe, daß er für mich stimmen solle, dem Herrn Brotanek schon gar nicht. Was gemacht worden ist, ist ohne mein Zutun geschehen. Auf mich dürfen Sie also gar nicht böse sein ...«

»Was fällt Euch da ein? Ich, und mich über Ihnen ärgern? Schließlich kenn' ich die Welt und weiß, wie

Wohltaten belohnt werden. Aber, Herr Prefessor, Ihr seids ein studierter Herr und werdets wissen, daß ich bloß Schaden davon hab' wenn ich Ihnen für dreizehn Gulden im Monat ernähr' und beherberg'. So bin ich hergekommen und sag' Euch, daß ich das nicht mehr so machen kann. Ihr müßts Euch woanders einen Kostplatz suchen; es gibt hier genug Wirtshäuser, die Ihnen aufnehmen. Die Wohnung könnts Ihr, wenn Ihr wollts, behalten. Und damit's kein Gerede gibt, Kaffee in der Früh' geb' ich Euch auch dazu – zusammen wird das acht Gulden kosten, das Zimmer sechs, und der Kaffee mit dem Wecken zwei – aber eine Bedienung zum Bettenmachen, Heizen, Auskehren, Wasser holen und was halt sonst noch nötig sein wird, müßts Ihr Euch selbst besorgen. Ihr dürfts Euch nicht ärgern, gell, aber so wie bisher geht's nicht weiter. Ihr seids ja jetzt tefenitef, werdets ein höheres Gehalt haben, so daß Ihr leicht diese höheren Ausgaben bestrei ...«

Was die Wohnung betraf, bewies die biedere Frau Touschek mit ihren Preisansätzen, daß sie ganz entschieden auch besser rechnen konnte als vor zweieinhalb Jahren, als sie für Zimmer, Essen und Bedienung alles in allem dreizehn Gulden verlangt hatte. Zur damaligen Zeit war es nämlich durchaus möglich, für sechzig Gulden im Jahr eine Wohnung mit drei Zimmern, Küche, Keller, Boden und Holzschuppen zu mieten. Herr Chlumák wußte das allerdings nicht, da es ihm zu jener Zeit nicht einmal im Traum eingefallen wäre, sich um derartige Sachen zu kümmern.

»Ihr könnts also bei uns bleiben, Herr Prefessor,« setzte Frau Touschek ihre Rede fort, »aber ich würd' Euch raten, sich beizeiten um Möbel zu kümmern. Gell, es könnt' sich ja treffen, daß eins der Mädeln sich verheiraten sollte – und darauf solltets Ihr vorbereitet sein – ich müßt' Euch die Einrichtung wegnehmen, die da ist. Die gehört nämlich zu ihrer Aussteuer, gell! Drum tätets Ihr auch gut daran, sich mit der Frau Mama auszusöhnen und ihr zu schreiben, daß sie Euch Geld für Möbel schickt. Ihr müßts sie nicht von woanders her bestellen, wir haben hier einen guten Tischler, der macht Euch ganz genau so schöne wie die da hier. Hübschere kriegt man nicht einmal in Prag.«

Dazu muß angemerkt werden, daß jener vortreffliche Tischlermeister Frau Touscheks Bruder war, außerdem noch Mitglied des Gemeinderates und einer von jenen, welche bei der heutigen Ernennung gegen Chlumák gestimmt hatten. Es hätte leicht sein können, daß der Professor bei dieser Gelegenheit sämtliche Einzelheiten bezüglich der einmaligen Qualitäten jenes Schreiners erfahren hätte, wenn er den Fluß ihrer Rede nicht unterbrochen hätte. »Frau Hauswirtin,« sagte er, »überlassen Sie all diese Sorgen mir allein. Ich will nicht, daß Sie geschädigt werden, und hab' das auch niemals gewollt. Mir ist's bei Ihnen ausgezeichnet gegangen, und dafür danke ich Ihnen auch von Herzen. Aber ich wäre Ihnen noch weitaus dankbarer gewesen, wenn Sie mir schon früher gesagt hätten, daß das, was ich Ihnen zahle, nicht genug ist. Eigentlich hätte ich ja wirklich selbst Verstand genug haben müssen, mir an den Fingern abzählen können, daß dreizehn Gulden für die Wohnung und diese Versorgung zu wenig sind. Ich erkläre mich zu Ihrem Schuldner und werde nachzahlen, was nötig ist. Belieben Sie nur, mir zu sagen ...«

Frau Touschek stutzte ein wenig. »Nein, nein,« begann sie abzuwehren, »schuld seids Ihr an nichts, Herr Prefessor! Was wir verlangt haben, habts Ihr ja bezahlt, aber weiter kann's so nicht ...«

»Selbstverständlich, daß das nicht möglich ist. Von morgen an werde ich irgendwo anders essen. Ich weiß, daß ich's nicht so gut bekommen werde wie hier, aber was nützt mir das? Und die Wohnung werde ich auch aufgeben, denn im Gasthaus werd' ich ganz bestimmt nicht essen, und Kost ohne Logis bekomme ich vermutlich nirgends geboten ...«

Allem Anschein nach erwies der junge Herr seiner Hauswirtin mit diesem Vorsatz keinen großen Gefallen, denn jene entgegnete erregt: »Oh, bittschön – so geht das nicht, mein lieber Herr Prefessor! Ihr müßts die Wohnung schön ordentlich kündigen! Vierteljährlich wird gekündigt, gell, das ist bei uns hier so üblich, gell. In vierzehn Tagen haben wir Mariä Lichtmeß*, da bezahlts Ihr für ein Vierteljahr, und nach dem St. Georgs-Tag [24. April] könnts Ihr dann ausziehen. So geht das, und nicht so, daß Ihr meints, Ihr könnts aus der Wohnung davonlaufen, wann's Euch gefällt. Wenn Ihr's nach Eurem Kopf machen würdets, käm die Sache vor Gericht, gell ...«

Herr Chlumák machte ein finsteres Gesicht und eine wegwerfende Handbewegung. »Nein, Frau Hauswirtin, deswegen gibt's keine Gerichtsverhandlung,« sagte er. »Es bleiben genug Möglichkeiten, um im guten auseinandergehen zu können; zum Beispiel die, daß ich Ihnen morgen das ganze Quartal bis zum St. Georgs-Tag im voraus zahle. Dann kann ich gleich ausziehen, Sie vermieten das von mir bereits bezahlte Zimmer wieder und gleichen damit wenigstens teilweise den Schaden aus, den Sie dadurch erlitten haben, daß Sie mich so lange Zeit hindurch so billig untergebracht und verpflegt haben. Damit soll nicht gesagt sein, daß ich Ihnen den verbleibenden Rest nicht auch noch ersetzen werde. Weil Sie's nicht machen wollen, werde ich den Betrag selbst ausrechnen, wenn ich sehe, was ich den Leuten werde zahlen müssen, die nicht so töricht sind, mich zu ihrem eigenen Schaden zu ernähren. Die Güte jedoch, mit der Sie mich die ganze Zeit hindurch überhäuft haben, kann ich Ihnen niemals bezahlen, und es wird Ihnen nichts anderes übrigbleiben, als sich damit zufrieden zu geben, daß ich Ihnen ein herzliches Angedenken bewahren werde. Denken Sie, bitte, auch daran, daß ich Ihnen jederzeit, wenn Sie glauben, daß ich mich Ihnen nützlich erweisen könnte, zu Diensten stehe. Damit empfehle ich mich Ihnen hochachtungsvoll und wünsche Ihnen eine gute Nacht.«

Während der letzten Worte hatte er sich erhoben, eine finstere Miene aufgesetzt und aus seinen Augen einige Blitze abgeschossen, die derart wirkungsvoll waren, daß Frau Touschek seinen Anblick nicht mehr ertragen konnte und sich unwillkürlich abwandte.

Seine letzten Worte hatten ihr alle Hoffnung geraubt, daß sie ihn doch noch einschüchtern und zu der Bitte nötigen könnte, daß sie ihm den Kostplatz nicht aufkündigen sollte. Er hätte erschüttert sein und spüren sollen, was ihr Groll bedeutete, und wenigstens einigermaßen die Demütigung wiedergutmachen sollen, welche ihr Mann und sie seinetwegen in der heutigen Ausschußsitzung erlitten hatten. Jetzt hatte er den Spieß umgedreht und ihr die Waffe aus der Hand geschlagen. Die Blitze, die aus seinen Augen hervorgeschossen waren, hatten die Wirkung der Worte noch verstärkt. Sie waren ihr so unheimlich und unheilverkündend vorgekommen, daß ihr vor Entsetzen die Beine steif wurden und die Zunge versteinerte. »No, ... gute Nacht,« flüsterte sie, kaum hörbar, »so tuts halt ... wie Ihr möchts ...«

Damit verließ sie ihn. Er hatte den Eindruck, als hätten die Mädchen hinter der Tür gestanden, gehorcht und abgewartet, welchen Ausgang die mütterliche Expedition nehmen würde, denn als Frau Touschek ihre Sprache wiedererlangte, rief sie, wie er deutlich hören konnte, »Mein Gott, Mädeln, er hat mich behext ... ich kann nicht mehr ...!«

Die ganze Zeit, welche Herr Chlumák bis zu diesem Tage in unserer Stadt verbracht hatte, hatte er noch keinen Augenblick solcher Befriedigung erlebt wie an jenem Januarabend, und noch keine Nacht so ruhig geschlafen wie diesmal. Dafür schlief seine bisherige Hauswirtin arg wenig, obwohl sie irgendeine Kräuterhexe hatte rufen lassen, der aufgetragen wurde, für sie zu beten und mit Zauberformeln die Behexung zu bannen, deren Opfer sie geworden war. Angeblich standen ihre Töchter auch die ganze Nacht an ihrem Bett und legten ihr kalte Umschläge auf die Stirn, wobei ihnen das Herz brach vom mütterlichen Schmerz über menschlichen Undank und über das gewaltige Hohngelächter, welches über die gesamte Familie angestimmt werden würde, wenn sich in der Stadt die Kunde verbreiten würde, daß der Herr Professor bei ihnen ausgezogen sei, oder gar, wenn er selbst irgendwo erzählen sollte, wie sich die ganze Sache abgespielt habe.

Und wie sie so lamentierte, den Herrn Jesus und alle Heiligen zu Hilfe rief und gleichzeitig über die ganze undankbare Welt samt dem ›Herrn Prefessor‹ die Strafe Gottes herbeiflehte, sagte das Fräulein Toni zu ihr: »Liebe Mutter, hab' ich Euch nicht gesagt, daß Ihr wenigstens heute nicht zu ihm hineingehen solltet? ... Ihr macht lauter Dummheiten, und dann ...«

Weiter kam die liebe Toni nicht, denn die behexte Frau Mutter rappelte sich plötzlich auf, »streichelte« mit harter Hand höchst unsanft das hübsche Gesicht der Tochter und fauchte: »Du verdammte Kröte, du willst mir sagen, was sich gehört? Dafür bekommst du ...!«

Daraus entstand einerseits ein großes Geheule, andererseits stellte sich eine gewisse Erleichterung ein, die regelmäßig bei einem Menschen eintritt, dem es gelungen ist, seinen aufgestauten Zorn an einem anderen Objekt auszulassen.

Zumindest behauptete das die Magd der Touscheks, welche gleich am nächsten Tag einen Bericht von jenem nächtlichen Geschehen nach allen Seiten verbreitete.

Den allerbesten Teil hatte sich der wackere Herr Touschek gewählt. Der nämlich überließ es anderen, seiner Frau davon zu berichten, was in der Ausschußsitzung passiert war und für wen sich die Mehrheit entschieden hatte. Er hielt sich nur ganz kurz zu Hause auf, sagte kein Wort und eilte ins Wirtshaus. Dort ertränkte er im Kreise gleichgesinnter Freunde seine Wut und seinen Schmerz, und das besorgte er gründlich. Als er dann frühmorgens mit Hilfe jener Freunde nach Hause zurückkehrte oder, besser gesagt, zu seinen Hausgeistern zurückgebracht worden war, legte er sich ins Bett. Ohne etwas vom Jammern und Wehklagen seiner besseren Hälfte zu hören, schlief er tief und fest bis zum Abend, und vom Abend bis zum nächsten Morgen. Zur Ehre jenes eifrigen Verfechters von Bildung und Ertüchtigung der jungen Generation seiner Heimatstadt muß gesagt werden, daß er normalerweise mäßig und ordentlich war und bloß höchst selten – und auch dann nur, um übermäßigen Schmerz zu betäuben – derart ausschweifend wurde.

Und es geschah auch, daß Herr Chlumák am Morgen nach seiner Ernennung zum fest angestellten Lehrer an der städtischen Realschule der königlich freien Goldbergstadt ohne Frückstück zur Schule ging. Im Lehrerzimmer hatte er dann eine kurze Unterredung mit dem Herrn Professor Horouschek, in deren Verlauf jener sagte: »Herr Kollege, an Ihrer Stelle würde ich doch lieber zum Essen ins Gasthaus gehen. Ich bezweifle sehr, daß Ihnen die hiesige Hausmannskost bekommen wird. Glauben Sie ja nicht, daß es anderswo auch so ist wie bei den Touscheks.«

»Nein,« erwiderte Chlumák, »ins Wirtshaus geh' ich nicht!«

Bei diesen Worten schaute er wieder so furchterregend drein, als wollte er sämtliche Gasthäuser der ganzen Stadt niederbrennen.

Darauf folgte ein Gespräch mit dem Schuldiener, genannt »Flaschka«. Und dieser sagte: »Beim Brotanek haben sie ein hübsches Zimmer, und Kost könnte der Herr Professor dort auch bekommen. Das sind anständige Leute ...«

Der Herr Professor verfinsterte sich wieder. »Nein,« sagte er, »dorthin geh' ich nicht. Bei einem Seifensieder könnte ich des großen Gestanks wegen nicht wohnen. Wißt Ihr niemanden anderen?«

Der Schuldiener überlegte, darauf begann er sich umzuschauen, als suche er mit seinen Augen ein bestimmtes Gefäß, von dem sein Spitzname herstammte und aus dem er seinen Verstand zu schöpfen pflegte. »Wart mal,« sagte er nach einer Weile, während der er noch ständig um sich blickte, »mir scheint, daß ich gehört hätte, daß sie beim Lebzeltner Zajitschek auch ein Zimmer haben. Ich werd' mal zu denen hingehen und fragen, ob Sie bei denen auch Essen bekommen könnten. Jetzt ist's zehn, gegen elf sag' ich Ihnen Bescheid.«

»Gut, aber Ihr müßt ihnen ausrichten, daß ich heute schon zum Mittagessen kommen würde.«

Um elf Uhr meldete Flaschka, etwas schwankend und unsicher auf den Beinen, dem Herrn Professor, daß das Zimmer bei den Zajitscheks hergerichtet und auch dafür gesorgt werden würde, daß der junge Herr zu Mittag essen könnte. Vor zwölf ging jener – auch einer Beratung wegen, zu Herrn Aaron Katz. Nach dem Mittagessen bei den Zajitscheks, wo er ausgemacht hatte, daß er für Kost und Logis monatlich zwanzig Gulden bezahlen werde, ging er, begleitet von zwei Tagelöhnern, in seine alte Wohnung, packte seine Anzüge, Wäsche, Koffer und Bücher in zwei riesige Kisten, die ihm sein neuer Hauswirt für diesen Zweck geliehen hatte. Diese luden die beiden Tagelöhner auf einen Wagen, der von zwei Kühen gezogen wurde – Wagen und Kühe natürlich ebenfalls aus dem Besitz der Zajitscheks. Herr Chlumák wartete darauf, daß sich Frau Touschek zeigen würde, damit er mit ihr abrechnen könnte. Allein, sie erschien nicht, und die Fräuleins bekam er auch nicht zu Gesicht. Nach einigen Überlegungen ging er daher in die Wohnung der Touscheks, dort bekam er den Herrn Stadtrat im Bett zu sehen, ausgestreckt und schlafend, und dessen Gemahlin mit eingewickeltem Kopf in einem Lehnstuhl sitzend. Die Mädchen waren nicht da.

»Ich komme, mich zu verabschieden,« sagte er, »und die Miete bis zum St. Georgs-Tag zu bezahlen. Im übrigen empfehle ich mich Ihnen allen und wünsche Ihnen alles Gute. Gleichzeitig danke ich nochmals für alle Fürsorge und Freundlichkeit, die Sie mir haben angedeihen lassen.«

Sprach's und zahlte achtzehn Gulden auf den Tisch.

Frau Touschek erhob sich mit sichtlicher Mühe. »Aber, was denn, was fällt Euch da ein, Herr Prefessor,« sagte sie und kämpfte dabei mit den Tränen. »Es geht doch nicht, daß Ihr uns verlaßts. Das, was ich gestern dahergeredet hab', dürfens Ihnen nicht so zu Herzen nehmen. Das war nicht so gemeint. Das wär' eine schöne Schande, die Ihr uns da antun würdets. Schließlich gehörts Ihr doch noch immer zu uns ...! Wißts Ihr was? Wenn Ihr befürchtets, daß wir durch Ihnen Schaden erleiden könnten, gell, zahlts Ihr einfach fünfzehn Gulden monatlich.«

Der Herr Professor verdüsterte sich wieder auf die ihm eigene Art. »Nach dem, was vorgefallen ist, kann ich nicht mehr bei Ihnen bleiben. Ich hab' das Zimmer auch schon ausgeräumt und die Sachen unten auf einen Wagen aufladen lassen ...«

»Ach Jessasmarjandjosef! Was ist? Ihr habts das Zimmer schon ausgeräumt? Und ich sitz' da, und niemand sagt mir was? So geht man mit mir um! Wo treiben sich denn die Lausdirndln rum, daß mir keine was sagen gekommen ist, diese verdammten Herumtreiberinnen, diese ...!«

Vor Seufzern, Tränen und moralisch-sittlicher Entrüstung konnte sie nicht mehr weitersprechen. Jedes der ›Lausdirndln‹ war seinen eigenen Geschäften nachgegangen. Pepi fütterte die Schweine und zerstampfte Kartoffeln für die Hühner, und Toni war in der Stadt unterwegs. Sie sammelte nämlich Informationen über den Professor und erkundigte sich, ob er jetzt tatsächlich zu jemandem anderen übersiedeln würde. Da und dort hielt sie sich ein wenig auf, bei Flaschkas verbrachte sie sogar eine längere Zeit, und dort erfuhr sie alles. Danach eilte sie, so rasch sie die Füße trugen, nach Hause, um daheim die Neuigkeiten in allen Einzelheiten zu schildern.

»Meine Empfehlung, Frau Hauswirtin!« sagte Chlumák und schaute diesmal doppelt so finster drein, um nicht merken zu lassen, wie gerührt er von den Tränen der Frau Touschek war.

»Das kann doch nicht sein! Um Gottes Willen, das ist doch nicht möglich!« flennte Frau Touschek, »Ihr müßts doch ein Herz haben ...«

Doch der junge Herr war bereits zur Tür hinaus und hrrrrr! über die Treppe hinunter. In der Einfahrt begegnete er dem Fräulein Toni. »Behüt' Sie Gott, Fräulein ...«

Er streckte ihr die Hand entgegen. Sie wandte sich ab, antwortete auch nicht auf seinen Gruß. Doch er schaute gar nicht finster drein, im Gegenteil, mit einem Lächeln auf den Lippen schritt er zum letzten Mal über die Schwelle des Touschek-Hauses.

Oben wurde das Fräulein mit mütterlichem Geheul und Gekeife empfangen, eine Flut von Vorwürfen und Schimpfworten ergoß sich über sie. »Ihr wollts Kinder sein? – Da sehts ihr, daß mir's schlecht geht, und doch laßts ihr mich einsam und allein hier, ihr verdammten Miststücke ...!«

»Ob Ihr wohl auch so plärren und Krach schlagen werdet, wenn ich Euch erzähl', was ich erfahren hab' ...?«

»Ihr hättets ihn nicht weglassen dürfen ...«

»Ihr hättet ihn gestern abend im Zimmer in Ruh' lassen sollen!«

»Halt den Schnabel, oder ich ...« Sie holte mit der Hand aus, da rutschte ihr das weiße Tuch, das sie um den Kopf gewickelt hatte, über Stirn, Augen und Gesicht hinunter auf den Busen, wo es wie ein Sabberlätzchen für Kinder hängenblieb. Die Tochter war dem ihr zugedachten Schlag geschickt ausgewichen.

»Ob Ihr wohl auch so toben werdet,« sagte sie, »wenn Euch jemand anderer erzählt, wohin er gezogen ist, und alles, das ganze Wie und Was?«

Die Alte riß die Augen weit auf. »Also?«

»Beim Zajitschek ist er, zwanzig Gulden wird er zahlen ... heut' hat er dort schon zu Mittag gegessen ...«

Die Touschek schlug die Hände zusammen.

»Bei den Zajitscheks soll er sein? Zwanzig Gulden, sagst du, zahlt er? Ach Jessusmarja! Das ist ein Skandal, das wird ein Gerede geben. Und was werden die Leut' erst denken, wenn rauskommt, daß er Knall und Fall von uns weg ist, und daß er dort um so viel mehr zahlt als bei uns! Das wird eine Riesenschande für uns! Und das für all die Wohltaten! Wie das eigene Kind hab' ich ihn versorgt ... und jetzt das ...!«

Gut und gerecht war der Schlaf des Herrn Touschek; er wachte nicht einmal bei diesem geräuschvollen Ausbruch von Schmerz, Unwillen und Wut auf.

An jenem Abend, im Wirtshaus, im Kreise seiner Freunde, erklärte Herr Brotanek, der Gerechtigkeitsfanatiker bei der gestrigen Versammlung des Gemeinderats: »Was soll man dazu sagen? Da kämpfe ich für Gerechtigkeit und opfere mich dafür auf. Wenn ich nicht gewesen wär', wär' der Chlumák sein Lebtag lang nie festangestellter Lehrer geworden. Und was tut er? Er verkündet, daß er bei uns nicht wohnen könnt', weil's bei mir stinkt. Als ob ein Mensch, noch dazu, wenn er Seifensieder ist, nichts von Sauberkeit halten würde! Zugegeben, in einer Seifensiederei kann's nicht bloß nach Rosen duften. Aber die Siederei ist ja nicht die Wohnung. Da schließt man das Fenster, macht's nimmer auf, und aus ist's mit dem Gestank. Beim Lebzeltner duftet's auch nicht nach Wohlgrüchen, wenn die Gänsestoppeln abgesengt werden, und das kommt bei den Zajitscheks oft genug vor. Und was haben die dort für eine Sauberkeit? Der Alte schnupft den ganzen Tag, auch beim Lebkuchen-Machen, dabei streut er seinen Schnupftabak in den Teig, und aus seiner Nase tropft's auch rein!«

Etwa eine Woche später traf Brotanek den Touschek auf der Straße. Er ging auf ihn zu und hielt ihn fest. »Alter Freund,« sagte er und gab ihm dabei die Hand, ...»ärgere dich nicht mehr über mich ... du weißt schon, wegen damals! Ich hab' eine Dummheit gemacht, meiner Seel', und du hast recht gehabt.«

Touschek ergriff die ausgestreckte Hand. »Lassen wir das, mein Lieber,« sagte er gutmütig. »Wir haben beide einen Fehler gemacht ... wie hätt's auch anders sein sollen, nachdem sich die Weiber eingemischt haben ...«

»Bei Gott, du sagst, was wahr ist. Das war der Weiberverstand in der Sache.«

Die beiden Repräsentanten wirtschaftlicher Unabhängigkeit der königlich freien Goldbergstadt schieden versöhnt voneinander.

7

Und wieder verging ein Jahr. Der Herr Professor lebte bei den Zajitscheks genau so wie früher bei den Touscheks. Er schloß sich gegenüber anderen ab, ging nirgendwo hin und war auf die ganze Welt böse, mit einer einzigen Ausnahme. Diese Ausnahme waren seine Schüler, die, je länger desto mehr, an ihm hingen, weil sie in ihm einen gütigen und tüchtigen Lehrer erlebten und liebten. Die übrigen Bewohner der königlich u. s. w. Stadt betrachteten ihn als unverbesserlichen Sonderling und hörten nach und nach auf, ihn in all ihre Kombinationen mit einzubeziehen. Wer geglaubt hätte, daß Chlumák ihnen dafür dankbar gewesen wäre, der irrte sich. Im Gegenteil, ihn ärgerte diese Isolation gewaltig, in die er sich durch seine eigene Schuld gebracht hatte, und beklagte sich häufig darüber bei den Kollegen, namentlich bei Horouschek. Allerdings suchte er den Grund dafür nicht bei sich, und deshalb unternahm er mit einmaliger Sturheit keinen einzigen Schritt, um aus dieser peinlichen Situation herauszukommen. Wie auch schon früher, hatte es immer noch den Anschein, als ob er nichts mehr ersehnen würde, als daß Horouschek ihn überzeugen könnte, daß er zu Unrecht auf seiner Vereinsamung beharre, und daß Horouschek ihm irgendeinen Weg zeigen könnte, welcher ihn aus seinem selbstgewählten Kerker herausführen würde. Doch Horouschek hatte offensichtlich keinerlei Ahnung von jener Hoffnung seines Kollegen. Eingedenk der vielfachen Abfuhren, die er für all seine gutgemeinten Bemühungen hatte einstecken müssen, redete er Chlumák nicht mehr weiter zu, und auf dessen Klagen, Murren und Nörgeln antwortete er bloß noch mit einem vielsagenden Schulterzucken.

»Als Mensch ist man hier begraben,« beschwerte sich Chlumák eines Tages im Lehrerzimmer. »Hier gibt es niemanden, mit dem man sich unterhalten könnte. Verzeihen Sie, das geht nicht gegen Sie. Ich glaube, daß es hier keinen einzigen Menschen gibt, mit dem ich über Angelegenheiten meiner Fächer reden könnte ...«

»Nun, es gäbe vielleicht auch noch andere Themen ...«

»Gibt es, aber gelegentlich möchte man gerade über Sachen sprechen, die in den eigenen Fachbereich fallen. Und auch sonst ist das hier eine Misere. Schauen Sie doch mal die Leute hier an, und ihre Repräsentanten – da bekommt man ja regelrecht einen Brechreiz! Für die Öffentlichkeit, für die Allgemeinheit, für irgendeinen Fortschritt, irgendwelche höheren Interessen – woher sollten die auch nur den allerprimitivsten Sinn dafür hernehmen? Beschränkt, raffgierig, kleinlich und charakterlos sind sie ...«

»No, dann verändern Sie sie doch! Vielleicht dämmert es im Lauf der Zeit dann doch ein bißchen in ihnen.«

»Da können wir lange warten. Wir werden das sicherlich nicht mehr erleben ...«

Horouschek zog die Schultern hoch. »Man muß sie halt so nehmen, wie sie sind,« bemerkte er trocken.

»Aber es wäre notwendig, daß ihnen das jemand sagen würde.«

Horouschek lachte. »Wie wollen Sie ihnen das beibringen, wenn Sie sich von ihnen fernhalten?« fragte er. »Was mich anbelangt, ich fühle in mir keine

Berufung, sie zu bessern, ich schau' nur, daß ich mit ihnen auskomme, das ist alles.«

»Mit so einem Gesindel auskommen!« rief Chlumák verbittert aus. »Ich kenne keinen einzigen, von dem man sagen könnte, daß er ein anständiger Mensch wäre.«

»Da tun Sie den Leuten aber sehr Unrecht, Herr Kollege. Unter ihnen gibt es auch ordentliche und ehrliche Menschen. Sie sind sich zwar mancher Mängel nicht bewußt, aber ich meine, daß einer, der ihnen überall aus dem Weg geht und keinerlei Beziehung zu ihnen hat, zu ihrer Besserung auch nichts beiträgt.«

»Was ihre eigene Tasche angeht, zeigen sie sogar sehr beachtliche Fähigkeiten. Die Gemeinde ist für sie bloß eine Milchkuh. Ist das denn nicht geradezu Diebstahl, wenn sie beispielsweise folgendes tun: Ein reinblütiger, hier geborener Bürger erhält jährlich zehn Ster Scheitholz umsonst. Wenn er mehr braucht, zahlt so einer zwei Gulden pro Ster, während ein anderer Sterblicher je Ster fünf zahlen ...«

»No, warum soll da was Schlechtes dran sein? Die Gemeinde besitzt ausgedehnte Waldungen ...«

»Das wohl, aber sagen Sie, ist das in Ordnung, wenn die Leute dann für ihr ganzes Geld, das sie besitzen, Holz zusammenkaufen, ja, sich sogar noch Geld dazu borgen, und das eingekaufte Holz an die Gemeinde zurückverkaufen, und zwar zu jenem höheren Preis pro Ster?«

Horouschek schaute ziemlich scheu um sich, als ob er fürchtete, daß jemand zuhören könnte. Von solchen Geschäften wußte natürlich jeder, aber gesprochen wurde davon nicht. »Darüber sollten Sie lieber schweigen,« sagte er nach einer Weile, »denn das könnten Sie nur schwer beweisen. Die Sache verhält sich auch ein wenig anders. Ich wundere mich bloß, wo Sie das alles gehört haben. Sie verkehren doch mit niemandem, nicht einmal mit ihren jetzigen Wirtsleuten. Und von denen haben Sie sich auch so abgeschlossen, daß es beinahe ein Wunder ist, daß Sie zwischen sich und ihnen keine Quarantäne eingeführt haben!«

Chlumák setzte wieder ein finsteres Gesicht auf.

»Man erfährt auch ungewollt von Sachen, wenn die Spatzen darüber von den Dächern pfeifen,« sagte er und bemühte sich gar nicht, seine Stimme zu dämpfen. »Übrigens, sogar hier im Lehrerzimmer ist schon darüber gesprochen worden.«

»Also, ich hab' bestimmt nichts gesagt,« verteidigte sich Horouschek. »Bloß, ich bitt' Sie, um Gottes Willen, reden Sie nicht so laut! Wenn Sie schon keine Rücksicht zu nehmen brauchen, – ich bin nicht in dieser glücklichen Lage. Ich hab', wie Sie wissen, ein Gesuch eingereicht, um zu Pfingsten ...«

Ungeachtet dieser Bitte schimpfte Chlumák mit laut hörbarer Stimme weiter: »Ich hab' mich von meinen Hausleuten abgesondert und halt' sie mir vom Leibe, diesbezüglich haben Sie recht. Schließlich hab' ich bei den Touscheks die Erfahrung gemacht, wohin der Umgang mit solchen Leuten führen kann. Man wird nicht nur belästigt, sondern sogar in Versuchung geführt. Mir dreht sich noch alles im Kopfe, wenn ich daran denke. Man muß sagen, daß ich einer großen Gefahr entronnen bin. Ein Mensch ist ja schließlich kein Holzklotz. Wenn ich mich bloß ein einziges Mal vergessen hätte, wär' ich schon gefangen ...«

Horouschek lachte: »Bei den Zajitscheks gibt es wenigstens keine heiratsfähigen Töchter,« sagte er. »Von dieser Seite droht Ihnen also keine Gefahr ...«

»Stimmt, die droht mir nicht, aber ansonsten – viel hab' ich durch diesen Tausch nicht gewonnen. Bei den Touscheks war wenigstens das Essen gut, geradezu ausgezeichnet, aber bei den Zajitscheks! Schwer verdauliche Mehlspeisen, Buchteln, schwarze Dalken,

Nudeln aus Roggenmehl; die Knödel so hart, daß sie von der Artillerie als Munition verwendet werden könnten; Sauerkraut vom vorvorigen Jahr, das ganz muffig schmeckt; saure Suppen aus Herbstmilch*, Krautsuppe, Krautflecken; Roggenschmarren, der in Butter schwimmt; schwarzer Graupenbrei mit Pilzen, Hollundermus, in Essig gekochtes Hammelfleisch; hausgemachtes Geräuchertes, das ganze Jahr an der Luft getrocknet und dann entweder zu Fasern zerkocht oder so zäh, daß es einem vorkommt, als würde man abgetakelte Schiffstaue kauen, und so weiter, und so weiter. Damit ein Mensch solche Dinge verdauen kann, braucht er einen Magen wie die hiesigen Holzhauer, wenn nicht sogar den Verdauungsapparat einer Ente. Ess' ich das Zeugs, ruinier' ich mir den Magen – ess' ich's nicht, geh' ich vor Hunger ein.«

»Ich hab' mir's doch gedacht, daß Sie die hiesige Kost nicht vertragen werden,« bemerkte Horouschek ungerüht dazu und zuckte mit den Schultern. Es lag ihm noch auf der Zunge, dem Kollegen zu sagen, wenn er seine Gesundheit bewahren wolle, werde ihm nichts anderes übrigbleiben, als zu heiraten oder doch im Wirtshaus Zuflucht zu suchen. Doch da er aus mancherlei Erfahrungen wußte, daß der junge Herr solche Ratschläge mit aller Entschiedenheit von sich zu weisen pflegte, behielt er sie innerhalb seines Zahngeheges.

»Kurz gesagt, es ist ein Hundeleben in diesem verdammten Nest da,« stieß Chlumák hervor, schaute ganz wild um sich und ließ Blitz um Blitz aus seinen Augen herausschießen. »Welcher Teufel hat mich bloß dazu verleitet, mich um diese Planstelle hier zu bewerben!«

»An Ihrer Stelle und mit Ihrem Besitz wär' ich bestimmt überhaupt nicht weggegangen, antwortete Horouschek trocken.«

»Wenn die Mutter nicht gewesen wär'!« rief sein Gesprächspartner wütend.

In diesem Augenblick hörten sie das Getrampel und den Lärm von Schülern, die im Korridor herumtollten.

»Satansbraten!« brummte Horouschek, »mir scheint, daß das die Ihrigen sind. Weisen Sie die mal ein bißchen zurecht!«

Chlumák erschrak sichtlich und schaute rasch auf seine Uhr. »Teufel nochmal,« knurrte er, »zwanzig Minuten nach neun! Da redet man und vergißt ganz auf seine Pflichten ...«

Damit schoß er aus dem Lehrerzimmer hinaus. Horouschek, der große Philosoph in Sachen Dienstauffassung, war auch kein übertriebener Pedant, was die Einhaltung der Unterrichtszeiten anbelangte. Er blieb ruhig im Lehrerzimmer sitzen, zündete sich das noch übriggebliebene Drittel einer Virginia an, blätterte ein paar Hefte durch, tat eine Zeitlang so, als überlege er, was er unterrichten sollte, und begab sich erst dann auf den Weg zu seiner Klasse.

Es war ungefähr zu jener Zeit, daß sich in unserer Stadt ein Arzt niederließ, der mit einer vielköpfigen Familie gesegnet war*, aus deren Mitte zwei oder drei Jungen in die Realschule geschickt und Schüler Chlumáks wurden. Der älteste Sohn studierte bereits an der Universität. Als jener zu Ostern nach Hause kam, um vier Wochen bei den Eltern zu verbringen, führte ihn der Zufall mit Chlumák zusammen. Der verhielt sich zwar am Anfang ziemlich zurückhaltend und machte, wie es seine Art war, ein finsteres Gesicht, aber das ungezwungene Wesen und das heitere Gemüt des Studenten sagten ihm bald sichtlich zu, und die Wirkung blieb nicht aus. Der Studiosus wiederum überzeugte sich rasch davon, daß der Herr Professor bei weitem nicht so böse war, wie man aus seiner stets düsteren Miene hätte schließen können. Das bestätigten ihm auch seine jüngeren Brüder, die gerade eben jenen ihrer Lehrer geradezu vergötterten, der noch dazu ein allseits gebildeter und außergewöhnlich belesener Mensch war. Kurzum, einer begann die Gesellschaft des anderen zu suchen, und kaum waren ein paar Tage vergangen, war daraus eine beiderseitige aufrichtige Freundschaft entstanden. Sie verbrachten lange Stunden, ja, sogar ganze Tage zusammen, sprachen über alle möglichen Dinge und lernten sich, je länger das dauerte, umso besser kennen.

Wie durch einen Zauber heiterte sich das Gemüt Chlumáks plötzlich auf, und der Herr Professor wurde freundlich und gesprächig anderen gegenüber, sogar zu seinen neuen Hausleuten, von denen er sich bei weitem nicht mehr so absonderte, wie er's bisher getan hatte. Darüber wunderten sich die Zajitscheks nicht wenig, sie kamen aus dem Staunen gar nicht mehr heraus, und die Kunde vom gewandelten Herrn Professor wurde Hauptgesprächsstoff im ganzen Ort.

Am Samstag nach Ostern veranstalteten die Akademiker, welche ihre Ferien in unserer Stadt verbrachten, einen Tanzabend.

Und es geschah ein großes Wunder: Dem Studenten – wir werden ihn von jetzt an mit seinem Rufnamen nennen – Karl war es gelungen, den Herrn Chlumák dazu zu bewegen, zu dieser Veranstaltung zu kommen. Das bewirkte eine Riesensensation, die vielleicht noch größer war als jene, die seine erste Ankunft in der Stadt ausgelöst hatte. Ausnahmslos alle, Männer und Frauen, am meisten die Fräuleins, staunten ihn mit großen Augen an, als ob sie ihren Blicken nicht trauen könnten. Jene allgemeine Aufmerksamkeit paßte ihm offensichtlich gar nicht, ärgerte ihn vielmehr. Er machte ein schrecklich finsteres Gesicht, und ohne jemanden zu beachten, auch diejenigen nicht, die ihn grüßten, verzog er sich schnurstracks in ein Nebenzimmer, wo er an dem Tisch im hintersten Winkel Platz nahm.

»Jetzt werden Sie begreifen, warum ich mich gesträubt habe herzukommen,« brummte er Karl an, der sich für eine Weile zu ihm gesetzt hatte. »Ich hab's gewußt, daß mich diese Dummköpfe anglotzen werden wie irgendein exotisches Wundertier. Glauben Sie mir, nur Ihretwegen bin ich hergekommen, doch, meiner Treu, jetzt tut's mir schon leid. Sie werden mir verzeihen, aber ich werde bald wieder gehen. Ich fühl' mich hier äußerst unbehaglich ...«

»Ich bin Ihnen sehr, sehr dankbar, Herr Professor, daß Sie gekommen sind,« entgegnete der junge Mann und lachte. »Aber Sie sind ja bei uns noch gar nicht richtig warm geworden. Doch ich rate Ihnen dazu, daß Sie hier warm werden sollten, schließlich sind Sie ja noch jung.«

Chlumáks Miene verdüsterte sich, wegwerfend winkte er ab. »Jung?« stieß er hervor, »sagen Sie lieber, daß ich hier meine Jugend begraben habe.«

Der Wirt stellte ein Glas Bier vor ihn hin. Da verfinsterte sich der Herr Professor noch mehr, ein Wunder war's, daß der Blitz, der aus seinen Augen schoß, den bedauernswerten Wirt nicht zerschmetterte. »Nehmen Sie Ihr Gesöff wieder mit!« fuhr er ihn grob an, »warum wollen Sie's mir aufzwingen, wo ich's gar nicht bestellt habe? Bringen Sie mir ein Glas Zuckerwasser!«

»Nach einer Weile komm' ich wieder zu Ihnen zurück,« sagte der Student, entschuldigen Sie mich bis dahin. Sie wissen ja wohl, daß mich jetzt die Pflichten des Arrangeurs rufen.«

Bald danach spielte die Kapelle auf, der Tanz begann. Chlumák saß verlassen da, schaute finster drein und trank in kleinen Schlucken sein Zuckerwasser. Nach einiger Zeit kam Herr Karl wieder zu ihm. »Herr Professor,« sagte er, »meine Mutter möchte liebend gern den berühmten Lehrer ihrer Kinder, meiner Brüder, persönlich kennenlernen. Bei uns daheim wird täglich von ihm gesprochen. Würden Sie mir gestatten, daß ich Sie vorstelle?«

Der Herr Professor schaute zwar ein bißchen finster, ging aber immerhin mit. Und neben der Frau des Arztes saß die Frau Finanzamtsvorstand, die auch erst vor kurzem in die Stadt gezogen war. Der junge Herr Karl, sich seiner veranstalterischen Pflichten bewußt, stellte ihn auch ihr vor, und ihrer Tochter ebenfalls. Von der Frau Finanzamtsvorstand hieß es, daß sie sehr begütert sei, und die Tochter war wirklich sehr, sehr hübsch in der Blüte ihrer achtzehn Lenze. Herr Karl flüsterte dem Herrn Professor zu: »Ich bitt' schön, tanzen Sie diese Runde mit ihr! Ich hab' grad mit ihr getanzt und muß jetzt mit einer anderen, damit ich, soweit das möglich ist, mit allen anwesenden Mädchen einmal ...«

Die Kapelle spielte wieder eine Mazurka, schwungvoll, einschmeichelnd, verführerisch. Weiß Gott, wie das gekommen ist, aber der Herr Professor schaute nur mehr ein ganz klein bißchen finster drein, und noch ehe er es selbst gedacht hätte, war er mit dem Fräulein Sophie des Finanzamtsvorstands auf der Tanzfläche.

Und danach führten ihm der Herr Karl und die anderen akademischen Arrangeure ein Mädchen ums andere zu, Beamtentöchter, Bürgertöchter, und der Herr Professor tanzte. Er tanzte nur noch, hörte auf, eine böse Miene zu machen, ja, er lachte mit diesen Studenten und mit diesen Mädchen ... er tanzte sogar mit der Touschek-Toni und mit der Touschek-Pepi, lachte beide an, und die Toni und die Pepi lachten auch. Und Frau Touschek, ein Glas Bier vor sich auf dem Tisch, lachte mit ihnen mit und sagte zu ihrer Nachbarin: »Ja da schau her – der Herr Prefessor Chlumák tanzt, und, meiner Seel', gut tanzt er, und mit unserer Pepi am besten. Ich hätt' direkt große Lust, selber mit ihm zu tanzen. Meiner Treu, nach Mitternacht sag' ich ihm das auch. Jetzt geht's noch nicht, man darf die Mädeln nicht um ihr Vergnügen bringen ...! Ich hab's ja schon immer gesagt, daß der Herr Prefessor Chlumák ein gebildeter und gelehrter Herr ist, und daß er gut weiß, was sich schickt. Er hat wahrhaftig auch Fehler gemacht, und zu uns hat er sich nicht in jeder Beziehung gut benommen, wie er bei uns gewohnt hat, aber das muß man ihm auch verzeihen können. Glaub mir, Liesl, dahinter hat kein anderer gesteckt als dieser Horouschek, dieser Hansdampf in allen Gassen, der von nichts eine richtige Ahnung hat. Der hat ihm eingeredet, daß er nicht heiraten soll. Und so was, wie dieser Horouschek, nennt sich auch Prefessor ...«

Die derart angesprochene Liesl, Gattin des Uhrmachers in dieser Stadt, der sich jedoch wenig um sein Handwerk kümmerte und viel lieber mit Feldarbeit befaßte, blickte etwas säuerlich drein. »No, daß er sooo schön tanzt, würd' ich nicht gerade sagen. Wenn ich ihm dabei so zuschau', kommt's mir vor, als wenn er zwei linke Füß' hätt'.« Der Umstand, daß der Herr Professor bis dahin noch nicht mit ihrer Tochter getanzt hatte, veranlaßte sie zu dieser Antwort.

»Das stimmt nicht, Liesl,« entgegnete Frau Touschek etwas gereizt und ließ kein Auge von Chlumák, während er tanzte. Er war gerade mit ihrer Pepi auf der Tanzfläche.

»No, es wird aber doch wahr sein,« erwiderte ihre Nachbarin spitz. »Wie er mit dieser Finanzamtsvorstandstochter getanzt hat, hast du selber gesagt, daß er latscht.«

»Weiß ich nimmer ... aber wenn ich's gesagt haben sollte, jetzt seh' ich, daß ich mich getäuscht hab'.«

Ein Stück von den Damen entfernt, im Nebenzimmer, wo die Herren saßen, die sich nicht am Tanz beteiligten, führte Herr Touschek das Wort: »Ich hab's ja schon immer gesagt,« erklärte er, »daß der Herr Chlumák ein Kuriosum ist.«

Der Seifensieder Brotanek erhob gegen ihn Einspruch: »Was redest du da davon, daß er ein Kuriosum sein soll? Der ist überhaupt kein Kuriosum, damit du's weißt. Ein Mensch, der bei den Zajitscheks wohnt und bei ihren Lebkuchen, die mit Schnupftabak gewürzt sind, ist bestimmt kein Kuriosum!«

Herr Touschek, der sich nicht sicher war, ob er nicht irgendeine Dummheit gesagt hatte, schüttelte den Kopf, nahm einen ordentlichen Schluck aus seinem Glas und verstummte.

Ungefähr eine Stunde später – Mitternacht rückte schon heran – bemerkte Frau Touschek, daß Chlumák, je länger der Abend dauerte, immer öfter mit dem Fräulein Finanzamtsvorstandstocher tanzte, dabei mit ihr anscheinend sogar redete und sie freundlich anlachte. Frau Touschek begann irgendwie unruhig zu werden. »Schau doch mal, Liesl,« sagte sie zu ihrer Tischnachbarin, »wie sich diese Kröte an den Herrn Chlumák dranhängt! Sie lacht ihn an, als ob sie zu ihm sagen würde: ›Wie machen wir's nach dem Ball? Komm mit zu uns!‹ Das ist nicht in Ordnung ... Und er auch, als ob er vollkommen schmelzen würde. Da müßt' er schon einen sonderbaren Geschmack haben, wenn ihm die gefallen tät'. Flach ist sie wie eine Schindel, kein bißchen Busen hat sie, Wadeln hat sie wie Fischbeine*, und ein Gesicht, so schwarz wie eine Zigeunerin ... Und die Finanzamtsvorstandin, ihre Mutter, lacht von oben herab und rümpft die Nase, als ob sie uns allen sagen wollt': ›Ihr könnt euch allesamt mit euren Bälgern verkriechen! Jetzt bin ich da, mit meiner Tochter!‹ Unverschämt, diese amtliche Überheblichkeit, diese von Gott weiß woher dahergelaufene ...«

Darauf sagte Frau Liesl, mit deren Tochter Chlumák inzwischen schon zweimal getanzt hatte: »No, weißt, dagegen kannst doch nichts sagen. Er, der Herr Professor, schaut halt, daß er mit allen mal tanzt, und so gehört sich's ja auch. Da gibt's andere, die nicht so gebildet sind, daß sie das begreifen würden. Meine Annerl hat gesagt, daß der Herr Professor ganz prima tanzt. Er soll sie beim Tanzen auch gefragt haben, mit welcher Pomade sie ihre Haare einreibt, daß so ein Duft aus ihnen rauskommt ... Es hat mich gefreut, wie hübsch sich das gemacht hat, wie die zwei miteinander auf der Tanzfläche ...«

»Du hast doch gerade erst vor einer Weile gesagt, daß er zwei linke Füß' hat,« unterbrach Frau Touschek die Nachbarin und warf ihr wütende Blicke zu.

»Aber du hast ja auch gesagt, daß er latscht, und danach hast du zugegeben, daß du dich geirrt hast,« sagte Frau Liesl giftig. »Und so hab' ich mich halt auch geirrt. Oder darfst bloß du dich irren?«

Frau Touschek sprang auf. Ihre Augen flammten, alles an ihr bebte vor schlecht verhohlener Wut, die schließlich wie eine Naturgewalt aus ihr hervorbrach und sich in den Worten entlud: »Mit dir red' ich nimmer, du unverschämtes Marktweib, du, so eine ...!« Sie stampfte mit den Füßen auf und ging vom Tisch weg, schnaubend und mit wütend rollenden Augen. Sie suchte sich einen Platz an einem anderen Tisch, wo die Frau Bürgermeister und ein paar jüngere Bürgerinnen saßen, die noch keine erwachsenen Töchter hatten und selbst auch noch mittanzten.

»Soll man sich so beleidigen lassen?« begann sie, voller Erregung keuchend, »und noch dazu von so einer Uhrmacherin, wo der Mann von ihr Mist aufladet, weil er von seinem Handwerk nur so viel versteht wie die Kuh vom Eierlegen? Das wär' das Letzte für mich, mit so einem Drachen beisammensitzen!«

Und Frau Liesl wandte sich an die übrigen Frauen an ihrem Tisch: »Habt ihr sie gesehen, dieses übergeschnappte Frauenzimmer? Wie eine Rakete ist sie hochgegangen, wie ich ihr die Wahrheit gesagt hab'. Die spielt sich auf, mit dem Geld, wo ihr Mann, der Metzger, damit ergaunert, daß er das Fleisch von alten Ziegen verkauft und den Leuten als Hammelbraten andreht. Die Wut hättet ihr sehen müssen, welche die Frau hat, weil ihr der Professor davongeflogen ist! Für dreizehn Gulden hat sie ihn bei sich gehabt, bei den Zajitscheks zahlt er zwanzig und ist doch von den Touscheks weggezogen. Nichts hat es ihr geholfen, daß sie ihn gefüttert hat, als wenn alle Tag Kirchweih wär'. Ich sag' euch, der ist von ihnen davongelaufen, weil er genug gehabt hat von den Mädeln, die sich wie die Kletten an ihn gehängt haben ...«

Diejenigen, an welche diese Worte gerichtet waren, bemühten sich, die wütende Uhrmachersfrau zu besänftigen. Sie sagten ihr, daß der Streit aus einem bloßen Mißverständnis entstanden sei, und daß die Hauptschuld an allem diese Finanzamtsvorstandstochter habe, welche die jungen Herren wie eine Katze umschmeichle, mit ihnen lache und herumschäkere; daß von der der ganze Ärger ausgelöst worden sei, von dieser Dahergelaufenen. Dieser Balsam auf die schmerzende Wunde linderte wenigstens einigermaßen den brennenden Schmerz, und Frau Liesl beruhigte sich so leidlich. Unzufrieden mit dem Erfolg dieser Therapie waren bloß ein paar Mannsbilder, die Zeugen des Zusammenstoßes der beiden Frauen gewesen waren und sich darüber ungeheuer amüsiert hatten.

Zur Zeit der mitternächtlichen Pause saß Chlumák in Gesellschaft des Studenten, dessen Mutter, der Frau Finanzamtsvorstand und des Fräuleins Sophie. Anwesend waren auch der Doktor, der der Vater des Studenten war, und der Finanzamtsvorstand. Die ganze Gruppe unterhielt sich ausgezeichnet. Chlumák belebte die Unterhaltung, ja, sehr bald wurde er sogar zu deren Seele. Er schaute nicht mehr böse, bloß noch hie und da, wie aus alter Gewohnheit. Gesprochen wurde zwar meistens ernsthaft, aber bisweilen überwog auch laute Heiterkeit. Alle staunten über das scharfsinnige Urteilsvermögen, das nicht alltägliche, vielseitige Wissen, die Redegewandtheit und das taktvolle Benehmen gegenüber den Damen und Herren. Und das sollte der Mensch sein, welchen die ganze Stadt für einen sonderbaren Griesgram, für einen scheuen, ungeselligen Misanthropen hielt? Am allermeisten wunderte sich Horouschek, der, angelockt von der lebhaften Unterhaltung, sich nach einiger Zeit zu dieser Gesellschaft dazugesetzt hatte. Eine Weile lang hörte er ganz ungläubig den Ausführungen Chlumáks zu einem philosophischen Thema zu, das vor allem den Doktor und dessen Gattin, eine Dame mit ungewöhnlicher Bildung, fesselte.

»Wahrhaftig, mir kommt's vor, als träumte ich!« rief Horouschek, als Chlumák ausgeredet hatte. »Ich erkenn' Sie gar nicht wieder, Herr Kollege! Mit Ihnen ist ein Wunder geschehen! Sie sind plötzlich ein ganz anderer Mensch, und, bei Gott, mir so hundertmal lieber als Sie bisher ...«

Chlumák schaute wieder ein bißchen finster drein, aber wirklich nur ganz kurz, und dann lächelte er freundlich: »Nein, Herr Kollege, ich bin der, der ich früher üblicherweise gewesen war. Ein anderer bin ich nur von der Zeit an, da mich das Schicksal hierher verschlagen hatte.«

Und er war fröhlich, blieb auch weiterhin gutgelaunt, und Horouschek mit und bei ihm, und das aufrichtigen Herzens. Als sich ein günstiger Augenblick bot, beugte sich Horouschek zu Fräulein Sophie: »Wirklich, verehrtes Fräulein,« sagte er, »das Wunder, welches sich hier vor Ihren Augen ereignet, ist Ihr Werk.«

»Ich versteh' Sie nicht,« erwiderte sie, »von was für einem Wunder sprechen Sie?«

»Ja, natürlich, Sie können's nicht wissen. Sie wohnen noch nicht lange genug bei uns. Dafür lebt Chlumák schon mehr als drei Jahre hier, und heute seh' ich ihn zum ersten Male unbeschwert. Heute ist er zum ersten Mal in Gesellschaft gegangen, vergnügt und unterhält sich. Ein wahres Wunder, sag' ich Ihnen. Ich kann mir nicht vorstellen, daß das unter einem anderen Einfluß als dem Ihren hätte geschehen können.«

Das Mädchen errötete ein wenig. »Ich wüßte nicht, daß ich etwas herbeigeführt hätte, was Sie als Wunder zu bezeichnen belieben,« widersprach sie ihm. »Ich sehe jenen Herrn heut' zum ersten Mal. Er war schon hier, wie wir gekommen sind. Herr Karl hat ihn uns vorgestellt.«

»Was? Der soll ihn hierhergebracht haben? Das kann ich nur schwerlich glauben, mein Fräulein. Drei Jahre haben wir uns geplagt, haben alles Mögliche getan, um ihn dazu zu bringen, sich uns anzuschließen, und alles ist umsonst gewesen. Der ist ja völlig ausgewechselt; ich kann Ihnen gar nicht beschreiben, wie! Es ist unmöglich, daß dies der Herr Karl zuwege gebracht haben soll!«

Horouschek erzählte weiter, von Chlumáks bisheriger Lebensweise, erwähnte auch seinen Reichtum und seine Absonderlichkeiten, die sich darin zeigten, daß er übermäßig genügsam lebe, kein Bier trinke und wegen des Zwistes, den er mit der Mutter habe, nicht nach Hause um Geld schreibe.

Das Mädchen wurde nachdenklich. »Ich wundere mich, was Sie da über seine Absonderlichkeiten erzählen,« sagte sie treuherzig. »Ich hab' an ihm nichts Ungewöhnliches bemerkt. Er tanzt gut und redet noch viel besser, gebraucht keine von den hohlen Phrasen, mit denen uns junge Herren sonst unterhalten wollen, und von irgendeinem Verdruß nicht die geringsten Anzeichen ...«

»Herr Professor,« sagte ungefähr zur gleichen Zeit der Student, Herr Karl, und legte dabei seine Hand auf Chlumáks Schulter, »Sie können sich gar nicht vorstellen, wie glücklich ich darüber bin, daß Sie sich von Ihrer bisherigen Vereinsamung befreit haben und meinetwegen hierhergekommen sind. Das vergesse ich Ihnen niemals! Ich bin weit davon entfernt, mich bei Ihnen einschmeicheln zu wollen, aber was wahr ist, darf und muß ich sagen: Es ist eine Freude, sich mit Ihnen zu unterhalten. Sie wissen gar nicht, was ich schon alles von Ihnen gelernt habe, wie schön Sie mir den Weg zeigen, den ich in meinem Studium einschlagen muß, was für ein großartiges Vorbild Sie für mich sind ...«

»Ja, das ist wahr,« stimmte der Doktor, Karls Vater, zu. »Auch ich bin Ihnen aus diesem Grunde dankbar und freue mich aufrichtig, daß ein glücklicher Zufall meinen Sohn mit Ihnen zusammengeführt hat. Sie sind ja geradezu dazu berufen, die Seele einer Gesellschaft zu sein. Es wäre ewig schade, wenn Sie sich auch weiterhin absondern würden, wie Sie's angeblich bisher gemacht haben sollen.«

Chlumák errötete ein bißchen und schaute auch ein wenig finster drein. »Herr Doktor,« sagte er, »zuallererst danke ich Ihnen für die gute Meinung, die Sie von mir haben. Zweitens erlaube ich mir zu bemerken, daß ich mich nicht allgemein von der Gesellschaft ausschließe, sondern lediglich von ganz bestimmten Kreisen, deren Gepflogenheiten und Gespräche mir zuwider sind. Denn von denen habe ich weder einen Nutzen noch Unterhaltung, weil man dort nur die Zeit totschlägt. Wirtshaus-Scherze und Späße reizen mich nicht, Bier trinke ich keins, und Karten spiele ich auch nicht. Deshalb hab' ich mich bis jetzt von Wirtshäusern ferngehalten und bin entschlossen, sie auch in Zukunft zu meiden.«

Der Doktor lächelte. »Gestatten Sie, Herr Professor,« begann er, »daß ich als der Ältere und wohl auch etwas Lebenserfahrenere Ihnen in aller Bescheidenheit sage, wie ich diese Angelegenheit sehe. Ich sage Ihnen gleich offen, daß ich Ihre Ansichten über Abstinentismus ganz und gar nicht teile. Nur unmäßiges Trinken schadet der Gesundheit und führt die Menschen ins Verderben. Aber hie und da einmal ein Glas Bier, vor allem nach einem ganzen Tag anstrengender Arbeit, kann gar nicht schädlich sein. Es entspannt, löst die Zunge und hilft dabei, so mancherlei Plagen und Sorgen loszuwerden. Und von uns selbst hängt es ab, in welchen Bahnen die Gespräche verlaufen und welches Niveau unsere Unterhaltungen haben. Die geistige Überlegenheit eines reifen und gebildeten Mannes geht auch beim Bier nicht verloren. Und gerade deshalb kann man sagen, daß es in der Regel nicht notwendig ist, daß Sie Angst vor Kontakten mit minder Gebildeten haben müssen. Diese ordnen sich dem Überlegenen gern und dankbar unter, solange er nicht als der Gescheitere verächtlich auf sie herabschaut und sie beherrschen will. Gäbe es bei uns Klubs oder Salons, brauchten wir die Wirtshäuser natürlich nicht. Aber man muß die bestehenden Verhältnisse berücksichtigen, und da bleiben für uns nur die Gastwirtschaften, wenn wir überhaupt einmal in

Gesellschaft mit jenen zusammenkommen wollen, die mit uns und um uns herum leben. Wenn sich ein Einzelner von allen anderen absondert, führt das nicht nur zur gesellschaftlichen Isolation, es verführt nicht nur dazu, daß so ein Einzelgänger fälschlicherweise annimmt, keiner kümmere sich um ihn, selbst dann nicht, wenn er wirklich Hilfe nötig hätte, sondern es wirkt sich auch verderblich auf das Wesen und die moralische Qualität eines jeden Menschen aus. Aus ihm wird nämlich ein schrecklicher Egoist, ein widerwärtiger und verstockter Eigenbrötler. Die Natur will, daß sich die Menschen zusammentun, aber keinesfalls, daß sich jeder in sich selbst verkriecht und von den anderen abschließt. Wer jedoch gegen die Naturgesetze verstößt und sie mit Füßen tritt, an dem rächt sich früher oder später die Natur.«

Der Doktor hörte zu sprechen auf, lächelte wieder und reichte Chlumák die Hand. Jener ergriff sie, drückte sie und verbeugte sich wortlos. Nach einer Weile sagte er: »Wer könnte bestreiten, daß Sie, Herr Doktor, die volle Wahrheit sprechen. Ich fürchte bloß, daß ich nicht den Mut finden werde, mich nach Ihren Worten zu richten. Ich bin aus einer anderen Atmosphäre hierhergekommen.«

»Man muß sich halt anpassen, Herr Professor. Menschen leben am Äquator und in den sibirischen Tundren, verhalten sich den jeweiligen Gegebenheiten entsprechend und überleben! – Schau'n Sie mal, Herr Professor: Wenn wir uns an Ihre Grundsätze gehalten und zu Hause eingeschlossen hätten – wir sind auch aus einer anderen Atmosphäre hierhergekommen, aus anderen Verhältnissen – hätten wir uns nie kennengelernt. Und damit wäre uns der Genuß entgangen, den uns Ihre Gesellschaft bereitet. Und Sie, wären Sie heute nicht aus Ihrer Abgeschlossenheit ausgebrochen, hätten auch uns nicht kennengelernt.

Ich will damit nicht behaupten, daß Ihnen viel entgangen wäre, aber ich hoffe, Sie werden doch nicht sagen, daß dies für Sie ein verlorener Abend sei, und bedauern, daß Sie ein bißchen aus Ihrer Vereinsamung herausgegangen sind. Übrigens müssen Sie zugeben, daß Sie sich heute auch anderweitig gut amüsiert haben.«

Der Herr Professor, einigermaßen in die Enge getrieben, schaute wieder ein bißchen finster drein. »Och, sicherlich bin ich dankbar,« erwiderte er nach einer Weile, »nach langen Jahren habe ich wieder einmal wunderschöne Stunden erlebt, die ich nicht vergessen werde. Hätte ich gewußt, daß ich diese Gesellschaft vorfinden würde, hätte ich wahrhaftig nicht gezögert ... schließlich habe ich mich ja nicht grundsätzlich abgesondert ... Das hier ist ja auch eine Tanzveranstaltung, das ist kein Saufgelage ...«

»Herr Professor, – es muß nicht sein, daß Gesellschaften, die in Gasthäusern zusammenkommen, in Saufereien ausarten. Es gibt, glauben Sie mir, auch Unterhaltungen und Gespräche, die durchaus nützlich und gehaltvoll sind, selbst wenn dabei Bier getrunken wird. Wenn wir uns das nächste Mal treffen, würde ich vorschlagen, daß Sie auch ein Glas Bier nicht abschlagen sollten,« er lachte regelrecht schelmisch und fügte noch an: »Sie können das unbesorgt tun, denn sicher kennen Sie das Zitat ›presento medico nihil nocet‹.* Na, was halten Sie davon?«

»Ich weiß nicht, was ich sagen soll,« antwortete Chlumák verlegen. »Ihnen zuliebe wär' ich zu allem fähig, aber – mein Lebtag lang ist noch kein Schluck Bier über meine Lippen gekommen, daher ... ich weiß wirklich nicht ...«

»Vater, red' dem Herrn Professor nichts ein!« mischte sich Herr Karl ins Gespräch. »Vielleicht ergibt sich das von selbst, wenn der Herr Professor erst wieder mal in unsere Gesellschaft kommt. Ich habe ihm mein Wort darauf gegeben, daß ich ihn nicht zum Biertrinken überreden würde.«

»Ich werde Tee trinken, wie ich es immer in Řečkovice bei Abendgesellschaften gemacht habe.«

Er bestellte sich also Tee, aber ohne Rum. Er war entschlossen, aus seiner Isolation herauszugehen und wie die anderen zu leben. Er war nahe daran, das öffentlich zu erklären, ja, vielleicht hätte er sich sogar ein Glas Bier einschenken lassen, wenn sein langjähriger Kollege Horouschek nicht anwesend gewesen wäre. Chlumák schämte sich nämlich einzugestehen, daß er sich so lange dessen Ansichten und Argumenten widersetzt hatte, die im großen und ganzen die gleichen gewesen waren, wie er sie eben aus dem Mund des Doktors zu hören bekommen hatte. Er meinte, daß er Horouschek kränken würde, wenn er jetzt plötzlich seine bisherige Einstellung aufgäbe. Außerdem wollte er in den Augen einiger Bürger, die an den Nachbartischen saßen und dem Doktor beipflichteten, nicht als schwach und nachgiebig erscheinen.

Die Unterhaltung wandte sich anderen Themen zu. Die Herren politisierten ein wenig, und zuletzt sprach man ernsthaft über mittelalterliche Kunst. Den Anlaß dazu gaben alte Fresken, die vor kurzem in einer nahegelegenen Burg entdeckt worden waren. Chlumák redete begeistert und überzeugend, aus gründlicher Sachkenntnis heraus, und erklärte, ähnliche Fresken auch schon irgendwo in Mähren gesehen zu haben. Fräulein Sophie wandte sich von Horouschek ab, mit dem sie sich bisher unterhalten hatte, und begann, Chlumáks Ausführungen zuzuhören, die sie, je länger der Professor sprach, desto mehr interessierten. Sie konnte ihren Blick nicht mehr von ihm lösen und sog seine Worte regelrecht in sich auf.

Als er geendet hatte, sagte Herr Karl zu ihm: »Ich begreife nicht, Herr Professor, wie Sie darauf gekommen sind, Lehrer an einer Realschule werden zu wollen. Sie wären anderswo besser am Platze. Warum haben Sie sich nicht als Dozent an einer Universität habilitiert? Es ist ja bekannt, daß Ihre materiellen Verhältnisse es Ihnen gestattet hätten, eine Professur abzuwarten.«

Chlumák zuckte zusammen, wurde krebsrot und setzte wieder seine finstere Miene auf. Allen war klar, daß ihn diese Sätze an einer verwundbaren Stelle getroffen hatten. »Ich danke Ihnen für Ihr schmeichelhaftes Urteil über meine bescheidenen Kenntnisse,« sagte er düster, mürrisch, und machte dazu eine abwehrende Handbewegung. »Wie alles andere gekommen ist, können Sie dem Schicksal zuschreiben.«

Von da an verhielt sich Chlumák auffallend schweigsam. Zum Glück war die Tanzpause vorbei, die Kapelle begann wieder zu spielen. Chlumák tanzte beinahe ausnahmslos nur mehr mit Fräulein Sophie. Aber er sprach wenig mit ihr, und was er sagte, entweder kurz angebunden und einsilbig oder zurückhaltend, beinahe verschämt, machte den Eindruck, als hätte er Angst, sich mit irgendwas zu verraten. Dem Mädchen fiel diese unerwartete Veränderung seines Verhaltens bald auf, doch auch anderen entging sie nicht.

»Der Herr Professor ist auf einmal völlig verändert,« sagte gegen zwei Uhr nach Mitternacht Herr Karl, als er mit seiner Mutter sprach. »Mir scheint, als hätte ich ihn mit meiner Bemerkung, er hätte sich an einer Universität habilitieren sollen, gekränkt. Es würde mich sehr ärgern, wenn er meine Worte anders aufgefaßt haben sollte, als ich sie gemeint hatte.«

Die Doktorsfrau überlegte. »Du hast recht,« stimmte sie ihrem Sohn zu. »Mir ist es auch nicht entgangen, daß ihn deine Worte sehr unangenehm berührt haben. Trotzdem ist es meiner Überzeugung nach ausgeschlossen, daß du ihn beleidigt haben könntest. Aber es ist natürlich möglich, daß deine Sätze in ihm irgendeine bittere, schmerzhafte Erinnerung wachgerufen haben.«

»Es tät' mir arg leid, wenn ich ihm unwissentlich zu nahe getreten sein sollte. Ich schätze ihn außerordentlich, und du hast dich ja selbst davon überzeugen können, daß ein guter und wertvoller Kern in ihm steckt.«

»Gewiß, gewiß,« pflichtete sie ihm bei, »und es freut mich, daß du dir gerade ihn als Freund ausgesucht hast.«

Inzwischen entwickelte sich im Saale, an zwei Tischen in der Ecke gegenüber dem Eingang, eine gewisse Unruhe, die im Verlauf der Zeit mehr und mehr zunahm. Dort saßen die Gardedamen der Bürgertöchter, verfolgten wachsam die Tanzerei und äußerten ihre Gutachten und Ansichten über die Tanzenden. Gegen drei Uhr erhob sich Frau Touschek von ihrem Platz und ging zu dem Tisch, an dem Frau Liesl neben der Frau Baumeister Hulakovsky, der Schwester des Bürgermeisters, saß.

»Hör mal zu, Fanny,« sagte die Touschek und beugte sich zu ihr hinunter. »Was man da zu sehen bekommt, das gehört sich hier doch wirklich nicht. Schau dir bloß diese schwarze Zigeunerin an, diese Tochter vom Finanzamtsvorstand! Wie sich die beim Tanzen an den Herrn Chlumák dranquetscht, grad so, als ob sie ihn erdrücken möcht'. Das ist doch keine Art nicht, oder?«

»Hast recht,« antwortete Fanny, »die zwei tanzen miteinander wie die Leut' auf dem Dorf. Sie hüpft rum wie eine Meise in den Zweigen, und er schleift mit den Füßen und setzt sie so komisch auf, so wie ›ich will und kann nicht‹, weil er die falschen Schuh' anhat.«

»Na siehst – hab' ich nicht gesagt, daß er beim Tanzen rumlatscht?«

Sie sagte das recht laut, damit Frau Liesl das hören konnte. Jener entgingen diese Worte auch nicht, sie schaute sich um und bemerkte hämisch: »Und mir, wie ich gesagt hab', daß er zwei linke Füß' hat, hast ein ›unverschämtes Marktweib‹ an den Kopf geworfen!«

Darauf erklärte Frau Touschek in freundlich-versöhnlich gestimmtem Ton: »Ach, vergiß das, Liesl! In der Wut sagt der Mensch leicht mal was, was er gar nicht so bös meint! Wegen so einer schwarzen Flietschen werden wir zwei uns doch nicht zerkriegen!«

Es gab eine rührende Versöhnung, und anschließend wetteiferten beide gemeinsam, und die Frau Hulakovsky mit ihnen, darum, wer die giftigsten Basiliskenblicke auf das tanzende Paar, und besonders auf das Fräulein Sophie werfen konnte. Ein Glück war's, daß sich das Mädchen nicht daran vergiftete, weil sie gar nichts davon bemerkte.

»Jetzt seht ihr's also selbst,« ergriff Frau Touschek wieder das Wort, »wozu man sich überhaupt einen Prefessor aus sonstwoher in Trantarien gcholt und ihn zum Tefenetif gemacht hat – damit er mit einer dahergelaufenen Zigeunerin tanzt und unsere Mädeln sitzen läßt. Und dafür wird er auch noch bezahlt! Sag mir mal, Fanny, wozu ist denn dein Bruder Bürgermeister, wenn er so was nicht sieht? Sind denn unsere Töchter vielleicht schlechter als so eine?«

Und dazu erklärte Frau Fanny: »Ich hab' ja schon seit jeher gesagt, daß mein Bruder Kajetan keinen Funken Verstand hat, und seit sie ihn zum Bürgermeister gemacht haben, hat er noch weniger. Doch das vergess' ich ihm nicht! Erst heut' hab' ich wieder zu ihm gesagt: ›Was bist du denn anderes, hab' ich ihm gesagt, als irgendsoein Winterkönig?* Du duldest so was und schreitest nicht ein! Du wirst schon sehen, was du für eine Blamage erleben wirst, wenn's die nächsten Wahlen gibt. Dann ist's aus mit deiner Herrlichkeit, so wie's schon lange mit deinem Verstand aus ist!‹«

»No, geschieht ihm recht, wenn ihm so was gesagt wird,« meinte Frau Liesl. »Aber schuld an allem ist dieser Brotanek. Wenn der damals im Schulausschuß den Mund nicht aufgemacht hätt', wo wär' er dann jetzt, dieser Herr Chlumák?«

Und Frau Touschek seufzte schmerzhaft-resigniert auf: »Was wollt ihr denn? Diese Fremden unterdrücken uns ganz und gar, und wir werden bloß noch dafür gut sein, daß wir sie ernähren! Schaut doch bloß mal auf diesen Doktorbuben, den Studenten! – Jetzt tanzt er sogar noch mit ihr, mit dieser schwarzen Hexe, statt daß er sie beim Arm packt, rausschmeißt und ihr sagt: ›Das ist überhaupt keine Art nicht, Fräulein, wie Ihr tanzts. Ein anständiges Fräulein legt sich nicht so auf seinen Tänzer. So was machen ja nicht mal die Bauernmädeln ...‹«

Eine Zeitlang gifteten sich alle drei noch weiter, allerdings ergebnislos. Als Frau Touschek bemerkte, daß der Herr Karl nach dem Tanz mit dem Fräulein Sophie ihre Pepi auf die Tanzfläche führte, setzte sie sich wieder auf ihren Platz, schnaufte tief auf, verdrehte die Augen zur Decke hinauf und flüsterte: »Nur Gott allein kann das wieder richten!«

Kurz darauf sprach Chlumák Herrn Karl an: »Gute Nacht! Für heute reicht's. Von Fräulein Sophie hab' ich mich schon verabschiedet – ich verzieh' mich jetzt auf französische Art. Seien Sie so nett und empfehlen Sie mich Ihren Eltern und sagen Sie ihnen, daß sie verzeihen sollen, daß ich nicht selbst zum Abschiednehmen komme ... Aber Sie sehen ja, wie diese Dummköpfe hier mich begaffen und drauf warten, von wem ich mich verabschiede und mit wem ich weggehe ...«

»Ich werd's ausrichten, Herr Professor, ich versteh' Sie vollkommen. Ich möchte Sie bloß noch um eine knappe, aufrichtige Erklärung bitten. Mir ist's vorgekommen, als hätt' ich Sie mit meiner Bemerkung, die vielleicht unangebracht war, gegen Ende der Mitternachtspause gekränkt. Verzeihen Sie, wenn ich etwas Ihnen Unangenehmes angesprochen haben sollte, und seien Sie versichert, daß das ohne jede böse Absicht geschehen ist.«

Chlumák wurde zwar wieder rot im Gesicht, aber seine Miene verdüsterte sich nicht. Doch er blickte den jungen Mann sehr verunsichert an. »Wie kommen Sie auf so etwas?« preßte er hervor. »Das wär' ja noch schöner! Ich kann's Ihnen jetzt nicht erklären. Kommen Sie morgen zu mir, dann können wir uns aussprechen ...«

Er ging nach Hause, den Kopf voller Gedanken, die beglückend und bedrückend zugleich waren. Zum ersten Mal, seit er sich an seinem Dienstort entschlossen hatte, einen Abend und die Nacht außerhalb seiner vier Wände zu verbringen, hatte er ein Mädchen kennengelernt, das einen tiefen Eindruck bei ihm hinterlassen hatte. Die erste Liebe klopfte an die Pforte seines Herzens, und er fühlte sich umso glücklicher, je klarer er sah, daß seine aufkeimende Liebe verstanden und erwidert wurde.

Aber was würde geschehen, wenn das Mädchen, wenn dessen Eltern erfahren würden, daß die Gerüchte über seinen Wohlstand und über seine vornehmen Eltern eine Lüge waren, die er selbst in Umlauf gebracht hatte? Hatte doch sein junger Freund, der auch fest an ihn glaubte, ihm diese Lüge wieder ins Gedächtnis gerufen, gerade in dem Augenblick, als er, Chlumák, sie ganz vergessen hatte. Diese Bemerkung seines jungen Freundes hatte ihm gezeigt, wie schlüpfrig der Boden war, auf dem er stand. Und wie schon so viele Male, verwünschte er wieder den verrückten Einfall, der ihn zu dieser Lüge verführt hatte.

Freilich meldete sich eine innere Stimme in ihm, die ihm riet, er solle sich seinem Freund und jenem Mädchen anvertrauen, ihnen wahrheitsgemäß erzählen, wie dieses Gerücht entstanden war und wie er ursprünglich nichts anderes damit beabsichtigt hatte, als sich einen Scherz zu erlauben und einfältige Leute, die seine Familie für wohlhabend erklärten, hereinzulegen. Er hatte nicht damit gerechnet, daß das, was er erzählt hatte, mit derartiger Schnelligkeit in der ganzen Stadt verbreitet werden würde. Und als er gemerkt hatte, daß das doch geschehen war, hatte er nicht den Mut aufgebracht, die Sache zu widerrufen und auf das wahre Maß zurückzuführen. Er hatte befürchtet, sich lächerlich zu machen.

Doch was würde sein Freund von ihm denken, der ihn für absolut ehrlich und aufrichtig hielt? Und was jenes Mädchen, was deren Eltern, wenn sie erfuhren, daß er mehr als drei Jahre lang die Lüge aufrechterhalten, ja, daß er darauf noch aufgebaut und die Fabel vom Zwist mit seiner Mutter ersonnen hatte ...?

So wohl hatte er sich in jener Gesellschaft gefühlt, richtig beflügelt – und der Doktor hatte recht gehabt, als er ihm die Sinnlosigkeit und Schädlichkeit einer Isolation darlegte, die er, Chlumák, sich selbst auferlegt hatte. Der Doktor hatte ihn überzeugt, und er war entschlossen gewesen, aus seiner Abgeschiedenheit herauszutreten und zu leben wie andere Leute auch. Und da hatte sein junger Freund jene Bemerkung eingeworfen, aus der zu erschließen war, daß die Lüge, die er an seinem Wirkungsort in Umlauf gebracht hatte, mit ihm auch in diesen Kreis der neu hierhergekommenen Menschen hineingetragen worden war. Hätte er doch dem ersten Impuls gehorcht und wäre gleich gegangen, als das Wort gefallen war!

Doch er hatte diese Regung unterdrückt und war geblieben, weil er gemeint hatte, daß er mit seiner unerklärbaren Flucht die guten Leute beleidigen würde, die ihn so nett in ihren Kreis aufgenommen hatten und bei denen er sich so wohl gefühlt hatte. Und außerdem hatte ihn jener unwiderstehliche Zauber festgehalten, der von jenem Mädchen ausgegangen war, seine Seele in eine märchenhaft leuchtende Quelle verwandelt und ihn mit unsichtbaren, dafür aber umso stärkeren Klammern an sie gefesselt hatte. Er hatte es nicht für möglich gehalten, sich von ihr zu verabschieden, sie anderen zu überlassen, die seinen Platz eingenommen, ihren schlanken, geschmeidigen Körper umfaßt und sie im feurigen Tanz wild herumgewirbelt hätten.

Wenn er auch nur wenig und schüchtern mit ihr geredet hatte, je schweigsamer und zurückhaltender er geworden war, desto mehr hatten ihre Augen gesprochen, schwarz und tief wie zwei Quellen paradiesischer Glückseligkeit. Irgendeine rätselhafte, unbestimmbare Angst vor seinem eigenen Ich schnürte ihm die Kehle zu, und eine Stimme, die in seinem Inneren dröhnte, tadelte ihn und klagte ihn an, daß er unehrlich handle, forderte ihn auf, nicht weiter mit der inneren Ruhe und dem Glück jenes unschuldigen Mädchens zu spielen, das ihm so arglos vertraute. Und diese Stimme behielt im Kampf mit allem anderen, was sich in seinem Inneren regte, die Oberhand, durchbrach den Zauber, der ihn zum Bleiben gezwungen hatte, und legte ihm zuletzt diese Abschiedsworte auf die Zunge: »Ich muß jetzt gehen,« sagte er am Schluß der letzten Quadrille, die er mit ihr getanzt hatte, »bleiben Sie gesund und vergnügt!«

Es entging ihm nicht, wie sehr sie diese Worte überraschten. Völlig verwundert schaute sie ihn an. »Und warum?« flüsterte sie.

»Ich muß. Es geht nicht anders. Verpflichtungen, Fräulein ...«

Sie sagte kein Wort. Nur aus den rasch zu ihm erhobenen Augen, die sie sofort wieder senkte, vermochte er die bittere Enttäuschung und den unausgesprochenen, aber trotzdem so beredten Vorwurf herauszulesen, daß sie ihn nicht verstehen konnte. Sein Herz krampfte sich schmerzhaft zusammen. Eine Zeitlang standen sie einander stumm gegenüber.

»Ich werd' Sie nicht hindern,« flüsterte sie auf einmal. »Leben Sie wohl! – Vielleicht sehen wir uns ein anderes Mal ...«

Hastig, gar nicht wissend, was er sagte, stotterte er: »Möglich, mein Fräulein ... ich weiß nicht ... ich trag' meine Fesseln ganz allein ... hab' sie mir selbst angelegt ... vergessen Sie den heutigen Abend ...« Er verbeugte sich vor ihr und ging.

Zu Hause angekommen, legte er sich nicht ins Bett, sondern setzte sich, angezogen wie er war, an den Tisch, und alles rief er sich nochmals ins Gedächtnis zurück, alles durchdachte er noch einmal gründlich und suchte, zu einem Entschluß zu kommen. Das Ergebnis dieser Überlegungen war der Vorsatz, sich dem Herrn Karl anzuvertrauen, wenn ihn dieser am Nachmittag besuchen käme. Mit ihm wollte er sich über alles beraten, was er unternehmen sollte, um sich aus seiner qualvollen Situation herausarbeiten zu können.

Am Nachmittag kam Herr Karl zu ihm, doch trotz all seiner guten Vorsätze vertraute sich Chlumák ihm nicht an. Im entscheidenden Moment verließ ihn der Mut, und die Angst, daß er die Achtung seines jungen Freundes verlieren könnte, der zu ihm wie zu einem höheren Wesen aufschaute, siegte über die Aufrichtigkeit. Auch später vertraute sich Chlumák ihm nie an, obwohl er sich viele Male vornahm, es zu tun.

Vierzehn Tage danach fuhr Herr Karl wieder an den Ort seiner Studien. Chlumák blieb einsam zurück, verschloß sich den Leuten gegenüber wie früher und führte wieder sein übliches Leben. Einen Unterschied gab es allerdings doch: Er fühlte sich noch unglücklicher als bisher.

Mit Fräulein Sophie kam er nicht zusammen. In seinen Gedanken freilich weilte er ständig bei ihr und schwelgte in diesen Vorstellungen. Er betrachtete es als Sache des Anstands, sich von ihr fernzuhalten. Gelegentlich begegnete er ihr zufällig. Dann grüßte er, setzte sein finsteres Gesicht auf und ging weiter. Kein einziges Mal sprach er mit ihr.

In den Tagen, welche auf den Studentenball folgten, wartete die Öffentlichkeit der Goldbergstadt sehr gespannt darauf, daß der Herr Professor Chlumák Beziehungen zu dem Fräulein Finanzamtsvorstand aufnehmen würde. Sie wurde gründlich enttäuscht. Die Leute schärften schon nach Leibeskräften ihre Zungen, die sowieso niemals stumpf waren; es gab bereits erste Geplänkel; aber alles war vergebens. Es tat sich einfach gar nichts, was Stoff und Anlaß zu großem Gerede hätte liefern können, und so kam es, daß die Erinnerungen an den Ball verblaßten.

Dafür ereignete sich etwas anderes, das die Allgemeinheit der freien Goldbergstadt nicht wenig aufwühlte und für längere Zeit in Spannung hielt. An den Pfingstfeiertagen war der Herr Chlumák auf einmal ganz plötzlich verreist, nur für knappe zwei Tage, aber niemand wußte, wo er sich während jener Zeit aufgehalten hatte. Als er wieder zurückgekehrt war, erschien der Schuldiener Flaschka bei den Touscheks, übergab dem Fräulein Toni ein ledernes Etui und der Frau Touschek ein Briefchen, beides mit der Botschaft, daß sich der Herr Professor Chlumák herzlich empfehle. Es versteht sich von selbst, daß der Schuldiener blieb, bis das Fräulein, über diesen unerwarteten Gruß völlig verblüfft, das Etui öffnete und daraus ein goldenes, mit Perlen besetztes Armband herausholte.

»Ja, was soll denn das heißen?« rief sie, vor Freude über und über errötend.

Das an die Mutter gerichtete Briefchen beantwortete ihre Frage.

»Sehr geehrte Frau, nehmen Sie, bitte, dieses bescheidene Geschenk für Fräulein Toni an. Ich erkenne uneingeschränkt die Opfer an, die Sie damit erbracht haben, daß Sie mir so wenig für die vorzügliche Beköstigung berechnet haben, die Sie mir geboten haben. Ich weiß nicht, wie ich mich anders dafür erkenntlich und dankbar erweisen kann. Ein Geschenk für das Fräulein Pepi kommt noch nach. Ich wäre glücklich, wenn es Ihren Gefallen finden sollte.

In tief empfundener Hochachtung und Dankbarkeit,

ergebenst

Chlumák«

Frau Touschek schlug die Hände zusammen, Fräulein Toni heulte Freudentränen. »Da seht Ihr, liebe Mutter,« rief sie, »daß es wahr ist, was ich Euch dauernd gesagt hab', und Ihr habt mir das nicht glauben wollen. Er ist doch ein nobler Herr! So ein Armband hat keine hier, nicht mal die Frau Bezirksamtmann.«

»Na schau mal, na schau mal!« stimmte die Frau Mama ein, »als ob ich das nicht auch gesagt hätt'! Selbstverständlich ist er nobel.« Und weiter, an den Schuldiener gewandt: »Sag dem Herrn Prefessor, daß das nicht nötig gewesen wär', daß wir auch ohne das wissen, was für ein anständiger und vornehmer Herr er ist, und daß wir uns einstweilen für dieses schöne Andenken da vielmals bedanken. Mein Mann wird auch noch kommen und ihm persönlich danken.«

»Und seht Ihr, liebe Mutter,« setzte Fräulein Toni ihre Rede fort, »hab' ich Euch nicht gleich gesagt, daß sich diese schwarze Zigeunerin vom Finanzamtsvorstand arg getäuscht hat, wenn sie mit ihm gerechnet hätt'? Dieser Herr ist viel zu nobel, als daß er sich mit so einer weiter einlassen ...!« Dabei zwängte sie das Handgelenk ihres stark sonnengebräunten, molligen Armes durch das Armband und führte mit der Hand verschiedene malerisch-theatralische Bewegungen vor.

Dann wurden dem Flaschka fünfzig Kreuzer fürs Ausrichten des Auftrages und als Botenlohn zugesteckt, und der wackere Bürger und Schuldiener, selbst höchst entzückt von dem herrlichen Schmuckstück, das auch er hatte anschauen dürfen, begab sich schnurstracks zum nächsten Krämerladen. Dort begoß er seine Verwunderung mit einigen Gläschen verschiedener Schnäpse und verkündete jedermann, was er gerade als Augenzeuge erlebt hatte. Da auch die Touscheks sich beeilten, vor allen Freunden und Bekannten, gegebenenfalls auch vor Neidern und Feinden gehörig damit zu prahlen, wußte innerhalb einer Stunde die ganze Stadt von dem prächtigen Geschenk, welches das glückliche Fräulein Toni erhalten hatte. Ein riesiges Tratschen begann, und noch größer war der Neid. Einiges von diesem Gerede verstieg sich zu der Behauptung, daß die Touscheks den Herrn Professor doch wieder eingefangen hätten, anderswo wiederum wurde verkündet, Chlumák müsse sich mit seiner Mutter ausgesöhnt haben, denn sonst hätte er kein so kostspieliges Schmuckstück kaufen und sogar noch ein zweites versprechen können. Es wurde sogar die Hypothese aufgestellt, daß es sich um ein Stück aus dem Chlumákschen Familienschmuck handle, das auf dem Altar der Versöhnung geopfert worden sei. Kurzum, das Armband von Fräulein Toni rief in der

Stadt bestimmt nicht weniger Lärm und Aufregung hervor, als seinerzeit in Paris und auf der ganzen Welt das berühmte Kollier der Königin Maria-Antoinette. Es hätte, möglich gewesen wäre es, das unschuldige Mädchen sogar aufs Schafott bringen können, so wie das erwähnte Kollier mit zur Verurteilung der unglückseligen Tochter der Kaiserin Maria-Theresia beigetragen hatte. Doch der königlich freien Goldbergstadt stand die Blutgerichtsbarkeit nicht zu.

Am Tag nach der Übergabe des Armbandes begab sich der Herr Rat Touschek in das Realschulgebäude, wo er Flaschka beauftragte, den Herrn Professor Chlumák aus dem Klassenzimmer herauszurufen. Er bedankte sich für das Armband und fuhr fort: »Herr Professor, ich weiß nicht, wie ich mich für ein derartiges Geschenk erkenntlich erweisen könnte. Man weiß ja und versteht auch, was so eine Sache kostet. Ich bleibe Ihr Freund, wie ich es immer gewesen bin, selbst wenn Sie deswegen auch schon anderer Meinung gewesen sind. Wenn Sie noch irgendwelche Erdteile, Meere und Städte benötigen, es wird alles angeschafft. Sie brauchen nur anzuordnen, ich erledige das alles im Stadtrat. Sie wissen ja, wenn andere merken, daß ich dafür bin, stimmen sie auch alle dafür.«

Chlumák wollte nichts von Dank wissen, er habe bloß eine Schuld abbezahlt, erklärte er.

»Keine Schuld! Sie sind uns überhaupt nichts schuldig gewesen, Herr Professor! Das wär' ja noch schöner, daß Sie uns was schuldig geblieben wären! So ein Armband ist sozusagen ein Kuriosum. Meiner Lebtag lang hab' ich noch kein solches gesehen, und dabei hab' ich schon viele Sachen gesehen.«

»Ach ja, der Herr Stadtrat hat wirklich schon viele Sachen gesehen,« mischte sich Flaschka ein. »Was der Herr Rat sagt, ist heilig. Ihm gehört alles, Herr

Professor. Sie brauchen's nur sagen, und schon habt Ihr's! Und ich kenn' den Herrn Rat besser als jemand anderer. Schließlich sind wir zusammen in die Schule gegangen, gell, Herr Rat ...? Und der Herr Rat hat recht, wenn er erzählt, daß er so ein Armband noch nie gesehen hat. Ich hab's auch noch nie gesehen, und dabei war ich doch acht Jahre beim Militär und hab' in Italien gegen die Sardinen gekämpft.«

»Sie müssen verzeihen, Herr Professor,« ergriff Herr Touschek wieder das Wort, ohne auf das Gerede des Schuldieners zu achten, »daß ich zum Bedanken nicht zu Ihnen in die Wohnung gekommen bin. Ich weiß, was sich gehört und was sich schickt, aber wenn ich zu den Zajitscheks hineingehen würde, bis zu meinem Tod könnt' ich keinen Bissen Lebkuchen mehr runterbringen. Anscheinend geruhen Sie, einen besseren Magen zu haben als ich ...«

Es wurde noch viel geredet, ehe der Herr Professor, der wie auf glühenden Kohlen stand, in seine Klasse zurückkehren konnte.

Die öffentliche Meinung der freien Goldbergstadt begann bald damit, den Preis des Armbandes abzuschätzen. Wahr war, daß es Chlumák in einem Geschäft in Klattau für zwanzig Gulden erstanden hatte. Aber die bereits erwähnte öffentliche Meinung, ausgestattet mit einer üppig wuchernden Phantasie, hatte keinerlei Bedenken, eine lumpige Null an das Ende jener zwei Zehner dranzuhängen. Es fanden sich sogar Schätzer, die ohne zu zögern noch eine weitere Null dazugaben. Unter diesen standen die Touscheks in der ersten Reihe. Sie zweifelten nicht im geringsten daran, daß für das dem Fräulein Toni gewidmete Geschenk fünf Ochsen und ein paar fette Kühe aus der Herde der Frau Mutter draufgegangen wären. Herr Horouschek hörte ebenfalls von dieser Schätzung, und wenn er auch lachte, als er von Tausendern reden hörte, so zweifelte er doch nicht daran, daß das Armband ein paar Hunderter gekosten haben müßte.

»Sie sind wirklich ein großer Kavalier,« erklärte er Chlumák im Lehrerzimmer. »So ein fürstliches Geschenk der Touschek-Toni zu spendieren. Eine Anstecknadel für einen Fünfer hätte es auch getan.«

Chlumáks Miene verfinsterte sich. »Das sind Dummheiten,« brummte er. »Glauben Sie mir, ich hatte keine andere Absicht dabei, als diesen Leuten das Maul zu stopfen, damit sie endlich davon zu schwätzen aufhören, daß sie mir mehr als drei Jahre lang Kost und Logis für lächerliche dreizehn Gulden monatlich geboten haben.«

Dabei blieb er. Gott allein weiß, warum er den Gerüchten, die über den Wert des Armbandes im Umlauf waren, nicht durch die Wahrheit den Boden entzog.

8

Der Monat Juli verrann, die Ferien rückten näher. Mit welcher Sehnsucht Chlumák ihren Beginn herbeisehnte, läßt sich nur schwer beschreiben. Mit ihnen würde ja sein junger Freund kommen, der einzige, den er hier hatte, den er schon kaum mehr erwarten konnte und mit dem er fleißig Briefe wechselte. Chlumák lud darin viel von dem ab, was er auf dem Herzen hatte, und deutete an, daß er sich ihm in noch anderen Angelegenheiten anvertrauen werde, sobald sein lieber, teurer Freund zu seinen Eltern und zu ihm zurückgekehrt sein werde. Wie schon berichtet, Chlumák hatte seine frühere Lebensweise wieder aufgenommen, ja, und von dem Zeitpunkt an, als er jenes verhängnisvolle Armband an Fräulein Toni geschickt hatte, mied er die Leute noch mehr und zog sich noch mehr in sich selbst zurück. Es war ihm nämlich nicht entgangen, daß infolge jenes Geschenks das Gerede von seinem Reichtum, das schon beinahe eingeschlafen war, erneut wieder auflebte. Davor hatte er Angst, machte sich Vorwürfe, daß er völlig überflüssigerweise etwas in Gang gebracht hatte, was ihn wieder zum Mittelpunkt der Neugierde gemacht hatte. Aber trotzdem hatte er nicht einmal so viel Mut, daß er dem Gerede die Stirn geboten und wahrheitsgemäß die Herkunft und den Preis des Armbandes angegeben hätte. Gott allein weiß, was für Rätsel des öfteren den Willen eines Menschen fesseln und ihn veranlassen, gegen sein besseres Wissen zu handeln. Der erbarmenswerte Chlumák trug wahrlich schwer an der Vereinsamung, zu der er sich selbst verurteilt hatte; noch schwerer seit damals, wo er für einen Abend daraus ausgebrochen war und sich voll davon hatte überzeugen können, daß er von Natur aus dazu geschaffen wäre, gesellig zusammen mit anderen Menschen zu leben. In irgendeinem Winkel seines Inneren war die Hoffnung aufgekeimt, daß sich mit der Ankunft des Herrn Karl alles ändern und ihm die Befreiung winken würde. Zumindest mit ihm würde er ein geselliges Leben führen, durch seinen Einfluß und seine Vermittlung vielleicht auch mit anderen. Ihm schwebte vor, daß er um sich herum einen Zirkel schaffen würde, in dem er sich freier und glücklicher fühlen könnte. Eventuell könnte er sogar derjenigen wieder näher kommen, die er liebte und nach der seine Seele lechzte, obwohl er sich mit aller Kraft gegen diese seine Liebe wehrte und alles Mögliche versuchte, um sie zu ersticken. Es reichte nicht – die Liebe war stärker als er, wallte auf, sooft sich etwas ereignete, das seiner Annahme nach das geliebte Mädchen auf den Gedanken bringen konnte, daß sein – Chlumáks – Sehnen einer anderen Frau gelten könnte. Und Gerüchte, die sonst jemanden zu dieser Schlußfolgerung verleiten konnten, gab es wahrlich genug. Sicherlich kamen sie auch Fräulein Sophie zu Ohren, genauso, wie sie auch ihm nicht verborgen blieben, und darüber geriet er nicht wenig in Wut. Es war auch stadtbekannt, daß Frau Touschek sich mit allen Kräften bemühte, ihn zur Rückkehr ins Touschek-Haus zu bewegen. Daraus machte sie gar kein Hehl und erzählte überall herum, daß der Herr ›Prefessor‹ bei den Zajitscheks nicht zufrieden sei. Sie sprach auch ganz offen aus, daß der Herr Chlumák sich mit seiner Mutter ausgesöhnt habe, die allem Anschein nach anfangs keine der Touschek-Mädeln als Schwiegertochter gewollt hätte. Jetzt würde sie sich jedoch einer Eheschließung nicht mehr widersetzen, und Herr Chlumák habe mit dem geschenkten Armband den ersten Schritt zur Wiederannäherung gemacht. Es hänge jetzt angeblich nur von ihr, Frau Touschek, und ihren Töchtern ab, ob es bei diesem ersten Schritt bleiben werde oder nicht.

Dieses Gerede trug dem Herrn Professor der wackere Schuldiener Flaschka zu, allem Anschein nach hatte er vorher intensive Kontakte mit dem bewußten Gefäß gepflegt, von dem man seinen Spitznamen abgeleitet hatte. Diese gut gemeinte Unterrichtung brachte Flaschka nicht nur ganz und gar lieblose Blicke ein, sondern auch ausgesprochene Ehrenbeleidigungen, die bloß deswegen nicht bei Gericht angezeigt wurden, weil es dafür keine Zeugen gab. Der Herr Professor soll ihn einen großen Esel genannt und hinzugesetzt haben, daß er sich derartige Zuträgereien in Zukunft verbitte. Darauf warf sich Flaschka in die Brust und verkündete: »Unmöglich, Herr Professor, daß ich das Vieh sein kann, das Sie mir an den Kopf zu werfen beliebt haben. Schließlich hab' ich bei Novara* gegen die Sardinen gekämpft, und diejenigen, die dort mitgekämpft und Blut fürs Vaterland vergossen haben, waren keine Esel. Außerdem bin ich ein hiesiger Bürger und hab' nur zwei Herrn über mir, den Herrn Bürgermeister und den Herrn Direktor. Und nach dem Herrn Direktor komm' gleich ich, denn der Herr Direktor ist vom Bezirk, und ich bin von der Stadt. Das solltets auch Ihr Euch merken, damit Sie Ihnen keinen Schaden einbrocken, wenn Ihr das vergeßts. – Und dann,« fügte er sehr logisch an, »belieben Sie ja nicht zu denken, daß darüber nicht gesprochen wird, wenn ich das den Leuten nicht weitererzähl'! Es ist alles für die Katz', man kann den Menschen nicht das Maul verstopfen ...«

»Aber das ist ja alles Unsinn, was da geschwatzt wird!« rief der Professor sehr erregt, »und lassen Sie mich mit solchem Blödsinn in Ruhe!«

Flaschka gab sich nicht geschlagen. Den an den Kopf geworfenen Esel hatte er dem Herrn Professor bestimmt schon verziehen, aber er redete weiter, jetzt gutmütig: »Herr Professor, glaubts mir – Ihr tätets gut daran, eins von diesen Mädeln zu nehmen. – Alles andere ist für die Katz' – besser könnts Ihr's hier nicht treffen. Hübsch sind sie, von allem haben sie genug, Geld wie Mist, und eine riesige Freundschaft. Sie, die Touschek, ist die Cousine von meiner Schwägerin; wissen Sie, bitte, die, wo mein seliger Bruder geheiratet hat. Und daran, bitt' schön, könnts Ihr erkennen, daß ich auch nicht von schlechten Eltern bin.«

»Geh'n Sie mit diesen überflüssigen Erklärungen zum Teufel!« fuhr ihm Chlumák barsch an und schleuderte ihm einen derart furchterregenden Blick zu, daß der ehemalige Kämpfer gegen die ›Sardinen‹ unwillkürlich verstummte. Zur Tarnung seines Rückzugs murrte er zwar noch irgendwas Unverständliches, aber er verließ das Lehrerzimmer.

Was Herr Chlumák eben gehört hatte, ärgerte und beunruhigte ihn mehr, als er jemals jemandem eingestanden hätte. Aber noch mehr regte er sich über die Szene auf, welche ihm ein paar Tage später Frau Touschek auf der Straße machte. Die lauerte ihm am hellichten Tag auf, gerade als er das Schulgebäude verließ. Sie drängte sich durch einen Haufen Schüler, die ihm vorausgegangen waren oder ihn noch umringten, zu ihm durch und ließ eine Rede vom Stapel, mit einer Stimme, die um vieles durchdringender war als die der Brüder Konopka, der Ortspolizisten, wenn diese mit der Trommel »zur allgemeinen Kenntnisnahme« Anordnungen und Bekanntmachungen des Bürgermeisters in der Stadt verkündeten.

»Ach, mein lieber, guter Herr Prefessor,« begann sie, schnaufend und nach Luft schnappend, »was bin ich schon rumgelaufen, damit ich Euch irgendwo treffen kann. Ihr müßts schon entschuldigen, daß ich Ihnen hier auf der Straße abfang'. Ihr kommts ja nicht zu uns, und ich würd' wieder für nichts auf der Welt zu diesem Pack hingehen, zu diesen Zajitscheks, die die Frechheit gehabt und Ihnen überredet haben, daß Ihr zu ihnen hinziehts.«

»Aber ich bitt' Sie, Frau Touschek, bitte,« versuchte der Herr Professor sie zu überschreien und zog verzweifelt etliche Register seiner klangvollen Stimme. In seiner riesigen Überraschung hatte er in diesem Augenblick ganz vergessen, daß er schon auf der Straße war. Er nahm auch die Jungen nicht wahr, die ihn und die Frau Touschek sofort umringten und um beide einen dichten, lebenden Zaun bildeten. »Sie haben sich geirrt: sie haben mich nicht dazu überredet, ich hab' mir diese Wohnung selbst ausgesucht ...« Weiter kam er nicht, denn als er jetzt die gaffenden, jedes seiner Worte gierig aufsaugenden Schüler bemerkte, erschrak er, und Frau Touschek behauptete das Feld.

»Ihr brauchts mir gar nichts über diese Packasch [= Bagage] zu sagen!« rief sie in großer Erregtheit, »die kenn' ich besser als Ihr. Ihr seids ein mordsguter Herr, und in Eurer Gutmütigkeit habt Ihr den Köder gar nicht gemerkt. Nun, es ist halt so gescheh'n, wie's gescheh'n ist. Ich weiß schon, daß Ihr das bedauerts. Ihnen muß man ja auch bedauern! Was könnts Ihr denn essen (in Wirklichkeit verwendete sie einen wesentlich stärkeren Ausdruck), womit füttert Ihnen denn diese Schlampe, diese unverschämte, die Zajitschek? Ich könnt' das nicht essen, und Ihr auch nicht, erzählts mir sowas nicht! Davon versteh' ich nämlich mehr und weiß, daß das nicht sein darf. Wenn Euch der Magen ganz verdorben ist, und, mit Verlaub, Ihr schauts jetzt schon schlecht aus, dann werdets Ihr an mich denken. Gott geb's, daß es dann bloß nicht schon zu spät ist. Mir wär's sehr leid um Ihnen, und Eurer Frau Mutter auch ... Aber eigentlich hab' ich mit Euch reden wollen, damit ich mich für das schöne Brazulett* bei Euch bedank', und unsere Toni möcht' sich auch bei Euch bedanken. Wenn Ihr woanders wohnen täts, würd' sie zu Euch kommen und herzeigen, wie gut ihr das steht. Aber zu den Zajitscheks geht sie nicht, nicht um die Burg! Aber Ihr könnts ja zu uns kommen, die Mädeln seh'n Ihnen sehr gern. Gell, so wie früher! Eigentlich ist ja nichts zwischen uns passiert, bloß ein bisserl falsch verstanden hab'n wir uns. Aber jetzt versteh'n wir uns ja wieder. Wissens was? Ihr nehmts Euch wieder dieses Zimmer bei uns! Es ist noch genau so in Ordnung, wie's war, wie Ihr bei uns eingezogen seids. Und verköstigen werd' ich Ihnen auch, schließlich wißts Ihr, wie das Essen bei uns ist, doch ganz anders als bei diesen Zajitscheks. Dort zahlts Ihr ihnen zwanzig Gulden. Wie könnts Ihr Euch nur so rupfen lassen! Bei uns, gell, damit niemand sagen kann, daß wir mit

Euch einen Schaden haben, werdets Ihr sechzehn Gulden zahlen. Dabei, glaubts mir, haben wir keinen Schaden, und Euch wird's gut geh'n. Schließlich seids Ihr ein Prefessor und tefenetif, da darf man sich nicht so wegschmeißen und bei so einem lausigen Lebzelter wohnen, der in den Wirtshäusern damit noch angibt, daß er Ihnen mit Knödeln aus roggenem Hinterkorn* füttert. Es geht nicht bloß darum, daß man von so einem Dreck krank werden kann, gell – da ist ja das reinste Gift drin – sondern so was gehört sich nicht für einen Herrn, wie Ihr seids, daß Ihr so einen Unrat eßts (Frau Touschek benützte wieder einen wesentlich stärkeren Ausdruck). Ich muß es Euch einfach sagen, wie ich mir's denk, weil Ihr mir leid tuts. Nächtelang kann ich nicht schlafen, weil ich fortwährend an Ihnen denken muß. Also, wißts Ihr was? Am ersten August kündigts Ihr, am ersten September ziehts Ihr bei uns ein. Anders könnts Ihr das gar nicht machen, schließlich gehörts Ihr zu uns. Denkts an Ihnen selbst und an Eure Frau Mutter, und machts dem Leben, das Ihr jetzt führts, ein End' ...«

Sie konnte nicht weiterreden, sie mußte ein bißchen einhalten, um ihrer Lunge Luft zuzuführen, und unterbrach also ihre Ansprache, welche die dankbare Zuhörerschaft, weiter verstärkt durch zufällig Vorbeikommende, mit häufig und laut ausbrechendem Gelächter begleitet hatte.

Am allerliebsten wäre Chlumák im Erdboden versunken. Er schaute so stockfinster drein wie die Nacht und machte einige vergebliche Ansätze, um aus dem Kreis der Jungen herauszukommen, die ihn umringten und sich immer noch näher herandrängten. Da packte ihn Frau Touschek am Arm. »Machts, daß ihr von hier verschwindets, ihr Lausbuben!« fuhr sie die gaffenden und feixenden Schüler an, »schauts, daß ihr nach Haus' kommts und lachts nicht über die

Gespräche älterer Leute! Das ist überhaupt kein Benehmen! Habts ihr vielleicht so schlampige Eltern daheim, daß ihr das von denen gelernt habts? Dann muß ich's euch sagen, und dieser Herr Prefessor hier wird's euch auch sagen.«

Eine ungeheuere Lachsalve brach los.

»Verschwindets, ihr Rotzlöffel, ihr, sag' ich euch!« kreischte Frau Touschek auf und überschüttete die Jungen mit einem ganzen Schwall der saftigsten Schimpfworte, womit sie allerdings das Vergnügen der Schüler nur noch erhöhte.

»So geht doch aus dem Weg!« ergriff zuletzt der Herr Professor das Wort. »Habt ihr denn nicht die geringste Ahnung von Benehmen, daß ihr euch so aufführt?«

Die Jungen wichen ein wenig zur Seite, die Touschek hängte sich an den Arm des Herrn Professors und zog diesen durch die Gasse, die sich vor ihnen auftat. »Geh'n wir, geh'n wir!« sagte sie. »Die müßts Ihr bestrafen, gell! Gebts denen eine schlechte Note in Betragen! Für den morgigen Nachmittag müßts Ihr sie einsperren ...!«

Und gleich darauf, schon wieder lachend, redete sie weiter: »So schwarz müßts Ihr sie anschauen, wie Ihr zuerst mich angeschaut habts! – Was gilt's? Die rennen sofort nach allen Seiten davon. Ich fürcht' mich aber nimmer vor Eurem wilden Geschau. Früher, ja, das geb' ich zu, hab' ich schon Angst bekommen, gell – ich hab' nämlich gemeint, daß Ihr einen mit diesem Anschauen verhexen könnts. Aber jetzt ist's mit dem Fürchten vorbei, seit ich weiß, daß Ihr das bloß so fürs Auge machts und Ihnen gar nichts Böses dabei denkts. Kommts doch heut' zum Mittagessen zu uns – Liwanzen* gibt's, mit Zimt und Zukker, und mit der allerbesten frischen Butter ausgebacken. Die werden Euch schmecken, Ihr werdet's sehen! – Und die Mädeln werden eine Mordsfreud' haben, wenn sie Ihnen sehen ...«

So wie damals, als sie sich gleich nach seiner Ankunft in der altehrwürdigen Goldbergstadt seiner bemächtigt hatte, begann sie ihn mit aller Kraft zu ziehen.

Der Herr Professor wußte, daß er diese sowieso schon sehr lächerliche Szene noch lächerlicher machen würde, wenn er sich dieses Weibes mit Gewalt entledigen oder sich von ihr losreißen würde, was übrigens gar nicht so leicht zu machen gewesen wäre, und flüchtete sich in eine List: »Ich danke Ihnen hundertfach für so viel Freundlichkeit, hochgeschätzte Frau Hauswirtin,« sagte er zu ihr und lächelte sie dabei – soweit er dazu überhaupt fähig war – freundlich an. »Ich werde ein andermal Ihre Einladung mit Freuden annehmen, aber für heute geht das bei mir nicht. Eben ist mir eingefallen, daß ich noch eine Menge Arbeit im Lehrmittelzimmer habe. Deshalb bitt' ich Sie, daß Sie mir's nicht übelnehmen, wenn ich Sie jetzt verlasse und in die Schule zurückgehe. Empfehlen Sie mich den Fräuleins und dem Herrn Rat!«

Er verbeugte sich äußerst galant, und ehe sie überhaupt begriffen hatte, hatte er sich durch die ihnen folgenden Jungenhorde durchgedrängt und rettete sich mit einem beschleunigten Rückzug zur Realschulpforte, die er hinter sich abschloß. Die Schüler stimmten ein teuflisches Höllengelächter an. Frau Touschek, die weiterhin ihrem Gespött ausgesetzt war, schimpfte sie wieder tüchtig aus und räumte dann das Feld. Schnaufend, keuchend, mit den Händen rumfuchtelnd, wankte sie vom Platz und erinnerte dabei an einen großen Kachelofen, den ein Erdbeben in Bewegung gesetzt hat.

Keine menschliche Feder vermag den Seelenzustand zu beschreiben, in dem der unglückliche

Chlumák durch die nächsten Tage taumelte, die auf die eben geschilderte Szene folgten. Wie gar nicht zu bezweifeln gewesen war, wurde davon in der ganzen Stadt herumgeredet und darüber hinaus – auch das war klar – aufgebauscht und hinzugedichtet, so daß die ganze Sache in noch lächerlicherem Licht erschien. Chlumák erlebte im wahrsten Sinn des Wortes, wie sich die Blicke aller, denen er begegnete, auf ihn richteten. Dazu sah er sich auch noch in den Augen seiner Schüler lächerlich gemacht. Vergeblich bemühte er all seinen Verstand und den verbliebenen Rest seiner Autorität, denn was die Schüler gehört und gesehen hatten, hatte natürlich seine Folgen. Am allerschlimmsten und peinlichsten aber war die Gewißheit, daß sich diese Szene früher oder später wiederholen würde, wenn er seine, der Frau Touschek gegebene Zusage, zu einem Mittagessen zu kommen, nicht einhielt. Wenn er sie einhielt, mußte daraus nicht nur neues Gerede entstehen, das ihn einem ungeheuerlichen Gelächter aussetzen würde, sondern die Touscheks würden auch einen neuen, alle bisherigen an Stärke übertreffenden Angriff gegen ihn unternehmen und von ihm verlangen, bzw. ihn dazu überreden, wieder zu ihnen zu ziehen. Wenn er die Zusage brach, wäre eine große Feindseligkeit die Folge, neue Verleumdungen, eventuell sogar neue Überfälle auf der Straße. Ging er auf ihre Forderungen ein – schon beim bloßen Gedanken daran begann alles in ihm zu zittern und zu beben – würde ihn erneut der entsetzliche Kreis einschließen, in dem er so lange herumgetaumelt, dem er nur mit so vielerlei Schwierigkeiten entkommen war. Wie könnte er herausfinden aus diesem Dilemma, das ihn mit eisernen Klammern festhielt? – Sicherlich kämpfte er sogar nachts in seinen Träumen mit diesen Vorstellungen, und häufig, wenn er vergeblich den Schlaf herbeiwünschte und in die schwarze Finsternis starrte, glaubte er, ganz in der Nähe oder weit weg, traurige Mädchenaugen zu sehen. Ihr Blick lastete mit stummem und doch so beredtem Vorwurf auf ihm, als ob sie sagen wollten: »Du wendest dich von uns ab, weil du nicht so aufrichtig bist wie wir. Lüge und Betrug hast du ausgesät, und dafür verfolgt dich der Fluch der Lächerlichkeit. Du bist nicht würdig, deinen Blick in unsere reine Tiefe tauchen zu lassen. Schade, unendlich schade ...!«

Ein andermal wiederum war ihm, als sähe er die Touschek und deren zwei Töchter auf sich zukommen, lachend und unverständliche Sätze plappernd ... und die Touschek hielt in der Hand ein Stück Papier, das sie ihm mit den Worten gab: »Das ist ein Wechsel, Herr Prefessor, ein Wechsel. Der ist heut' fällig, und wenn Ihr ihn nicht einlösts, lass' ich Ihnen pfänden, gell? Das wär' ja noch schöner, wenn Ihr den Wechsel nicht einlösen würdets ... das wär' ja ein Bankerott!« Und auf dem Schein, der wie ein Wechsel aussah, stand seine Zusage, sie zu besuchen. Und die war mit seinem Namen unterschrieben, deutlich lesbar, genau so, wie er auf den Zeugnissen unterschrieb. Da half kein Sträuben, alle Einwände waren wirkungslos. Er mußte halten, was er versprochen hatte, sich zu ihnen begeben, bei ihnen seine ganze Zeit verbringen. Und diese Zeit war die Währung, in der er seine Schuld begleichen mußte. Er mußte zahlen und immerzu zahlen, aber nie hatte er die Schuld gänzlich abbezahlt!

Aus solchen und ähnlichen Träumen erwachte er mit schwerem, schmerzendem Kopf. Er verscheuchte die Trugbilder, aber sie kamen mit hartnäckiger Aufdringlichkeit wieder, setzten ihm zu und erschreckten ihn, ganz besonders dann, wenn er zu Hause und allein war. Draußen, auf der Straße, war's noch ärger. Dort waren die Trugbilder leibhaftig vorhanden, und alle Leute hatten für ihn Ähnlichkeit mit einem Mitglied der Familie Touschek. Alles, was Chlumák auf der Straße, auf dem Weg zur Schule und von der Schule unternahm, diente einem einzigen Zweck: ein Zusammentreffen mit der Touschek zu vermeiden. Am Morgen und am Nachmittag ging er oft schon eine Stunde vor Unterrichtsbeginn aus dem Haus und machte höchst merkwürdige, weite Umwege. Nachdem er stundenlang im Lehrerzimmer gesessen, die Schularbeiten korrigiert und alles Mögliche gelesen hatte, verließ er das Gebäude keineswegs durch den Hauptausgang, sondern durch den Schulgarten, den eine niedrige Mauer vom angrenzenden Dekanat trennte. Über diese kletterte er wie ein Dieb und ging dann durch den Hof und die Tür jenes Hauses auf die Straße hinaus. Dabei wendete er alle erdenklichen Vorsichtsmaßnahmen an, damit er möglichst nicht gesehen wurde. Dennoch konnte er nicht daran zweifeln, daß all seine Anstrengungen doch bemerkt wurden, und daß der ganzen Stadt auch der Grund für seine Umwege und Schleichwege bekannt war. Er bildete sich ein, daß die Schüler offen über ihn lachten und hinter seinem Rücken tuschelten, aber nicht bloß die Schüler, sondern auch andere Personen, vielleicht sogar alle, denen er begegnete.

Er verfluchte seinen Einfall, für jenes alberne Mädchen ein Geschenk zu kaufen. Der Teufel selbst mußte ihm wohl diese Dummheit geflüstert haben. Doch klüger ist man immer erst hinterher: Was er getan hatte, ließ sich nicht mehr ungeschehen machen.

Die Angstgefühle und Schwierigkeiten, mit denen er zu kämpfen hatte, kamen noch zu der Sehnsucht hinzu, mit der er sowieso schon die Rückkehr von Herrn Karl erwartete. Wie bereits angedeutet, rief er sich ununterbrochen ins Gedächtnis, daß er sich seinem jungen Freund anvertrauen werde, und zwar mit allem, was ihn bedrückte. Zweifellos war er der Ansicht, daß er mit dessen Hilfe einen Ausweg aus dieser äußerst peinlichen und lächerlichen Situation finden würde, in die er wirklich durch seine eigene Schuld hineingeraten war. An ihm würde er sich festhalten, all seine Zeit in dessen Gesellschaft verbringen. Er fühlte und wußte ja, daß ihn dieser junge Mann gern hatte. Aus wär's mit der Vereinsamung. Und es traf sich auch gut, daß sich mit den beginnenden Ferien die Jungen nach allen Seiten zerstreuen würden. Bis diese Zeit vergangen wäre, müßte jene unliebsame Szene, welche ihn in den Augen der Schüler lächerlich gemacht hatte, in ihrem Gedächtnis verblaßt sein.

Mit so vielerlei Hoffnung erwartete er sehnlichst den Freund. Als Chlumák dessen genaue Ankunftszeit wußte, fuhr er ihm bis in die nächste Stadt entgegen, wo er ihn empfing. Es war fast wie ein Wunder, daß er nicht vor Freude weinte. »Wie freu' ich mich, daß Sie gekommen sind!« rief der Student, kaum weniger ergriffen als Chlumák. »Ich geb' nur noch dem Postkutscher meinen Koffer, und dann gehen wir miteinander zu Fuß hinauf. Unterwegs können wir besprechen, wie wir uns zusammen die Ferien einteilen. Sie werden doch nicht in Ihre Heimat fahren, Herr Professor? Zumindest haben Sie in Ihren Briefen nichts davon erwähnt, daß Sie so etwas vorhätten! Die ganze Zeit hab' ich mich auf Sie gefreut und regelrecht gefürchtet, daß Sie vielleicht doch Sehnsucht nach Ihrer Mutter bekommen könnten. Das dürfte ich Ihnen zwar nicht übel nehmen, aber, glauben Sie mir, ohne Sie wären das für mich arg verpatzte Ferien ...«

Chlumáks Miene verdüsterte sich ein wenig. »Ja, was fällt Ihnen denn bloß ein?« brummte er. »Da freu' ich mich wie verrückt auf Sie, und jetzt kommen Sie mir mit so was? Keinen Tag werde ich dieses erbärmliche Loch verlassen, das in dem Augenblick aufhört, erbärmlich zu sein, in dem Sie ankommen. Aber, wissen Sie, zu Fuß gehen wir nicht hinauf. Es ist heiß, und es kann sein, daß uns ein Gewitter überrascht. In die Postkutsche setzen wir uns aber auch nicht rein. Das fehlte gerade noch, daß wir uns in einen so gottverdammten Karren reinquetschen! Sie gestatten schon! Ich hab' ein Fuhrwerk gemietet, damit wir's bequem haben ...«

»Sie sind überaus liebenswürdig, Herr Professor.«

»Ich bitt' Sie, sprechen Sie nicht darüber! ›Quatschen Sie nicht‹, würde man bei uns daheim sagen. Ich möchte, daß Sie zu Ihren Eltern zurückkommen wie ein Herr. Unterwegs hab' ich Ihnen auch allerhand zu erzählen.«

Sie fuhren also. Eine herrliche Straße, beinahe ununterbrochen bergauf, langsam; Zeit genug, um sich die Gegend anzuschauen, die großartige Aussicht zu genießen. Doch die beiden genossen sie nicht. Chlumák erzählte lang und breit. »Solche Dummköpfe, dort oben bei uns,« begann er. »Wahrhaftig, wenn es Sie nicht gäbe, würde ich an nichts anderes denken, als woanders hinzukommen. Natürlich werden Sie, wenn Sie mit dem Studium fertig sind, sich bestimmt nicht hier niederlassen, und dann wird mich hier sicher nichts mehr halten.«

Herr Karl lachte auf. Es lag ihm auf der Zunge, den Freund an Fräulein Sophie zu erinnern. Da er aber dessen Reizbarkeit kannte, beherrschte er sich rechtzeitig und unterdrückte diese Bemerkung. Chlumák schien seinen Gedanken erraten zu haben, denn er sprach dieses Thema von sich aus an: »Wissen Sie, junger Herr,« begann er und machte, wie es seiner Art entsprach, ein finsteres Gesicht. Das machte er schon aus Gewohnheit immer so, wenn er eine Verlegenheit oder irgendwelche andere Gemütsregungen verbergen wollte. »Ihnen sag' ich das, mit einem anderen würde ich nicht darüber reden, ausgenommen Sie und Ihre Eltern. – Vielleicht komm' ich nicht mit Ihrem Herrn Vater zusammen, vielleicht besuche ich Sie auch nicht zu Hause ... ich bin schon so einer ... Sie müssen verstehen, wenn ich Ihnen alles gesagt haben werde, im Laufe der Zeit, wissen Sie ...! Alles kann man nicht auf einen Schlag aussprechen – einzig und allein an Fräulein Sophie würde mir etwas liegen. Ich sag's Ihnen ganz ehrlich. Für ihre Verhältnisse ist sie auch gebildet, sie hat einen hellen Kopf und interessiert sich für Sachen, die über dem Niveau des Alltäglichen liegen. Was ihr noch fehlt, würde sie unschwer nachlernen. Nun, sagen Sie, ist es nicht so?«

»Ganz gewiß, Herr Professor! Fräulein Sophie ist ein Mädchen, das allen gegenüber liebenswürdig ist. Sie hat ein gutes Herz, ist sympathisch und durch und durch aufrichtig.«

Chlumák antwortete nicht gleich. Erst nach einer Weile, in der er so bedrohlich geschaut hatte, als wollte er die ganze Gegend niederbrennen, brach es heftig aus ihm heraus: »Und, schau'n Sie mal – ich nehme an, daß sie meine Liebe nicht zurückweisen würde ... nein, ich hab' das nicht richtig gesagt. Ich wollte sagen, daß sie sie nach jener Ballnacht damals nicht zurückgewiesen hätte. Ob jetzt auch noch, das weiß ich nicht. Da hat sich so einiges ereignet, Sachen, die nur in einem so schnöden Nest passieren können, wie es unsere königlich freie Goldbergstadt ist, und als deren Folge ich annehmen muß, daß ich mich vor ihr lächerlich gemacht habe.«

»Ich versteh' Sie nicht, Herr Professor. Würden Sie die Frage gestatten: Was ist passiert?«

»Warum sollten sie nicht fragen? Schließlich will ich Ihnen ja darüber berichten. Doch selbst, wenn sich gar nichts ereignet hätte, ich konnte ihr nicht einmal damals nähertreten, wenn ich ein ehrenhafter Mensch bleiben wollte. Und das wirklich aus Gründen, die Sie zwar als lächerlich bezeichnen würden, die aber doch sehr ernst zu nehmen sind. Es wäre nötig gewesen, vorher etwas aus der Welt zu schaffen, was zwischen uns stand, von dem sie gar nichts wußte ...«

»Sie sprechen in Rätseln, Herr Professor. Ich kann mir nicht denken, was Sie daran hätte hindern sollen, sich dem Fräulein Sophie zu nähern. Im Gegenteil, ich weiß, wie schwer sie an Ihrem Verhalten zu tragen hatte, weil sie sich nicht erklären konnte, warum Sie sie auf einmal gemieden haben. Ihre Eltern hätten Sie auch höchst befriedigt aufgenommen, wenn Sie sich um sie beworben hätten.«

»Woher wissen Sie das, junger Mann?«

»No, das war leicht aus dem zu ersehen, was die Frau Finanzamtsvorstand noch in den Osterferien meiner Mutter gesagt hat.«

»Das war damals. Heute liegen die Dinge anders. Sie werden staunen, was ich Ihnen für eine Geschichte erzählt haben werde, bis Sie zu Hause angekommen sind. Ihre Eltern wissen nicht alles, deshalb muß ich es Ihnen im voraus erklären. Zumindest werden Sie daraus all das auf das rechte Maß zurückführen können, was von der Wahrheit abweichen sollte. Mir geht es darum, daß diejenigen, die ich achte und schätze, an erste Stelle Sie, teurer Freund, sich kein falsches Bild von mir machen sollen.«

Er hatte vor, alles offen zu sagen und mit der Unwahrheit anzufangen, mit der er sich gleich am Tag seiner Ankunft in unserer Stadt eingeführt hatte. Doch im allerletzten Moment verließ ihn wieder der Mut dazu, und er verschob diese Hauptsache auf einen späteren Zeitpunkt. Stattdessen begann er, von seinem Leben im Haus der Touscheks zu erzählen; von mancherlei Anschlägen, die auf ihn verübt worden waren und alle nur das eine Ziel gehabt hatten, daß er eins der Mädchen nehmen sollte; von seiner Ernennung zum definitiv angestellten Lehrer; von seinem Auszug aus der Familie, bei der er beinahe drei Jahre lang gewohnt hatte. Anschließend sprach er die Armband-Affaire an und schilderte die lächerliche und erniedrigende Szene, welche ihm die Touschek gemacht hatte, und seine Befürchtungen und Vorkehrungen, damit ihm so ein Skandal nicht nochmals passierte. »Man möcht' es nicht glauben, was es für Dummköpfe gibt, nicht nur diese Touscheks,« beendete er seine Ausführungen, »auch die übrigen Leute in der Stadt stehen ihnen in nichts nach. Ist denn, zum Beispiel, in der ganzen Einwohnerschaft nicht laut darüber gestritten worden, ob dieses verflixte Armband jetzt hundert oder vielleicht gar tausend Gulden gekostet haben sollte? Ich hab's in Wirklichkeit für nicht ganz zwanzig Gulden gekauft.«

»Das ist allerdings eine unangenehme Sache,« sagte Herr Karl, »vor allem im Hinblick darauf, was für ein Unsinn bei so einem angeblich fürstlichen Geschenk dann herausgekommen ist. Aber sich die Touschek-Toni vorzustellen, wie sie auf der Straße und wahrscheinlich auch zu Hause protzt, mit dem Tausend-Gulden-Armband an ihrem sonnenverbrannten, sehr plebejischen Arm ... entschuldigen Sie, aber da kann man sich das Lachen nicht verbeißen!« Chlumák hatte zwar wieder sein finsteres Gesicht aufgesetzt, konnte sich aber trotzdem eines Lächelns nicht erwehren. »Übrigens,« sagte Herr Karl nach einer Weile, »braucht man sich über diese beschränkten Leute wirklich nicht zu wundern. Die sehen, daß Sie vermögend sind, und danach beurteilen sie den Wert Ihres Geschenks. Wenn, sagen wir zum Beispiel ich, jemandem dieses Armband gegeben hätte, wäre bestimmt gesagt worden, daß das Gold und die Perlen nicht echt seien.«

Chlumák zuckte zusammen und schaute entsetzlich finster drein. »Das ist auch so ein Gerücht,« quetschte er heraus, »bin ich denn so ein Geldprotz?«

»Aber, Herr Professor, mir gegenüber werden Sie doch nicht abstreiten, daß Ihre Mutter reich ist! Von dieser Sache weiß doch jeder ...«

»Die Mutter! Die Mutter!« begann Chlumák zu stottern und schaute immer wütender. »Die Mutter und ich, das sind zwei verschiedene Personen, womit ich nicht gesagt haben will, daß die Mutter ...«

Wieder lag es ihm auf der Zunge, alles zu beichten, und wieder brachte er sein Geständnis nicht aus dem Gehege seiner Zähne heraus. Er würgte es hinunter, und es blieb ihm in der Kehle stecken. Er machte eine abwehrende Handbewegung und sagte dann: »Lassen wir das jetzt, mein Freund, das ist ein ganz anderes Kapitel, darüber reden wir bei einer passenderen Gelegenheit. Mir ging es vor allem darum, daß mich diese Touschek-Weiber in Ruhe lassen sollten. Die Alte lädt mich zum Mittagessen ein. Wenn ich hingehe, lacht mich alle Welt aus. Geh' ich nicht hin, wird sie mir unfehlbar auflauern und mich auf der Straße zur Rede stellen. Sie bildet sich irgendwie ein, daß ich mich mit dem geschenkten Armband für ihre Toni erklärt hätte. So ein Unsinn!«

»Wissen Sie, war wir machen werden?« sagte der Student nach einigem Überlegen. »Mir ist folgendes eingefallen: Wir werden gemeinsam verkündigen, daß dieses ganze Armband ein Schund und überhaupt nichts wert ist. Wie Sie sagen, haben Sie dafür zwanzig Gulden bezahlt ...«

»So ist's; genau genommen nicht mal ganze zwanzig ...«

»Gut, wir werden sagen, daß Sie es in irgendeinem Pfandhaus für ein paar Groschen gekauft haben. Am sichersten wird das überall dann herumerzählt, wenn wir von allen, denen wir diese Mitteilung anvertrauen, verlangen, daß sie darüber nicht mit anderen reden sollen. Das wird eine große Gaudi geben.«

Chlumák schüttelte den Kopf. »Es ist nicht daran zu zweifeln, daß sie's erfahren werden,« sagte er, »das wird eine riesige Enttäuschung für sie. Außerdem wird man sie auslachen. Aber das möchte ich ihnen doch nicht gerne antun. Ich fühle mich ihnen gegenüber wirklich zu einem bestimmten Grad verpflichtet.«

»Herr Professor,« entgegnete ihm der junge Mann sehr ernsthaft, »erlauben Sie mir, bitt' schön, daß ich Ihnen sage, daß Sie zu gutmütig sind. Ich bin weit davon entfernt, mich zu erdreisten, Sie zu tadeln. Ich sage Ihnen bloß, wie ich diese ganze Geschichte sehe. Vor allem hab' ich den Eindruck, daß Sie diesen Leuten gar nichts schuldig sind. Denken Sie bloß daran, wie die sich verhalten haben, als es um Ihre Ernennung ging. Schließlich haben Sie selbst erkannt und mir auch gesagt, daß die Touscheks Sie für eine ihrer Töchter kapern wollten und Ihnen deshalb so wenig für Kost und Logis berechnet haben. Daß sie dabei reingefallen sind, ändert an der ganzen Sache gar nichts. Das sind nun mal lächerliche Leute, und solchen geschieht es recht, wenn sie ausgelacht werden. Oder wollen Sie in Ihrer Gutmütigkeit, daß das allgemeine Hohngelächter von denen abgewendet werden und sich gegen Sie richten soll?«

Chlumák überlegte. »Sie haben recht,« sagte er nach einiger Zeit, »sie oder ich – ich hab' bloß Angst vor neuen Vorwürfen, Szenen und Tratsch.«

»Kann sein, daß es zu sowas kommt. Aber das wird rasch aufhören, wenn die merken, daß sie sich bloß aufs neue lächerlich machen. Dann bekommen Sie Ruhe vor ihnen, und die andern ihre verdiente Strafe.«

Eine Zeitlang redeten sie noch über die Touscheks und andere Personen, die in der freien, goldenen Stadt die erste oder wenigstens eine zweite Geige spielten, doch dann verlagerte sich das Gespräch auf andere Bahnen.

Sie kamen in der Stadt an. Das Fuhrwerk hielt vor dem Wohnhaus der Eltern des jungen Herrn. Chlumák verabschiedete sich von ihm und wollte ihn gerade einladen, am nächsten Tag zu ihm zum Abendessen zu kommen.

»Und wo gehen Sie heut' abend hin?« fragte der Student.

»Wo sollte ich schon hingehen, wenn nicht nach Hause,« erwiderte der Gefragte. »Sie wissen doch, daß ich nirgends hingehe ...«

»Dann ist's Zeit, dieser selbstgewählten Abgeschlossenheit, für die's keinerlei Begründung gibt, ein Ende zu bereiten. Gleich heute fangen wir damit an, Herr Professor. Wenn Sie mich bloß ein bißchen gern haben, verbringen Sie den heutigen Abend mit uns!«

Chlumák schaute so schwarz drein wie immer, wenn er in Verlegenheit geriet. »Das geht unmöglich,« brummte er, »heute gehören Sie Ihrer Familie.«

»Wir werden uns nicht isolieren,« widersprach ihm der junge Herr. »Überzeugen Sie sich selbst, Herr Professor, daß die Anwesenheit eines so lieben Gastes die Wiedersehensfreude noch vergrößert ...«

Dieses kurze Gespräch hatte stattgefunden, während die beiden jungen Männer aus der Kutsche ausstiegen. Doch da erschien schon die ganze Doktorsfamilie auf der Schwelle zur Toreinfahrt. »So früh haben wir dich gar nicht erwartet,« empfing die Mutter ihren Sohn. »Wir hatten angenommen, daß du mit dem Postwagen kommst.«

»Der Herr Professor hat mit persönlich abgeholt ...«

Da hielt der Doktor Herrn Chlumák schon fest. »Wie denn? Sie haben ihn uns hergefahren, Herr Professor?« rief die Frau des Arztes. »Na, Karl, darauf kannst du dir was einbilden!«

»Natürlich tu ich das! Ich hab' den Herrn Professor gebeten, daß er den heutigen Abend mit uns verbringen soll. Sie werden mir's doch nicht abschlagen, nicht wahr, werter Herr?«

Er schlug's nicht ab, er konnte es nicht abschlagen.

Als sie ihr Abendessen beendet hatten, gingen sie in den Garten und setzten sich in die Laube, von wo aus sich ihnen eine Aussicht auf den Kranz der Böhmerwaldberge bot, hinter denen das Abendrot allmählich erlosch. Es war ein wunderschöner, milder Sommerabend, erfüllt von dem Duft von Reseda und Violen, der aus den frisch gegossenen Beeten aufstieg. Und als sich die Nacht leise herabsenkte, das Licht der Dämmerung verschlang, verstummten die Menschen. Der volle Mond ging auf und überzog mit silbrigem Glanz die Dächer und Bäume in der Nähe sowie die entfernten Kuppen und Gipfel der Berge, und zwischen allen Dingen, die in seinem sanften Licht aufleuchteten, lagen tiefe, schwarze Schatten. Das lebhafte Gespräch hatte aufgehört, wie auf den Befehl eines Unbekannten, Höhergestellten, der sich in dieser Stimmung, in der Stille und in dem Duft dieser Sommernacht offenbarte. Chlumák vermeinte, daß sich seine Seele der ganzen Welt gegenüber aufschloß; eine geraume Zeit saß er verzückt da, und seine Augen füllten sich unwillkürlich mit Tränen.

Als die Unterhaltung wieder in Fluß kam, als Herr Karl zu erzählen begann, von seinem Leben in Prag, von seinem Studium und seinen Sorgen, da löste sich auch Chlumáks Zunge, und er redete so lebendig, wie vielleicht niemals vorher. Über alles mögliche wurde gesprochen, aber niemand der Anwesenden berührte auch nur andeutungsweise Dinge, die Chlumáks Leben in der jüngstvergangenen Zeit betrafen. Es war offenkundig, daß sie feinfühlend alles vermieden, was ihn unangenehm berühren oder in ihm bittere Erfahrungen hätte wachrufen können. Erst als Nacht und völlige Dunkelheit die Herrschaft übernommen hatten, als über den Blumenbeeten der Tanz der Nachtfalter aufgehört hatte, die ihre bleichen Saugrüssel in die Kelche weißer, blauer und violetter Winden getaucht hatten, sagte der Doktor, nachdem er die Bedienerin um einen neuen Krug Bier geschickt hatte: »Herr Professor, – Sie haben sich bisher geweigert, mit uns Bier zu trinken. Verkosten Sie's doch mal, uns zuliebe! Wissen Sie, wir alle würden gern einmal auf Ihre Gesundheit anstoßen, aber mit Wasser geht das nicht. Wein würde natürlich noch besser dafür passen, aber wir sind hier nun mal in einer Biergegend und haben keinen Wein.«

Wenn zu dieser Zeit der Doktor oder irgendein Familienmitglied den Wunsch geäußert hätte, daß Chlumák mit ihm mit einem Absud von Schierling anstoßen sollte, hätte jener sicher nicht gezögert, diesem Wunsch nachzukommen. Chlumák verbeugte sich, und als das Bier gebracht worden war, trank er auch und erwiderte die ihm dargebrachten Trinksprüche. Um die Wahrheit zu erzählen: dieser Schluck schmeckte ihm gar nicht, bitter wie ein Wermutstropfen kam er ihm vor. Aber er überwand sich und ließ sich nichts anmerken. Ja, er trank sogar noch etliche weitere Schlucke, bis er das Glas geleert hatte. Bei diesem einen Glas blieb es, es redete ihm aber auch niemand zu, daß er mehr trinken sollte.

Als er nach dem Abschied von seinen Gastgebern spät in der Nacht nach Hause ging, wurde er von Herrn Karl begleitet. Unterwegs sagte Chlumák:

»Teurer Freund, ich geh' von Ihnen mit dem Gefühl weg, daß ich ein Paradies verlassen habe. Im Kreis Ihrer Familie war's mir so glückselig ums Herz. Aber ich verlasse dieses Paradies doch nicht, denn es geht mit mir mit. Nur, ärgern Sie sich in Zukunft wegen einer Sache nicht: Ein zweites Mal trink' ich kein Bier mehr – es schmeckt mir ganz und gar nicht ...«

»Verreden Sie's nicht, vielleicht kommen Sie noch auf den Geschmack,« erwiderte lachend der junge Herr.

9

Einige Tage nach dem unterhaltsamen Abend, den Chlumák bei den Doktors zugebracht hatte, wurden in der königlich freien Goldbergstadt einige sensationelle Neuigkeiten kolportiert:

Vor allem wurde darüber geredet, daß der Herr Chlumák zwei Abende hintereinander auf der Kegelbahn im Garten eines Gasthauses gewesen war, wo sich hauptsächlich junge Leute zu treffen pflegten. Den ersten Abend verbrachte er allein, am zweiten saß er mit Herrn Karl beisammen. Anfangs machte er noch ein finsteres Gesicht, doch die Wolken auf seiner Stirn verzogen sich rasch. Obwohl er bloß ein einziges Glas Bier trank, blieb er mit seinem Freund doch fast bis neun Uhr abends, lachte, amüsierte sich angeblich gut und ging in allerbester Stimmung. Am darauffolgenden Tag kamen die beiden Freunde erneut hin, diesmal gesellten sich auch noch andere Leute zu ihnen, zwei Akademiker, der Herr Assistent vom Bezirksamt und zuletzt auch der Herr Professor Horouschek. Wie's hinterher hieß, waren allesamt ungeheuer fröhlich und gingen erst um halb elf auseinander, das heißt, Herr Chlumák und Herr Karl gingen, die übrigen blieben noch, Herr Horouschek sogar bis Mitternacht.

»Jetzt haben wir ihn so weit,« soll Horouschek gesagt haben, »sehen Sie, daß er sich uns allen angleicht! Es war erkennbar, daß ihm das Bier schmeckt, wenn er nicht mehr als nur ein Gläschen getrunken hat, so hat er das bloß aus irgendeiner Dickschädligkeit heraus getan oder aus falscher Scham. Ich möcht' drauf wetten, daß ihn Herr Karl demnächst noch zum Kegeln überredet.«

Böse Zungen bemächtigten sich dieses letzten Satzes von Herrn Horouschek. Jener Herr war nämlich allgemein als der größte Kegelspieler in der ganzen Stadt verrufen, mit dem schon gar niemand mehr spielen mochte. In seiner Prophezeiung verbarg sich die Hoffnung, daß er ein Opfer finden könnte, welches er gnadenlos, wie's ihm gebührte, rupfen würde. Es war gut für Herrn Chlumák, daß die Ferien unmittelbar bevorstanden, welche den Herr Horouschek in weiß Gott was für Gegenden entführen würden, die nicht mal auf den Landkarten verzeichnet waren, welche die Wände der städtischen Realschule zierten. Sonst wäre es nämlich sehr angebracht gewesen, Herrn Chlumák zu warnen.

Die zweite Neuigkeit wühlte die Öffentlichkeit noch weit mehr auf. Wo sie aufgekommen war, konnte nicht mehr mit Sicherheit festgestellt werden, aber mit einem Schlag war sie in der ganzen Stadt herum und gipfelte darin, daß das Armband, welches Herr Chlumák nach den Pfingstfeiertagen dem Fräulein Toni Touschek geschenkt hatte, aus Talmigold, die eingesetzten Perlen nicht echt, kurzum, daß das ganze Prachtstück eigentlich überhaupt nichts wert sei.

Die gesamte Damenwelt der ganzen Stadt wurde durch diese Kunde mit maßloser Wonne erfüllt, während sie bei den Touscheks das blanke Entsetzen hervorrief. Frau Touschek, welche die Neuigkeit nach Hause gebracht hatte, heulte über den Undank der Menschen, flehte die Rache des Himmels herab und stieß einen fürchterlichen Fluch über diesen Chlumák und all diejenigen aus, welche derartige gemeine Fälschungen anfertigten und verkauften. »Gib ihn her, diesen Dreck!« schrie sie und schüttelte dabei das Fräulein Toni so, als hätte diese eine Mitschuld an dem gemeinen Betrug, dessen Opfer sie geworden war. »Gib ihn her, sag' ich dir, damit ich ihm den Schund vor die Füße schmeißen kann, damit er sieht, daß wir nicht so blöd sind und uns bescheißen lassen!«

»Ich geb' ihn nicht her!« antwortete die Tochter und versteckte den Schlüssel zu ihrer Truhe. »Ich geb' ihn nicht her! Ihr tätet wieder eine schöne Dummheit anrichten! Das Armband ist wunderschön, und daß es nicht aus echtem Gold ist, wollen Euch bloß ein paar Neidhammel einreden!«

Ein ungeheuerer Krawall brach los, aber Toni behielt die Oberhand und rückte das Armband nicht heraus. Zuletzt – als auch der Vater Touschek zu Hilfe gerufen worden war – einigte man sich darauf, daß man das Armband einem Sachverständigen vorlegen würde, der ein Urteil darüber abgeben sollte. Da es in der Stadt keinen Goldschmied gab, machten sich die Eheleute Touschek samt dem Fräulein Toni auf zum Uhrmacher, dem Gatten der Frau Liesl, welche den Lesern von der Tanzveranstaltung her bereits bekannt ist. Der Uhrmacher, der gerade etwas an seinem Leiterwagen reparierte, setzte sich die Brille auf die Nase, nahm das Armband in seine keineswegs vorbildlich saubere Hand und begann, es mit dem Gesichtsausdruck eines Gelehrten zu betrachten, der in das Studium eines äußerst komplizierten wissenschaftlichen Problems vertieft ist. Er betrachtete es lange, untersuchte es lange, und das Ergebnis dieser geistigen Schwerarbeit war eine Auskunft, welche gleich drei Pythien von Delphi beschämt hätte, denen aber, die sich an diese Autorität gewendet hatten, nicht viel sagte, denn sie gipfelte in dem tief verborgenen Sinn des folgenden Ausspruches: »Ob die Perlen echt sind, wer würde das sagen können, wenn er sich mit Perlen nicht beschäftigt hat? Und Gold ist sozusagen Gold, und das kennt man. Ich würde sagen, daß das Gold ist, es könnte aber auch Silber sein oder was anderes. Aber dann ist es allerdings stark vergoldet. Es ist ein hübsches Stück, eine gefällige Arbeit, aber ich hab' auch schon schönere Arbeiten gesehen als diese. Tausend Gulden, wie hier herumposaunt worden ist, ist das Stück nicht wert. Das könnt ihr mir glauben.«

Die Beratung durch den Uhrmacher vermochte den Unfrieden und die Zerrüttung nicht zu bannen, die in der Familie Touschek herrschten. Die Gefahren des Zerfalls hielten einige Tage lang an, ja, sie steigerten sich sogar noch, bis die verbürgte Nachricht eintraf, daß der Herr Professor sich selbst über sein Geschenk geäußert und bekannt hätte, daß es beinahe wertlos sei. Weil der Aufruhr bei den Touscheks hauptsächlich darauf zurückzuführen war, daß die Ansichten darüber voneinander abwichen, was man mit dem Armband machen sollte, und daß vor allem Fräulein Toni darauf bestand, daß das Gerede über die Wertlosigkeit eitles Gewäsch und lediglich aus Neid und Mißgunst entstanden sei, und daher das Armband behalten wollte, raffte sich der Vater schließlich zu folgendem Entschluß auf: Er wollte mit der Tochter in die nächste Stadt fahren, wo es einen Goldschmied gab, und den das Schmuckstück schätzen lassen. Sie fuhren also dorthin, und der Juwelier sagte ihnen den richtigen Wert, der Wahrheit entsprechend auf zwanzig Gulden geschätzt.

»Da seht Ihr's, Mutter,« sagte triumphierend und hocherfreut das Mädchen, »daß das ganze Gerede Quatsch war. Zwanzig Gulden hättet Ihr weggeschmissen, wenn ich meinen Kopf nicht durchgesetzt hätt'. Ihr macht wirklich nichts als Dummheiten!«

»Schweig!« schrie die Mutter sie an. »Mir willst du Dummheiten vorwerfen, und dabei hast du selber diesen Brazulett auf ein paar Hunderter hochgejubelt! War das vielleicht gescheiter? Da sieht man's wieder, daß du keine Bildung hast!«

»Und Ihr habt sie, diese Bildung, und glaubt blöden und neidischen Leuten, welche behaupten, daß das Armband keinen Wert hat!«

»Meiner Seel' – da kennt sich kein Mensch mehr aus! Die Leut' bei uns sind so schlecht, daß der Mensch sich wundern muß, wie der Herrgott so eine Schlechtigkeit noch mit ansehen kann. So ist also dieser Brazulett doch was wert! Das woll'n wir mal sehen – aber denen stopfen wir das Maul, diesen verschiedenen Lästermäulern, die einen glatt durch den Dreck ziehen wollen! So eine Packasch! Aber der Herr Chlumák ist schon auch mit Schuld dran. Wie er dir diesen Brazulett gegeben hat, hätt' er doch sagen müssen, wieviel er gekostet ...«

»Ach, Mutter, jetzt redets Ihr schon wieder so einen Schmarrn daher! Sagt man's denn, wenn man jemandem ein Geschenk macht, wie teuer es gewesen ist? Wirklich, wenn das jemand hören könnt', braucht' ich nicht drauf warten, daß wir ausgelacht werden. Jetzt will ich Euch was sagen, damit Ihr sehen könnts, daß ich nicht so blöd bin: Von heut' an, wenn ich auf die Straße geh', werd' ich jedesmal das Armband tragen, damit's alle auch so richtig sehen können. Zerreißen soll's die vor Wut!«

»Du hast recht, Kind! Trag's nur immer, damit sich alle recht ärgern! Am allermeisten diese

Brotanek, diese ...,« es folgte eine recht unparlamentarische Bezeichnung der Frau Brotanek. »Wenn ich die treff', sag' ich ihr: ›Ihr kümmerts Euch so sehr um uns, Ihr ... Warum ist's denn Ihrem Joseph nicht eingefallen, unserer Toni so ein wertvolles Armband zu schicken, wie er sich eingebildet hat, um sie zu werben?‹«

Solche und ähnliche Reden gab's noch viele, und ganz andere auch, die alle darauf abzielten, die gesamte Einwohnerschaft der königlich freien Goldbergstadt davon zu überzeugen, daß das Armband nicht wertlos sei. Aber, weiß Gott, nennenswerten Erfolg brachte das keinen. Die öffentliche Meinung beharrte hartnäckig darauf, daß der Herr Professor Chlumák dem Fräulein Toni einen ganz wertlosen Schund verehrt habe, und das mit der Absicht, sie und die gesamte Familie Touschek dem Gespött und der Schande auszuliefern.

Inzwischen verlebten der Herr Professor und der Herr Karl gemeinsam die Ferientage, so gemeinsam, daß man sich den einen ohne den anderen gar nicht mehr vorstellen konnte. Sie trennten sich höchstens wegen des Mittagessens, ansonsten waren sie den ganzen Tag über beisammen, vom frühesten Morgen bis spät in den Abend hinein. Tagsüber unternahmen sie Ausflüge in die wunderschöne Umgebung der Stadt, die Abende verbrachten sie bei der Familie des Studenten; öfter jedoch, mit der Zeit immer häufiger – im Wirtshaus, besser gesagt, in den Wirtshäusern. Sie hielten sich nämlich nicht immer in demselben Lokal auf, sondern gingen, besonders bei ungünstigem Wetter, auch in Kneipen. Dort versammelte sich nicht gerade die Creme der bürgerlichen Gesellschaft, stattdessen die übermütige Jugend, welche sich dort auf die verschiedenste, keineswegs immer geschmackvollste Weise vergnügte. Als er zum ersten Mal in den

Kreis der dort verkehrenden Gäste kam, befiel den Herrn Professor das blanke Entsetzen. Aber sein junger Freund war dort wie zu Hause und spielte bei diesen lärmenden Späßen oft eine entscheidende Rolle. Häufig wurde dort mit einem alten, städtischen Heger Schabernak getrieben, einem halbverrückten Menschen, der sich einbildete, er könne zaubern, sich unsichtbar machen, in einen Baumstumpf verwandeln, auf den Wipfeln der höchsten Fichten spazieren, fliegen und so weiter. Er rühmte sich, diese schwarzen Künste aus einem großen, schwarzen Buch zu kennen, das er von seinen Vorvätern geerbt habe. Es ist schwer zu sagen, ob dieses Buch einmal in Wirklichkeit oder nur in der Phantasie des Hegers existiert hatte, niemand hatte es jemals gesehen, jedenfalls war es nach dessen Tod nicht aufzufinden, so sehr auch danach gesucht wurde. – Die Scherze, deren Objekt jener Geistesgestörte war, waren oft von sehr zweifelhafter Art, ungehobelt, roh, ja sogar gefährlich. Denn der Heger, wenn er wütend wurde, schlug mit seinem Messer um sich und einmal feuerte er sogar sein Gewehr ab, das er auf einen von denen gerichtet hatte, die ihn gefoppt hatten. Er verwundete ihn am Kopf, und es war einem glücklichen Zufall zu verdanken, daß er ihn nicht erschossen hatte.

Chlumák, der zum ersten Mal Zeuge solcher Scherze war, sagte seinem Freund: »Ich wundere mich, daß Ihnen so was Spaß macht! Geh'n wir woanders hin!«

Doch der junge Mann, der sich vor Lachen bog, antwortete: »Herr Professor, tun Sie mir den Gefallen und bleiben Sie, mir zuliebe! Sie sehen doch, daß das eine Komödie ist, bei der's einen vor Lachen zerreißen könnte! Schauen Sie: Da klopft er seine Pfeife aus und guckt dabei triumphierend herum, weil er sich einbildet, sich unsichtbar gemacht zu haben.«

Und Chlumák, wenn er anfänglich auch ein finsteres Gesicht machte, blieb, zuletzt lachte er sogar selbst mit. Er lachte auch, als sie zum zweiten und zum dritten Male hinkamen, und je häufiger er kam, desto mehr lachte er über diese Witze und Späße. Er blieb auch nicht mehr bei einem einzigen Bier, er trank zwei Gläser, später auch drei.

Er lud seinen Freund auch zu sich ein und bewirtete ihn mit edlen Weinen und Delikatessen, die er von Gott weiß woher bestellt hatte, und die zu jener Zeit in unseren Landstädten noch wenig bekannt waren, zum Beispiel Sardinen, italienische und ungarische Salami, geräucherter Lachs und ähnliche Köstlichkeiten. Herr Karl, der nicht den geringsten Zweifel am großen Wohlstand seines Freundes hegte, nahm dessen Einladungen zu solchen Schlemmereien bedenkenlos an. Und Chlumák, der merkte, wie das dem jungen Herrn schmeckte, hätte am liebsten gleich jeden Tag so etwas arrangiert, doch der damals so langwierige Transport von Waren legte ihm diesbezüglich Bremsen an. Dennoch wiederholten sich derartige Festessen öfter, als dem Stand seiner Haushaltskasse dienlich war, weil er im Lauf der Zeit auch andere Teilnehmer hinzu lud. Damit wollte er seinen teuren Freund ehren, der, wie Chlumák zu sagen pflegte, ihn ins Leben zurückgeführt hatte. Bei solchen Gelegenheiten war es fast ein Wunder, daß die vom Wein befeuerten jungen Herren das sonst so stille Haus der Zajitscheks nicht auf den Kopf stellten.

Als sie von diesen Ausbrüchen der ausgelassenen Jugend erfuhr, über die natürlich auch in der ganzen Stadt geredet wurde, verkündete Frau Touschek: »Ja, schau mal an! So was hat der Herr Prefessor nie gemacht, solange er bei uns war. Da sieht man's wieder, daß ein Mensch, der immer in einer guten Familie gelebt hat, seinen Anstand verliert, wie er aus ihr rauskommt. Was das angeht, hilft ihm auch die größte Gelehrsamkeit nichts. Naja, was nützt das alles? – Die Jugend, heutzutag', ist halt verdorben. Dieser Herr Karl, dem Doktor seiner, ist auch nichts wert!«

Bei anderer Gelegenheit erklärte Frau Touschek wieder: »Das kann doch nicht sein, daß der Herr Prefessor Chlumák diese ganzen Belustigungen von seinem Gehalt bestreitet. Das sind ja schließlich Festessen, wie sie im Pfarrhof üblich sind, wenn der Herr Bischof zur Visitation kommt. Die kosten allerhand Geld! Der Herr Dechant hat genau gewußt, was er sagt, wie man ihn einmal gefragt hat, wie's ihm geht. – ›No, wie soll's mir schon geh'n‹ hat er gesagt, ›nachdem ich zweimal abgebrannt bin?‹ Und wie man ihm gesagt hat, daß er doch bloß einmal abgebrannt ist, hat er drauf gesagt: ›Naja, einmal hat mich das Feuer beim Stadtbrand erwischt, und zweimal ist der Herr Bischof dagewesen; zwei Visitationen sind soviel wie einmal abgebrannt.‹ – Wenn der Herr Dechant so was gesagt hat, der mehr Küh' hat als wir und über siebzig Tagwerk Felder, wie soll dann von solchen Gastmählern irgendsoein Prefessor nicht pleite werden, der alles in allem sieben Dienstjahre hat? Und wenn er nicht pleite geht, dann steckt jemand anderer dahinter, der ihm unter die Arme greift, und drum liegt's offen auf der Hand, daß sich der Herr Chlumák mit seiner Frau Mama geeinigt hat.«

Das war die Meinung der Frau Touschek, und dieser Ansicht waren auch andere. Doch weil man auf der Post nichts von irgendwelchen Geldanweisungen an Chlumák aus Hodonin und auch nicht von woanders her wußte, blieb das Rätsel ungelöst. In der letzten Zeit waren für ihn nur zwei Briefe eingetroffen, mit einer geradezu lächerlich stilisierten Adresse, von der schon die ganze Stadt wußte, und in einer krakeligen Schrift, von welcher der Herr Postmeister behauptete, daß sie aussehe wie die Spur eines Maikäfers, den man zuerst in Tinte getaucht und dann auf ein weißes Papier gesetzt habe. Eine Erklärung hätte wahrscheinlich nur Herr Aaron Katz abgeben können, aber jener Herr war verschwiegener als ein Grab.

Im Verlauf der Ferien kam es noch zu etwas anderem, was in der ganzen Stadt ungewöhnliches Aufsehen erregte, zu einer Sensation, die größer war als alles, von dem bisher die Rede gewesen war: Der Herr Professor Chlumák machte sich wieder an das Fräulein Finanzamtsvorstand Sophie heran. Allem Anschein nach hatte Herr Karl bei dieser Annäherung den Vermittler gespielt. Er war ganz sicher, Herr Chlumák redete wieder mit dem Fräulein, am Anfang bloß auf der Straße; er wartete bei der Kirche auf sie, und wenn sie aus der Messe kam, begleitete er sie nach Hause. Noch später betrat er sogar das Haus des Finanzamtsvorstands, zuerst in Begleitung von Herrn Karl, dann ganz allein. Kurzum, es war sonnenklar, daß er um Fräulein Sophie warb, und daß die Eltern des Mädchens nichts dagegen hatten.

Darüber empörte sich die gesamte einheimische Damenwelt ganz gewaltig. Selbst diejenigen, welche bis dahin in Feindschaft gelebt und sich gegenseitig mit üblen Nachreden bekämpft hatten, schlossen auf rührende Weise miteinander Frieden und reihten sich in die Schlachtordnung ein, um geschlossen dem dahergelaufenen Eindringling die Stirn zu bieten. Sie hätten das Fräulein gern gemeinschaftlich boykottiert – wenn vielleicht auch das Wort in jenen Kreisen, um die es sich handelte, noch gar nicht bekannt war – aber Fräulein Sophie besuchte keine Gesellschaften, und der Herr Finanzamtsvorstand ließ sich ebenfalls nirgends blicken, bloß hie und da einmal im Gasthaus, im Kreise beamteter Kollegen. Deshalb wurden Waffen eingesetzt, die in Kleinstädten üblich sind:

Man verleumdete und schickte anonyme Briefe, dem Fräulein Sophie und dem Herrn Chlumák. Ihm teilte man mit, daß ihre rechte Schulter höher sei als ihre linke, und daß sich der Herr Professor irre, wenn er mit einer reichen Mitgift rechne. So etwas könne ›diese schwarze Zigeunerin‹ nur dann erhalten, wenn ihr Herr Vater öffentliche Gelder veruntreuen würde. Das wäre allerdings möglicherweise zu erwarten, weil er nämlich aus einer Stadt herstamme, in der insgeheim gestohlen werde.

Auch Fräulein Toni, die sich bisher sehr zurückgehalten hatte, ging aus ihrer Reserve heraus. Sie widersprach der Mutter nicht, als diese verkündete, »daß das nicht mehr so weitergehen kann, wissen wir – es muß etwas geschehen!« Und es geschah wirklich etwas, nämlich das Folgende:

Eines schönen Morgens, als die Frau Finanzamtsvorstand eben auf dem Heimweg vom Markt war, trat die Frau Touschek an sie heran, grüßte sehr höflich, zwang sich zu einem süßlichen Lächeln und sagte: »Ihr kennts mich, gnä Frau, gell?« Die Frau Finanzamtsvorstand konnte sich nicht erinnern. »No, dann kennts mich halt net, gnä Frau; no, das macht auch nichts, ich bin deshalb nicht bös. – Aber meinen Mann kennts Ihr – schließlich kaufts ja bei uns das Fleisch. Ich bin die Frau Touschek, gell!«

»Freut mich sehr, Frau Touschek, ...«

»Das hab' ich mir auch gedacht, daß es Ihnen freuen wird, gnä Frau, mich freut's auch! Mit der Gesundheit steht's gut, gell? Wir strengen uns auch an, was wir können, damit die Herren Beamten zufrieden sein können. Wir sind keine Abdecker, gell – wir kaufen bloß die allerbesten Tiere. Wie hat Euch denn am Sonntag der Nierenbraten geschmeckt? – Der war gut, gell ... vom Kalb, und das war erst fünf Wochen alt! Wir sind die einzigen in der ganzen Stadt, die so ein Fleisch verkaufen können, sonst niemand! Gott sei Dank, Geld fürs Geschäft haben wir genug, bekannt sind wir auch, und der Mann versteht sein Handwerk.«

»No, das Fleisch bei Ihnen ist gut, das muß ich zugeben ...«

»Das freut mich, daß Ihr das selber sagts, und den Mann wird's auch freu'n, wenn ich's ihm erzähl'. Gell, uns lobt hier jeder, bloß gemeine Leut' gönnen uns das nicht. Ich hab eine Mordsfreude, gnä Frau, daß Ihr so eine nette und gescheite Frau seids. Kommts uns doch einmal besuchen, wenn Ihr mit dem Fräulein einen Spaziergang machts! Honig haben wir, Butter, selbstgebackenes Brot, sauren Rahm, alles, was Ihr bloß haben möchtets, und wir bewirten Ihnen gern. Bei uns wird jeder freundlich aufgenommen, der zu uns reinkommt. Der Herr Prefessor Chlumák ist gleich drei Jahr' lang bei uns geblieben, und das Essen hat er auch von uns bekommen. Der kann Euch sagen, wie's ihm bei uns gegangen ist, und ob es ihm jetzt auch so gut geht, seit er von uns weg ist!«

»Ja, Herr Chlumák hat uns erzählt, daß er bei Ihnen gewohnt hat.«

»No also – er hat's gesagt – und bestimmt hat er Euch auch gesagt, für was für ein billiges Geld er Kost und Logis gehabt hat. Für dreizehn Gulden monatlich! Überlegens Ihnen das mal! Ihr verstehts ja auch was davon, gnä Frau, und sagts mir jetzt, ob Ihr so einen Mann für dreizehn Gulden beherbergen und verköstigen wollts?«

»Das ist freilich sehr wenig, Frau Touschek ...«

»No also, gell! So ist das halt nicht mehr weiter gegangen. Und wie ich ihm gesagt hab', daß das nicht geht, daß er fünfzehn zahlen muß, ist er von uns fortgegangen und zu diesen Lebzeltern, den Zajitscheks, gezogen. Ich könnt' ja bei denen nicht wohnen und nichts essen, und wenn ich alles umsonst bekommen tät', bei der Unsauberkeit, die dort ist, gell – und er, gell, er zahlt dort zwanzig Gulden! Und das alles bloß wegen seiner Dickschädligkeit! – Das ist schon ein sehr seltsamer Mensch, dieser Herr! Es ist vorgekommen, daß er ganze Monate lang mit keinem von uns ein Wort geredet und immerzu nur schwarz dreingeschaut hat – der Herrgott steh uns bei! – der hat so einen Blick gehabt, daß es einem schlecht geworden ist, wenn er einem in die Augen geschaut ...«

»Das würde ich doch nicht von ihm sagen, Frau Touschek, mir kommt er fröhlich vor, gesprächig ...«

»Da habts Ihr ganz recht. Am Anfang erscheint er einem lustig und er redet gern, aber dann, auf einmal, als ob der Teufel in ihn reingefahren wär'! Überlegens Ihnen bloß: Mit seiner Mutter hat er sich zerstritten, und die ganze Zeit, wo er bei uns war, und später vielleicht auch noch, hat er ihr nicht ein einziges Mal geschrieben! Das ist doch kein anständiger Mensch nicht, der so viele Jahr' auf seine Mutter bös sein kann! Und bei uns, gell – am Anfang hat's nichts als nur Spassetteln gegeben, mit unseren Mädeln – ich hab' zwei Töchter, wissens – Französisch hat er mit denen gelernt, und was er ihnen beigebracht hat! Wenn Ihr die gehört hättets, wie die geredet haben, die Hände hättets Ihr zusammengeschlagen, wie denen das von der Gosche gegangen ist! Denn das muß man diesem Herrn lassen, geschickt ist er, und im Kopf hat er eine Mordsgelehrsamkeit ...«

»Es hat mich sehr gefreut, Frau Touschek,« unterbrach die Frau Finanzamtsvorstand, der das Gerede schon längst reichte, »ich empfehle mich. Mir pressiert's, ich muß nach Haus'.«

»Lassens Ihnen Zeit, wartets noch, gnä Frau – bloß noch ein Wörtchen. Mir pressiert's auch. Bei uns gibt's einen Haufen Arbeit, gell. Ich weiß oft gar nicht, wie ich den Haushalt und das Geschäft schaffen könnt' ... wenn mir die Mädeln nicht zur Hand gehen täten. Vom Morgen bis zum Abend werkeln sie, die armen Hascherln! Freilich, ich hab' sie auch dazu erzogen, daß sie sich vor keiner Arbeit fürchten, auch wenn sie in die Schule gegangen sind, und eine Bildung haben! No, das erzähl' ich Ihnen nur so, damit Ihr sehts, gnä Frau, was wir für Leut' sind. Aber eins hab' ich Euch noch sagen wollen, damit Ihr sehen könnts, daß ich Ihnen achte und daß ich Ihnen sehr gern hab'. Er, dieser Herr Prefessor, fängt an, dem Eurigen Fräulein nachzusteigen ... ich weiß ja nichts, gell, aber in der ganzen Stadt wird drüber geredet. Doch ob Ihr mir's glauben wollts oder nicht, ich tät' sie ihm nicht geben. Schad wär's um sie, so ein hübsches und braves Fräuleinchen. Was kann man schon von einem Menschen erwarten, der ein paar Jahr' lang auf seine eigene Mutter bös ist? – Gell, mit unserer Toni hat er auch angefangen, einen Brazulett hat er ihr geschickt, so einen schönen, sag' ich Euch, daß Ihr in der ganzen Stadt nicht noch so einen sehen könnts. Bei uns hier gibt's blöde Leut', gell, und sie haben auch herumposaunt, daß der Brazulett nichts wert ist, aber das haben die bloß aus Wut gesagt, weil sie ihn nicht bekommen haben. Ihr könnts Ihnen ja gar nicht vorstellen, was für böse Menschen bei uns sind – also ist mein Mann nicht faul gewesen und ist zum Goldschmied gefahren – vier Stunden Weg, weil's bei uns überhaupt keinen gibt, und dort hat er erfahren, daß der Brazulett einen hohen Wert hat! So, das weiß man doch, wenn einer einem Mädel so ein Präsent gibt, daß er das nicht umsonst macht, und daß da was dahinter steckt. Aber ich hab' gesagt: Nein! – Und wenn der Brazulett noch zehnmal mehr kosten tät', das darf nicht sein! Das wär' ja noch schöner, Mädel, daß er dir für den Brazulett deine Seele abkauft. Und so hab' ich's Euch gesagt, damit Ihr das erfahrt ...«

Die Frau Finanzamtsvorstand, ganz überrascht von der unerwarteten Wendung, welche das Gerede der biederen Frau Touschek genommen hatte, war so erschrocken, daß sie nicht gleich eine Antwort parat hatte. Erst nach einer Weile fand sie Worte, die ihr passend erschienen: »Ich danke Ihnen für den Hinweis, Frau Touschek,« sagte sie, »aber machen Sie sich unsretwegen keine Sorgen; wir werden wissen, was zu machen ist. Ich empfehle mich!«

Damit wandte sie sich ab und ging. Sie beschleunigte ihren Gang so sehr sie konnte, als ob sie fürchten würde, daß dieses aufdringliche Frauenzimmer, welches noch dazu so laut geredet hatte, daß Vorbeigehende stehengeblieben waren und zugehört hatten, sie nicht loslassen und ihre Litanei von neuem beginnen könnte. Sehr erregt kam die Frau Finanzamtsvorstand zu Hause an. Auch wenn sie die Historie von dem Armband für bloßen Tratsch hielt, auch wenn ihr das, was sie über Chlumáks Zwist mit seiner Mutter gehört hatte, der niemanden etwas anging, wie ein überflüssiger Klatsch vorkam, so war doch ein spitzer Stachel in ihrer Seele steckengeblieben, der ihr Anlaß zum Überdenken und Bedenken gab. Und das umso mehr, weil die eingegangenen anonymen Briefe über allen Abscheu, den sie hervorgerufen, doch auf die Gemütsverfassung und das Denken eingewirkt hatten. Es ließ sich nicht bestreiten, daß Chlumáks Benehmen doch irgendwie sonderbar war, fast rätselhaft. Sicherlich gab er sich wie ein guter Mensch, aber es war doch auch so, als wenn er etwas zu verheimlichen hätte, als ob er einer offenen Aussprache über alles, was er auf dem Herzen hatte, ausweichen wollte. Vor allem von seiner Vergangenheit redete er wenig, niemals erwähnte er etwas von seiner Heimat, von seinen

Eltern oder von seinen finanziellen Verhältnissen. Sie wußten, wie hoch sein Gehalt war, aber das Gerede, das über seinen Reichtum herumging, bestätigte er nicht mit einem Wort. Im Gegenteil, jede Anspielung, jede Bemerkung, die seinen Wohlstand betraf, und wenn sie auch bloß indirekt war, berührte ihn offensichtlich unangenehm und erschreckte ihn auf ganz auffällige Weise. Soweit es seine Vergangenheit anging, wußte die Frau Finanzamtsvorstand nur, daß er an der Universität studiert hatte, daß er einige Jahre lang Erzieher bei der Familie des Barons von Kunewald in Řečkovice gewesen war. Wenn er wirklich so reich war und es nicht nötig hatte, warum hatte er dann eine derart abhängige Stellung angenommen? Sie hatte schon mehrmals, wenn sie sich mit ihm unterhielt, diese Frage auf der Zunge gehabt, doch nie ausgesprochen, weil ihr – wie bereits angedeutet – nicht entgangen war, wie ungern er alle Fragen beantwortete, die sich auf seine Vergangenheit bezogen.

Der Tochter gegenüber hatte sie bisher nichts von ihren Zweifeln erwähnt, ihr auch nichts von der Begegnung mit der Touschek gesagt. Aber ihrem Mann vertraute sie sich jetzt an, und das Ergebnis ihrer Beratungen war, daß sie beschlossen, in Hodonin anzufragen. Da sie keinerlei Bekannte dort hatten, dachten sie zuerst daran, an das Bürgermeisteramt zu schreiben und um Auskunft über die Familie Chlumák zu bitten. Diesen ursprünglichen Plan gaben sie aber auf, weil er ihnen doch sehr unfein erschien. Zuletzt beschloß der Herr Finanzamtsvorstand, daß er sich selbst auf den Weg nach Hodonin machen werde, weil er keine geeignete Privatperson wußte, die man damit hätte beauftragen können. Zur damaligen Zeit war das eine lange Reise, aber was würde ein Vater nicht alles auf sich nehmen, wenn es um das Glück seines einzigen Kindes ginge. Vor der Abfahrt schrieb er noch einige Bekannte an, die in Mähren lebten, suchte bei ihnen Rat und bat sie, ihn zu informieren, wenn sie jemanden in Hodonin hätten, an den er sich wenden könnte.

Inzwischen waren die Ferien zu Ende gegangen, Herr Karl fuhr wieder ins Studium, und für Chlumák begann ein neues Schuljahr. Sehr gerührt hatte er sich von seinem jungen Freund verabschiedet und zu ihm gesagt: »Wenn Sie zu Ostern wiederkommen, werden Sie vielleicht was Neues hören. Das kann eine erfreuliche Sache sein, es ist aber auch möglich, daß es etwas sein kann, was Sie gegen mich aufbringen wird. Ob es so oder so kommt, ich bitte Sie, bewahren Sie mir Ihre Freundschaft und wenden Sie sich nicht gänzlich von mir ab!«

»No,« entgegnete lachend der Student, »was werd' ich da hören, Herr Professor? Daß Sie verheiratet sein oder kurz vor der Hochzeit stehen werden. Deshalb brauchen Sie doch nicht zu verlangen, daß Ihnen meine Freundschaft erhalten bleibt. Diese Forderung ist, beiläufig und mit Ihrer Erlaubnis gesagt, vollkommen überflüssig, weil es gar nicht möglich ist, daß ich all die netten Augenblicke, Stunden und Tage vergessen könnte, die ich mit Ihnen verlebt habe. Stattdessen muß vielmehr ich Sie bitten, daß Sie über Ihre Liebe, über den Freuden und Sorgen des Familienvaters, die Ihnen bevorstehen, den unbedeutenden Menschen nicht vergessen, den das Schicksal in die Bahn Ihres Lebens geworfen hat.«

Von Chlumáks Gesicht war abzulesen, daß in seinem Innern ein Kampf tobte. Die Anzeichen dafür waren so deutlich, daß es unmöglich war, sie zu übersehen. »Wollten Sie mir vielleicht noch etwas sagen?« fragte ihn Herr Karl.

»Nein, nein!« stieß Chlumák hervor, als wäre er über diese Frage erschrocken. »Das heißt, ich wollte

Ihnen schon etwas anvertrauen ... sehen Sie ... aber lassen wir das jetzt! ... Vielleicht schreibe ich Ihnen darüber ... ich werd's Ihnen bestimmt sagen, wenn Sie zu Ostern kommen.«

Sie verabschiedeten und trennten sich – und Chlumák hatte wieder geschwiegen.

10

Nach seiner Abreise aus der Heimat erhielt Herr Karl zwei, drei Monate lang regelmäßig beinahe jede Woche Post von seinem Freund Chlumák. Es waren Briefe, so voller zarter, herzlicher Freundschaftlichkeit, daß Herr Karl davon oft zutiefst gerührt war. Darüber hinaus offenbarten sich in diesen Briefen auch der ungewöhnliche Scharfsinn des Schreibers, dessen Witz und reiches Wissen, und der junge Mann beantwortete die Briefe geradezu begeistert und freute sich ungemein von einem auf den anderen. In einem davon erwähnte Chlumák auch seine Liebe. Mit Fräulein Sophie war er sich angeblich bereits vollkommen einig, aber er deutete noch irgendwelche Hindernisse an, von seiten seiner Familie, die erst ausgeräumt werden müßten, ehe er es wagen könne, in aller Form um ihre Hand anzuhalten. Nun, sie sei jung, er auch noch nicht überaltert, man könne also noch einige Zeit abwarten, bis alles geregelt sei. Am allerbesten wäre es, wenn er, der Herr Karl, alles richten und ins Lot bringen würde, aber dazu müsse er persönlich anwesend sein. Ach, wenn's doch schon Ostern wär'!

Nach drei Monaten trafen die Briefe nicht mehr so häufig ein, auch nicht mehr so regelmäßig, sie waren kürzer, und aus ihnen sprach eine Art von melancholischer Resignation. Stattdessen erhielt der junge

Mann Anfang Februar einen Brief seiner Mutter, in dem wortwörtlich Folgendes zu lesen war:

»... Ich muß Dir etwas mitteilen, worüber Du bestimmt nicht weniger staunen wirst als wir, obwohl wir schon mancherlei gehört hatten, ehe die ganze Sache herauskam. Es sieht so aus, als wäre es zwischen Herrn Chlumák und dem Fräulein Sophie aus, und zwar für immer. Es heißt, daß der Herr Finanzamtsvorstand von irgendwoher erfahren hat, daß es nicht wahr ist, was vom Reichtum des Herrn Professor herumerzählt worden ist. Im Gegenteil, er stammt angeblich aus einer ganz armen Familie und muß seine Mutter unterstützen. Wir verstehen nicht, warum der Herr Professor so eine Unwahrheit über sich selber erzählt und verbreitet hat, denn schließlich hätte ihn jeder vernünftige Mensch auch dann geachtet, wenn er gewußt hätte, daß Herr Chlumák aus einer armen Familie kommt. Der Herr Finanzamtsvorstand hat sich das genauso wenig erklären können, wie wir alle später auch nicht. Im Hinblick auf das Verhältnis, welches sich zwischen dem jungen Herrn und Fräulein Sophie entwickelt hatte, konnte der Herr Finanzamtsvorstand gar nicht anders handeln, sagte ihm unverblümt, was er erfahren hatte, und verlangte von ihm eine Erklärung. Vielleicht hatte er gar nicht die Absicht gehabt, dieser Beziehung ein Ende zu bereiten, aber Herr Chlumák, kaum daß er die Frage gehört hatte, bekam angeblich einen ganz roten Kopf, sein Gesichtsausdruck verfinsterte sich, er brummte irgendetwas von einer Dummheit und verschwand, ohne die geringste Erklärung abgegeben zu haben. Seitdem hat er sich bei Finanzamtsvorstands nie wieder blicken lassen, er hat auch auf keine andere Art versucht, sich dem Fräulein zu nähern. Die ganze Angelegenheit ist erst jetzt an die Öffentlichkeit gekommen, denn Finanzamtsvorstands hatten sie lange geheimgehalten. Seit der Zeit, als Herr Chlumák aufgehört hat, sich mit Fräulein Sophie zu treffen, haben sich sein Verhalten und seine Lebensweise völlig verändert. Jetzt geht er täglich ins Wirtshaus, gewöhnlich gleich nach der Schule, und bleibt bis spät in die Nacht dort. Er trinkt viel, ja, wie zu hören ist, er betrinkt sich sogar, spielt Karten und streitet sich mit Leuten herum, denen er früher schon von weitem ausgewichen wäre. Es ist jammerschade um ihn; es scheint, daß er absichtlich alles Bessere, was in ihm ist, ertränkt und abwürgt ...«

Das Herz des jungen Mannes krampfte sich beim Lesen dieser Zeilen zusammen. Vergeblich zerbrach er sich den Kopf, was seinen Freund dazu veranlaßt haben könnte, die Lüge über seinen Reichtum in die Welt zu setzen. Zuletzt erklärte er es sich damit, daß die ganze Sache auf irgendeinem Mißverständnis beruhe oder, noch wahrscheinlicher, die Folge kleinstädtischen Klatsches sein müsse. Darüber hinaus erinnerte er sich lebhaft daran, daß Chlumák ihm mehrfach etwas angedeutet hatte, aus dem sich hätte erschließen lassen, daß er sich gern wegen irgendeiner Sache, die ihn bedrückte, ausgesprochen hätte. Leicht möglich, daß es das gewesen war. Nur, warum hatte er sich ihm nicht anvertraut? Er war doch sonst ein Mensch, an dessen Aufrichtigkeit nicht der geringste Zweifel bestand ...

Herr Karl schrieb ihm einen langen, herzlichen Brief, in dem er, soweit das möglich war, diskret andeutete, daß er irgendetwas gehört hätte, als ob seine, Chlumáks, Beziehungen zu Fräulein Sophie unterbrochen worden wären. Er äußerte die Hoffnung, daß alles wieder ins richtige Gleis kommen werden, wenn nicht schon vorher, dann wenigstens zu Ostern. Wenn er wieder zu seinen Eltern fahre, werde er sein Möglichstes tun, um eine Aussöhnung herbeizuführen.

Chlumák beantwortete diesen Brief nicht, auch zwei weitere nicht, obwohl er den Schmerz und die aufrichtige Zuneigung seines Freundes aus ihnen hätte herauslesen können und müssen. Stattdessen erfuhr Herr Karl aus Briefen seiner Eltern mancherlei Einzelheiten, die ihm zeigten, wie tiefgehend Herr Chlumák sein Verhalten und seine Lebensweise geändert hatte. Er war streitsüchtig geworden; einmal, tief in der Nacht, beim Kartenspielen mit Menschen, mit denen er noch vor kurzem gar nicht gesprochen hätte, hatte er sich so weit vergessen, daß er wegen Ehrenbeleidigung angezeigt worden war. Die Sache konnte zwar so leidlich geschlichtet werden, aber zu seinem Ansehen hatte sie nicht beigetragen. Ein andermal war er angeblich am Morgen derart betrunken in die Schule gekommen, daß dem Direktor nichts anderes übriggeblieben war, als ihn nach Hause zu schicken. In Schulden war er auch geraten, besonders bei seinem Vermieter, dem Lebzelter Zajitschek, dem er Kost und Logis nicht mehr bezahlte, so daß ihm dieser beides gekündigt hatte ...

»... Er ist ganz verkommen,« schrieb Karls Vater in einem seiner Briefe, »es ist ewig schade um ihn, um so einen gebildeten und ansonsten auch soliden Menschen. Wenn Du ihn sehen könntest, wärst Du allein schon über sein Äußeres entsetzt. Es ist unbegreiflich, wie eine solche Veränderung in derart kurzer Zeit eintreten kann ...«

Diese Mitteilungen erregten den jungen Mann zutiefst. Dennoch hoffte er und freute sich darauf, wenn er zu Ostern nach Hause käme, daß es ihm gelingen werde, seinen älteren Freund wieder zu seiner früheren Lebensweise zurückzuführen. Er war der Ansicht, daß dessen Verfall eine Reaktion auf die vorangegangene lange und widernatürliche Isolation sei, und daß ihn die Verzweiflung über das Scheitern seines Traums von der Liebe in diesen Zustand getrieben habe. Er, Karl, nahm sich vor, daß er zuallererst dafür sorgen werde, seinen Freund wieder mit Fräulein Sophie zusammenzuführen, wobei er mit der Hilfe seiner Eltern rechnete. Er zweifelte nicht im geringsten an der absoluten Ehrlichkeit seines Freundes, und vielleicht war Chlumák einfach bloß nicht fähig gewesen, zu erklären, warum er sich für reich ausgegeben hatte, obwohl er in Wirklichkeit arm war. Denn, daran zweifelte Karl auch nicht, mit unlauteren Absichten hatte Chlumák nicht ...

Ostern rückte näher, aber wegen unvorhersehbar gewesener Schwierigkeiten mußte Herr Karl die Absicht aufgeben, seine Eltern zu besuchen, und es blieb ihm nichts anderes übrig, als die Fahrt in die Heimat auf die großen Ferien zu verschieben. Er schrieb noch einmal an Chlumák, legte all seine Freundschaft zu ihm in diesen Brief und bat seinen ›unersetzlichen Freund‹, wie er ihn nannte, wenigstens um eine ganz kurze Antwort. Aber auch diese Zeilen bewirkten nichts. Der junge Herr wurde trotzdem nicht böse und gab auch die Hoffnung nicht auf, daß er seinen Freund retten werde, wenn er erst persönlich mit ihm zusammen ...

Und er traf sich mit ihm, am ersten Tag seiner Ferien, nachdem er zu Hause noch die neuesten Geschichten über Chlumák gehört hatte, die allesamt darauf hindeuteten, daß der Herr Professor endgültig dem Dämon Alkohol und dem Kartenteufel verfallen sei. Trotzdem ging er nach dem Abendessen von daheim los, um ihn zu suchen. Er fand ihn schließlich auch, in einem Wirtshaus von arg zweifelhaftem Ruf. Als er die Schenke betrat, saß Chlumák, halb abgewandt vom Eingang, stritt gerade mit einem recht schäbig aussehenden Individuum, das ihm gegenüber am Tisch saß, und bemerkte den Neuankömmling nicht. »Was quatschen Sie da herum!« schrie Chlumák eben sein Gegenüber an, und seine metallen klingende Stimme wurde dabei so laut, daß es ein Wunder war, daß die Fensterscheiben nicht klirrten. »Ich sag' Ihnen was anderes, damit Sie's wissen. Zwanzig Maß Bier auf einen Sitz, die kann jeder trinken, ohne besoffen zu werden. Aber bei uns gibt's Leute, die schaffen zehn bis zwölf Liter Wein, und man merkt ihnen überhaupt nichts an ...«

»Herr Professor!« redete ihn in diesem Moment Herr Karl an und legte gleichzeitig seine Hand auf Chlumáks Schulter.

Chlumák sprang auf, wie von einer Feder geschnellt, sein gerötetes, etwas aufgedunsenes Gesicht erblaßte, lief gleich darauf wieder rot an, aus seinen weit aufgerissenen, grünlichen Augen schoß ein Blitz heraus und erlosch so plötzlich, als wäre er ins Wasser gefallen. Eine Weile stand er stumm und bestürzt da, ergriff dann mit beiden Händen die rechte Hand des Studenten, ließ sie wieder los, fiel ihm um den Hals und begann ihn abzuküssen. »Mein teurer Karl, mein Lieber!« preßte er hervor, verstummte sofort wieder und umklammerte unausgesetzt den eben Angekommenen. Einige der Anwesenden, die allesamt zu reden aufgehört und mit erstaunten Blicken diese unerwartete Szene beobachtet hatten, begannen zu grinsen. Andere wollten den Neuankömmling begrüßen. Einer, ein besonders Aufmerksamer, rückte einen Stuhl heran und lud den Studenten höflich ein, in ihrer Gesellschaft Platz zu nehmen. Jener, sonst wenig heikel, was die hiesigen Wirtshäuser, deren Atmosphäre und die dort versammelte Gesellschaft betraf, zögerte ziemlich lange, ehe er sich entschloß, die Einladung anzunehmen. Es herrschte eine unerträgliche Schwüle und Hitze, der Raum war eng; und die Luft, voller Dampf und Qualm, war so stickig, daß man fast nicht atmen konnte. Der junge Herr hatte den Eindruck, man könnte diese Luft auf die Schaufel nehmen und durch das Fenster hinauswerfen. Er setzte sich neben Chlumák und hoffte darauf, daß es ihm nach einiger Zeit gelingen würde, ihn dazu zu bewegen, mit ihm diesen schrecklichen Ort zu verlassen. Die Gesindestube in der Brauerei erschien ihm im Vergleich dazu wie das reinste Paradies.

»Es sieht so aus, als wär's Ihnen hier ein bißchen heiß. Achten Sie nicht darauf, vielleicht gewöhnen Sie sich daran, wenn Sie erst mal das Bier verkostet haben. Glauben Sie mir, ein besseres finden Sie hier nirgends. Und außerdem, wissen Sie, hierher kommen nur lauter nette Leute, Menschen, die einen Spaß verstehen ...«

Chlumáks Tischnachbar, ein rothaariger, sommersprossiger Jägerbursche mit einem kurzen, borstigen Schnurrbart, hörte diese Worte und begann darüber zu lachen. »Habt ihr gehört,« sagte er, »was der Herr Professor gesagt hat? Daß wir alle lauter nette Leute sind! Vor einer halben Stunde hat er anders dahergeredet! Lumpen und erbärmliche Kerle hat er uns geschimpft ...«

»Eh, hören Sie auf damit!« schrie ihn Chlumák an, »das war doch nur so ...«

»Ba, nur so! – Und mir haben Sie mit dem Pfeifenrohr eine drüberziehen wollen!« Zwei oder drei von der Gesellschaft wieherten los.

Der Jägerbursche wandte sich an Karl. »Das ist so, Student – damit Sie's wissen! Wir hier sind lauter Lumpen, einer größer als der andere. Das liegt uns schon so im Blut, denn unsere Väter, als sie noch jung waren, waren allesamt Säufer. Diese Eigenschaft haben wir von ihnen geerbt. Wenn jedoch irgendein Fremder in unsere Gesellschaft gerät, wird er ein zehnmal schlimmerer Trunkenbold als wir, weil er nicht aufhören kann, solang's dafür noch Zeit ist. Und das, wiederum, können wir ...«

Chlumák reagierte nicht auf dieses Gerede. Er saß still da, starrte stumpf vor sich hin und hielt ständig die linke Hand des Studenten in seiner rechten. Von Zeit zu Zeit warf er ihm einen Blick zu, und daraus sprach so viel Zutraulichkeit, daß es der junge Herr nicht übersehen konnte. »Herr Professor,« sagte er, nachdem er sein Glas Bier während der Zeit ausgetrunken hatte, in der die anderen mit ihrer Unterhaltung beschäftigt gewesen waren, »würden Sie nicht anderswo hingehen? Mir ist hier viel zu heiß«.

»Natürlich, klar, hier ist es etwas schwül ...«

Er rief den Wirt herbei. »Acht Glas Bier – und das von dem jungen Herrn rechnen Sie mit dazu ...!«

»Herr Professor – ich würd' Sie bitten, lassen Sie das,« protestierte Karl.

»Aber ich bitt' Sie, was liegt denn dran. Wegen einem Glas Bier werden Sie doch keine solchen Umstände machen! – Schreiben Sie's auf Wirt – mir scheint, ich kann heut' nicht zahlen ...«

Der Wirt antwortete nicht darauf, aber es war ihm vom Gesicht abzulesen, daß es ihm wenig Freude bereitete, Chlumák Kredit zu gewähren. Der Professor achtete nicht darauf. »Dann geh'n wir also,« sagte er, erhob sich von seinem Stuhl und stieß ihn krachend mit dem Fuß zurück.

»Ei, ei,« erhob jemand aus der Gesellschaft Einspruch. Es war ein struppiger Bursche mit einem frechen Grinsen im Gesicht. »Ja, da schau her – der Herr Professor ist heut' solide! Sie werden doch nicht schon nach Hause gehen – es ist ja noch nicht mal zehn vorbei ...«

Chlumák blickte ihn böse an. »Was geht das denn Sie an, wohin ich geh'!« krächzte er und beeilte sich hinauszukommen. Das wiehernde Gelächter, das seinen Abgang begleitete, beantwortete er mit wütenden Blicken. Herr Karl wischte hinter ihm hinaus, zutiefst angeekelt und voller Unbehagen. Jenes widerwärtige Hohngelächter hörten sie noch, als sie schon auf der Straße waren. Wie wäre ihnen wohl erst zumute gewesen, wenn sie das Gerede vernommen hätten, das nach ihrem Weggehen in Gang kam ...?!

Ganz sicher sagte der rothaarige Jägerbursch', übers ganze Gesicht grinsend, an den Wirt gewandt: »Sagen Sie uns ehrlich, Sie Giftmischer für grundanständige Leute, wieviel von Ihrem Gift haben Sie ihm schon angekreidet?«

»Warum sollt' ich's Ihnen nicht sagen? – Mein Bier kann schließlich gar nicht so giftig sein, wie Sie behaupten, denn er hat schon für mehr als elf Gulden davon getrunken und ist dabei gesund ...«

»Nun, gesund ist er, er ist sogar dicker geworden, alles was recht ist ...«

»Gesund ist er,« warf ein anderer Gast ein, »aber beten Sie zum Herrgott, daß er ihn noch viele Jahre gesund erhält, bis er Sie bezahlt hat. Er steht auch anderswo in der Kreide, und ich garantiere Ihnen, daß er keinen Fuß in Ihre Bude setzen würde, wenn Sie ihm nicht anschreiben würden oder wenn er anderswo noch Kredit hätte. Daß Sie sich bloß nicht verrechnen! Wenn er bar zahlen würde, wär' er überall ein gern gesehener Gast ...«

»Machen Sie sich keine Sorgen, ich komm' schon zu meinem Geld.«

»Selbstverständlich,« stimmte ihm der Jägerbursch zu, »er schreibt seiner Mama um Geld, und gleich hat er genug davon da!«

Ein Ausbruch lärmender Fröhlichkeit belohnte diese Anspielung auf Chlumáks reiche Mutter.

Nun, Chlumák hörte ihn nicht mehr, Herr Karl hörte ihn auch nicht, und es war gut, daß sie ihn nicht gehört hatten. Sie gingen nebeneinander her und wußten gar nicht, wohin sie wollten. Ohne ein Wort miteinander geredet zu haben, kamen sie auf den Marktplatz. Da blieb Chlumák stehen, hob den Kopf und zeigte zum blauen Firmament des Himmelsgewölbes. »Schauen Sie,« sagte er, und seine Stimme klang zärtlich, weich, ganz anders als noch vor kurzem im Wirtshaus. »Erinnern Sie sich noch, wie wir im vergangenen Jahr das Himmelszelt betrachtet und die Sternbilder bestimmt haben ...? Wie vor einem Jahr, über uns die Wega, der Atair* und die Gemma* gefunkelt und auf uns herabgelächelt haben ... dort strahlt das große – der Kassiopeja; dort, über jenem Dach, glänzt mit bläulichem Schimmer die Spika, die goldene Ähre, welche die Jungfrau in ihrer Hand hält.«

Herr Karl richtete seinen Blick dorthin, wo Chlumák mit dem Finger hinzeigte. Die Spika stand genau über dem Dach des Hauses, in dem Finanzamtsvorstands wohnten.

»Schauen Sie,« redete Chlumák weiter, »mir kommt's jetzt vor, daß von allen Jungfrauen in der Welt bloß mehr jene Jungfrau mit der Ähre in der Hand für mich existiert. Die alten Griechen haben sie von den uralten chaldäischen Magiern übernommen, haben ihr, wie jene, einen Platz am Himmel zugewiesen, ganz weit im Westen, und manchmal hab' ich den Eindruck, daß auch die Christen ihre Verehrung der himmlischen Jungfrau, ihrer Gottesmutter, mit dem Stern verknüpften, in dem schon die alten Magier ihre Göttin anbeteten. Astarte ist Astarot – das ist der Plural, wissen Sie – und bedeutet ›Sterne‹, vielleicht auch ›die in den Sternen schimmernde Nacht‹. Aus Astarot ist Mirjam geworden, man hat ihr ein anderes Gewand gegeben, eine Krone auf den Kopf gesetzt und statt der Ähre den kindlichen Erlöser in die Hände gelegt, so, als gäbe sie himmlisches Brot statt irdischem. In all dem liegt eine unendliche Poesie, die seit Menschengedenken die Leute beglückt. Mein Kummer ist, daß es nur so wenige dieser klaren Nächte gibt, in denen es einem möglich wird, sich gänzlich dem Zauber des Unendlichen hinzugeben, das uns beeinflußt ...! Ich kenne schon jeden Winkel dort oben am himmlischen Gewölbe, kann Sterne der sechsten Größe voneinander unterscheiden, tauche mit meinem Blick in die schwach schimmernden Nebel von Myriaden von Himmelskörpern, die Milliarden Meilen von uns entfernt sind, so fern von unserem Lebensraum, daß ein elektrischer Impuls von uns sie nach einer Million Jahre noch nicht erreichen würde. Manchmal komme ich mir vor wie Palinuros, der Steuermann vom Vater des Aeneas, der jede Nacht, an seinem Steuerruder sitzend, sich in die Beobachtung der Gestirne vertiefte, die nach ewigen Gesetzen ihre Bahnen ziehen .Ach, wenn ich die Welt doch auf eine ähnliche Weise wie er verlassen könnte! Sie wissen doch, in einer ruhigen, lauen, südlichen Nacht schlief er auf seinem Platz ein, fiel ins Wasser und war verschwunden. Auf dem Schiff merkten sie nicht einmal, daß sie ohne Steuermann dahintrieben. Gewiß erinnern Sie sich der Verse von Vergil:

›O nimium coelo et pelage confise sereno,
nudus in ignota, Palinure, iacebis arena!‹

[Oh, du, der du dem Himmel und dem ruhigen Meere zu sehr vertrautest, nackt im Unbekannten ruhst du im Sande!]«

Für eine Weile verstummte er und schaute dorthin, wo die wunderbare Spika vom dunklen Firmament leuchtete. Seine Augen glühten, als ob sie zu der schönen Erscheinung der himmlischen Jungfrau dazugehörten, in deren Hand die goldene Ähre schimmerte.

Der Student war unaussprechlich ergriffen, das Wort, das er sagen wollte, blieb ihm im Halse stecken.

»Wissen Sie, mein Freund,« setzte Chlumák seine Rede fort, »zu anderen Zeiten wiederum ist mir, als hörte ich jene erhabenen Sphärenklänge, die Harmonie der Welten, die im Unermeßlichen dahinziehen, von der die griechischen Mythen sagen und die auch Goethe vernommen hat:

›Die Sonne tönt nach alter Weise
In Brudersphären Wettgesang,
Und ihre vorgeschrieb'ne Reise
Vollendet sie mit Donnergang.‹

und Schiller:

›– und der Monde heiliger Gang,
welche still gemessen schreiten
in melodischem Gesang –‹

Meine Seele, als ob sie Schwingen hätte, fliegt zu jenen unendlichen, zauberhaften, klingenden Welten hinauf, die von Ewigkeiten zu Ewigkeiten ziehen, und ich vergesse all die irdische Not und den Schmutz und erlebe Augenblicke unbeschreiblichen Glücks. Ich stelle mir vor, daß die Erkenntnis dieses allgemeinen Friedens die ewige Seligkeit ist, welche Gott den Gläubigen versprochen hat, und in die sie gelangen, wenn der Tod die Seele von den Fesseln der Materie befreit hat, an die sie gebunden ist, solange der Mensch auf Erden lebt. Doch damit der Mensch jenes glückselige Paradies erahnen kann, welches ihm nach dem Tode beschieden ist, ist es notwendig, daß er sich in den Zustand einer Verzückung versetzt, der die Griechen den Namen ›Ekstase‹ gegeben haben. Heilige, von denen uns die Historie und Legenden berichten, führten diese Ekstase durch Beten herbei, durch Selbstverleugnung, Versenkung in Gott und das Ewige Leben; Fakire in Indien durch Dematerialisierung ihres Körpers, Fasten und selbstauferlegte Folterqualen. Muslimische Derwische schreien und tanzen bis zum Zusammenbruch. Jakutische und mongolische Schamanen machen mancherlei Sachen, welche der Nichteingeweihte für widerliche oder lächerliche Betrügereien hält, die im Prinzip aber auch keinem anderen Zwecke dienen, als sich in Ekstase zu versetzen, um sich wenigstens für eine bestimmte Zeit über die Not des Alltagslebens erheben zu können. Der Alte vom Berge, von dem die Chronisten und Sänger der Kreuzzüge erzählen, war das Oberhaupt der libanesischen Drusen, die sich und ihre Gefährten mit Haschisch – einem Extrakt aus Hanf – berauschten, wodurch sie in derartige Begeisterung gerieten, daß ihr Mut und ihre Furchtlosigkeit keine Grenzen mehr kannten, so daß sie zum Schrecken der ebenfalls enthusiasmierten Kreuzfahrer wurden. Die Muslime nannten sie ›Haschischim‹, woraus bei den Lateinisch sprechenden Rittern aus Frankreich und Italien ›Assassin‹ wurde, ein Wort, das in den romanischen Sprachen erhalten geblieben ist. Die ursprüngliche Bedeutung des Wortes ist allerdings verloren gegangen. Einstmals stand es für ›Enthusiast‹, ›Schwärmer‹, heute bedeutet es ›Mörder‹ ...«

Chlumák verstummte, betrachtete wieder eine Zeit lang die Sterne, dann drückte er den Arm seines Freundes und sprach weiter: »Damit Sie verstehen, was ich damit ausdrücken wollte, mein Freund: Auch ich muß mich erst in Ekstase versetzen. Dazu hab' ich aber kein anderes Mittel als das, daß ich mich betrinken muß. Das Bier ist mein Haschisch, mein Masch-Allah, Gottes Geschenk, wie die Araber das Opium nennen. Wie Sie wissen, habe ich erst spät mit dem Biertrinken begonnen, vielleicht übt es gerade deshalb diese Wirkung auf mich aus. Zugegeben, manchmal passiert mir's, daß ich zu viel trinke, aber das ist nicht meine Schuld – die Grenze läßt sich nicht so leicht bestimmen. Gut, daß Sie gekommen sind; wenn Sie nicht gewesen wären, hätt's mir heute vielleicht wieder so ergehen können. Nun, solange Sie hierbleiben, werden Sie mich hoffentlich nicht im Stich lassen. Wenn Sie wieder wegfahren, weiß Gott, was aus mir wird. Man sagt, daß ich mich zu Tode saufe. Meinetwegen, ich versichere Ihnen, daß ich keine Angst vor dem Tode habe. Leben ist für mich Schall und Rauch ...«

Dieser Satz brachte Herrn Karl die Sprache zurück. Bisher hatte er wortlos seinem Freunde zugehört, dessen Schwärmerei beinahe auch ihn erfaßt hätte. »Nein, Herr Professor,« widersprach er, »das Leben ist nicht Schall und Rauch. Erlauben Sie, daß ich Ihnen das in aller Bescheidenheit sage, auch wenn ich voll anerkenne, daß ich geistig tief unter Ihnen stehe. Das Leben hat auch seine Freuden, man muß nur was damit anfangen können. Schau'n Sie doch mal auf jenen Stern, auf die goldene Ähre der Jungfrau, wie Sie sie nennen! Er funkelt gerade über dem Dach des Hauses, in dem Sie noch vor kurzem ein- und ausgegangen sind, voller Hoffnung und Glück, welche Ihnen dieses irdische Leben gebracht hatte. Sagt Ihnen dieser Stern, zu dem Ihre Seele durch den ewigen Raum fliegt, denn wirklich, daß dieses Glück, welches Ihrer Hand entglitten ist, nicht wiederkehren kann? Glauben Sie mir, Sie brauchen bloß anzuklopfen, man wird Ihnen aufmachen ...!«

Chlumák schüttelte den Kopf. »Ich danke Ihnen, lieber Freund,« sagte er dumpf mit erstickter Stimme, »ich danke Ihnen für Ihren guten Willen, aber dieses Glück kehrt nie wieder. Aus eigener Schuld hab ich's verdorben, umgebracht, wenn Sie wollen, und es ist für alle Zeit begraben. Vielleicht erwächst aus diesem Grab ein anderes Glück, vielleicht ist es sogar schon rausgewachsen. Vielleicht sollten wir's vergessen.

Sprechen wir von etwas anderem! Vor allem danke ich Ihnen, daß Sie mir Ihre Freundschaft bewahrt haben, obwohl ich Ihre so lieben Briefe nicht beantwortet habe. Sie haben mir riesige Freude bereitet, ich hab' sie zum Andenken aufgehoben. Aber was hätte ich antworten sollen? Sie werden ja wohl verstehen, daß man das, worüber wir heute gesprochen haben, schlecht schreiben kann. Dazu hätte man außer dem Brief den ganzen Sternenhimmel in den Umschlag stecken müssen, mitsamt der Stimmung, die er hervorgerufen hat, damit derjenige, dem der Brief zugedacht ist, auch verstehen könnte, was der Schreiber hatte sagen wollen. Außerdem muß ich Ihnen gestehen, daß ich mit dem Lesen und Schreiben überhaupt aufgehört habe. Die Schulaufgaben korrigiere ich wie ein Automat, und selbst das bereitet mir noch Qualen. Können Sie mir noch verzeihen?«

»Es gibt nichts, was ich verzeihen müßte, Herr Professor. Es tut mir nur leid, daß Sie – wie Sie sagen – alle Hoffnungen auf Freuden des Lebens aufgegeben haben, außer der einen, welche Ihnen eine gelegentliche und – gestatten Sie, daß ich das unverblümt sage – viel zu teuer erkaufte Ekstase verschafft.«

»Lieber Freund, Sie verstehen mich immer noch nicht richtig, Sie halten mich für unglücklich. Ich wiederhole Ihnen, daß ich's nicht bin. Ich habe nur das eine Leben im Tausch für ein anderes, besseres über Bord geworfen. – Aber da erzähl' ich Ihnen hier alles mögliche, und Sie wollten vielleicht irgendwo auf ein Bier hingehen. Sie haben ja nur ein Glas getrunken – etwas wenig, nicht wahr?«

»Keineswegs, Herr Professor, ich werd' auch nicht mehr als das trinken ...«

»Wirklich? Wissen Sie, für heute reicht's mir auch schon. Wenn Sie einverstanden wären, könnten wir vielleicht aus der Stadt rausgehen, auf die Holm oder wenigstens aufs Füchsel, von wo aus wir den ganzen Himmel überblicken könnten. Da können Sie sehen, wie die Sternbilder aufgehen, die jetzt noch unterhalb des Horizonts stehen. So eine klare Nacht muß man ausnützen! Wir haben sowieso nur wenige solche Nächte, hier in diesen verdammten Bergen, wo der Himmel beinahe immer verschleiert oder wolkig ist. Falls Sie nicht wollen, begleite ich Sie selbstverständlich nach Hause und geh' dann allein ...«

»Ich geh' mit Freuden mit Ihnen, Herr Professor!«

Sie gingen los. Auf einem halbwegs gangbaren, aber stellenweise recht steilen Fußweg stiegen sie zur Holm hinauf. Über eine Stunde dauerte diese nächtliche Wanderung. Chlumák schnaufte schwer, es war zu erkennen, daß er ans Gehen und Bergsteigen nicht gewöhnt war.

Erhabene Stille umgab sie, nur hie und da, mit langen Pausen dazwischen, schrie ein Nachtvogel, und in der Ferne rauschte ein Wasser. Am Himmel behinderte auch nicht das allerkleinste Wölkchen die Sicht, und Myriaden von Sternen funkelten, blinzelten, flimmerten. Chlumák schaute wie in Ekstase um sich.

»Sehen Sie,« begann er, nachdem er wieder zu Atem gekommen war, »vor mehr als elfhundert Jahren hat sich in der Schlacht von Jerez de la Frontera* entschieden, daß man in einem späteren Zeitalter Eisenbahnen haben wird, daß die Menschen mittels des Telegraphen über Tausende von Meilen miteinander reden werden, daß durch Lichtwirkung Bilder von Menschen und Gegenständen genau und wirklichkeitsgetreu für die Zukunft bewahrt werden können. Und Tausende von Dingen, von denen wir jetzt noch nicht einmal eine Ahnung haben, werden nach wenigen Jahren gang und gäbe und auch den Ungebildeten vertraut sein. Die Geschichte der Menschheit und deren Kultur wird bestimmt von kausalen Zusammenhängen und Folgerichtigkeit. Papst Gregor VI. hatte angeordnet, daß Ostern ein bewegliches Fest sein müsse. Also war es nötig, im voraus festzusetzen, wann in jedem Jahr Ostern sein würde, kurz gesagt, ein Kalender mußte aufgestellt werden. Das verstanden die Alten nur unvollkommen, aber die Araber beherrschten bereits diese Kunst. Sie hatten Spanien erobert, in Cordoba ihre Universität gegründet und ihr Zahlensystem mitgebracht – ›al gebr‹ nannten sie es – mit dem so ein Kalender errechnet werden konnte. Und ganz Europa pilgerte zu den Arabern und lernte Mathematik, Astronomie, Physik; und andere Sachen folgten daraus mit eiserner Konsequenz. Der Anfang und die Keimzellen sämtlichen positiven Wissens sind aus den Bahnen der ewigen Himmelskörper abgeleitet worden. Wer sich in die Betrachtung dieser Wahrheit vertieft, findet Entschädigung für alle Widrigkeiten des Lebens und ist – glauben Sie mir – nicht unglücklich ...«

Er verstummte und betrachtete wieder das Himmelsgewölbe, als ob er daraus herauslesen würde, was er gerade ausgeführt hatte.

»Herr Professor,« ergriff nach einer langen Pause der Student das Wort. »Es läßt sich nicht bestreiten, daß alles, was Sie so wunderbar dargestellt haben, richtig ist. Aber ich meine trotzdem, daß in der Feststellung der Fakten bezüglich der Vervollkommnung der Menschheit, daß in der Vertiefung in und im Nachdenken über die Gesetzmäßigkeiten, denen die gesamte Entwicklung und die Fortschritte im Erkennen und in den Wissenschaften unterliegen, nicht das ganze Glück und Heil des Individuums verankert sein kann. Und wenn wir noch so viel Trost aus den angeführten Fakten und den sich daraus ergebenden Folgerungen schöpfen ...«

»Wir verschmelzen mit dem Universum, wenn wir uns von der Körperlichkeit befreit haben,« fiel ihm

Chlumák ins Wort. »Eine kurze Zeitspanne, und die Verschmelzung wird vollkommen, und damit erreichen wir die ewige Glückseligkeit ...«

»Mag sein, aber diese kurze Zeitspanne kommt mir doch recht lang vor, und solange sie andauert, scheint mir, daß sie sich nach besonderen existierenden Gesetzen richtet, die für jedes Individuum gelten. Wer sich ihnen widersetzt oder sie übertritt, kommt in Konflikt mit sich selbst und mit der Natur, und ich halte es für unmöglich, daß sich so ein Mensch glücklich fühlen kann.«

Chlumák widersprach mit der gleichen hartnäckigen Zähigkeit, mit der er seinerzeit seine selbstgewählte Vereinsamung verteidigt hatte.

Sie machten sich auf den Rückweg zur Stadt auf, und während der ganzen Zeit, welche sie dafür brauchten, bewies Chlumák, daß es hier auf Erden kein individuelles Glück gäbe, daß Ruhe und Gleichgewicht der Seele nur derjenige erreichen könne, der schon während seines irdischen Lebens danach trachte, wenigstens geistig-seelisch mit der existierenden Seele des allgemeinen Friedens eins zu werden. Chlumák ließ nichts gelten, was sein junger Freund zum Beweis dafür anführte, daß, wenn einem schon kein absolutes Glück beschieden sei, wenigstens ein sehr positives Unglück existieren müsse, das jenem zuteil werde, der die für das Einzelwesen gültigen Gesetze befolge.

Es war schon zwei Uhr nach Mitternacht vorbei, als sie vor dem Haus des Lebzelters Zajitschek standen, bei dem Chlumák damals noch wohnte. Nachdem sie sich gegenseitig versprochen hatten, sich am nächsten Tag wieder zu treffen, verabschiedeten sie sich voneinander. Herrn Karl wirbelte alles, was er gehört und gesehen hatte, im Kopf herum. Es war wirklich nicht leicht, sich das zusammenzureimen. Ein anständiger, ordentlicher, höchst gebildeter, ja gelehrter Mann war zum Phantasten geworden, der sich in ordinärer, seiner ganz und gar unwürdiger Gesellschaft betrank und mit Hilfe des Alkohols in Ekstase versetzte, aber nicht einmal in diesem Zustand halber Unzurechnungsfähigkeit seine große, gute Seele verleugnen konnte. Weil er sich unglücklich fühlte, suchte er Erleichterung und Trost darin, daß er die Existenz von irdischem Glück leugnete. Indem er seinen Vorstellungen von einer Verschmelzung der Seele mit dem Universum und der sphärischen Harmonie nachjagte, vergaß er alles andere, sogar seine pädagogischen Pflichten als Lehrer, die ihm auferlegten, daß er mit seinem Leben den ihm anvertrauten Schülern kein schlechtes Vorbild abgeben dürfe. Wohin wird das mit ihm führen? Wie wird das enden? Wird es möglich sein, ihn zurückzuhalten, damit er nicht in den Abgrund stürzt, von dessen Rand er nicht mehr weit entfernt ...

Der junge Mann bezweifelte das, und sein Herz krampfte sich ihm dabei zusammen. Er hatte diesen Menschen unwahrscheinlich gern, und trotz allem, was er über ihn gehört, was er selbst gesehen hatte, achtete er ihn hoch und stemmte sich mit allen Kräften gegen die Annahme, daß Chlumák jemals absichtlich die Unwahrheit gesagt hätte.

Mit diesem Gedanken legte er sich schlafen. Am nächsten Tag erzählte er seinem Vater von der Begegnung mit Chlumák, von ihrem gemeinsamen nächtlichen Ausflug auf die Holm und von allem, was er aus dem Mund seines bedauernswerten Freundes gehört hatte. »Mir kommt's vor,« sagte er zum Schluß, »als ob auch wir zum Teil Schuld an seinem Schicksal wären. Wenn wir ihm nicht zugeredet hätten, daß er Bier trinken sollte, hätten sich die Dinge bestimmt anders entwickelt.« Der Doktor zuckte mit der Schulter.

»Anders – kann sein,« antwortete er, »aber auch wieder nur sozusagen schräg. Er ist ein seltsamer Mensch, krankhaft eigensinnig. Es weiß auch nur Gott allein, was ihm eingefallen ist, als er das Märchen vom Reichtum seiner Mutter in Umlauf gebracht hat. Ich würde glatt sagen, daß er einer Selbsttäuschung erlegen ist, daß ihn irgendeine unerklärliche Fata Morgana irregeleitet hat. Wie dem auch sei, wenn Menschen, die so veranlagt sind wie er, dem Alkohol verfallen, sind sie verloren.«

Der junge Mann überlegte. »Und trotzdem, Vater, glaube ich, daß es möglich sein müßte, ihn zu retten,« sagte er nach einer Weile. »Ich bin überzeugt, daß er lediglich infolge der Aussichtslosigkeit seiner Liebe in den jetzigen Gemütszustand geraten ist. Als Finanzamtsvorstands die Wahrheit über die Vermögensverhältnisse seiner Mutter erfuhren, haben sie den Fehler gemacht, daß sie ihm die Hand ihrer Tochter verweigert und seine Beziehung zu ihr abgebrochen haben. Fräulein Sophie ist ganz bestimmt auch unglücklich – sie hat ihn sehr gern gehabt.«

»Du irrst dich, Karl,« erwiderte der Doktor, »wenn du dem Finanzamtsvorstand auch nur die allergeringste Schuld zuschiebst. Er selbst hat mir die ganze Historie erzählt. Freilich hat er mit Hilfe irgendeines Freundes in Hodonin die Chlumákschen Familienverhältnisse ausgekundschaftet, aber um die Vermögensfrage ist's ihm dabei nicht gegangen. Auf die zu spekulieren war nicht notwendig, denn Fräulein Sophie bekommt eine Mitgift von mehr als zwanzigtausend Gulden, die sie von ihrer Großmutter mütterlicherseits geerbt hat. Chlumáks Stellung allein hätte auch die Möglichkeit garantiert, eine Familie zu ernähren. Der Finanzamtsvorstand wollte lediglich wissen, was wahr war an dem ständigen Getratsche über Chlumáks Zwist mit seiner Mutter. Als er erfahren hatte, daß diese ein armes Weiblein und von der Unterstützung ihres Sohnes abhängig ist, hat der Finanzamtsvorstand das natürlich Chlumák vorgehalten. Und der, kaum daß er's gehört hat, ist weggerannt, offensichtlich in großer Verlegenheit. Und er ist nicht wiedergekommen, obwohl die ganze Familie, vor allem natürlich Fräulein Sophie, darauf gewartet hat, daß er eine Erklärung dazu abgeben würde. Jetzt liegen die Dinge freilich anders. Chlumák ist zu einem Säufer geworden und vom Spielteufel besessen. Schulden hat er so viele, daß es unweigerlich zu einer Katastrophe kommen muß, wenn das so weiter geht. Ich zweifle sehr daran, daß sich der Finanzamtsvorstand jetzt noch dazu entschließen könnte, Chlumák seine Tochter zu geben. Ich für meine Person würde es nicht mehr wagen, ihm diesbezüglich zuzureden.«

»Das ist ja entsetzlich,« sagte Herr Karl. »Nichtsdestotrotz würde ich nicht alle Hoffnungen aufgeben, daß es gelingen könnte, ihn wieder zu einem ordentlichen Lebenswandel zurückzuführen, diesen Menschen, der in allem übrigen so gut ist, so außergewöhnlich begabt, so aufgeschlossen und gebildet. Wenn es mir gelungen ist, ihn aus seiner eigensinnigen Isolation herauszuholen, vielleicht schaff' ich das auch.«

»Versuchen kannst du's ja,« entgegnete ihm der Doktor, »aber ich mach' dich drauf aufmerksam, daß du dir da eine Aufgabe vornimmst, die alles andere als leicht ist.«

Während der Ferien sah es so aus, als ob Herr Karl diese schwere Aufgabe entgegen allen Vorhersagen des Vaters doch schaffen würde. Chlumák klammerte sich mit rührender Ergebenheit an ihn. In dieser ganzen Zeit betrank er sich nicht ein einziges Mal und rührte auch keine Spielkarten an. Von dem jedoch, was Herr Karl am allerliebsten erfahren hätte, von den Beweggründen, die ihn dazu veranlaßt hatten, sich als der Sohn einer begüterten Mutter auszugeben, sagte Chlumák kein einziges Wort. Dabei hätte er annehmen können und müssen, daß sein junger Freund gut Bescheid wissen mußte über all das Gerede, zu dem diese Unwahrheit den Anlaß geliefert hatte, und über die Folgen, die sich daraus ergeben hatten. Der junge Mann seinerseits konnte sich nicht dazu durchringen, geradeheraus nach diesen Beweggründen zu fragen, in diesem Falle eine vielleicht fehl angebrachte, aber doch auch verständliche Feinfühligkeit. Ganz bestimmt hatte er von Tag zu Tag darauf gewartet, daß Chlumák sich ihm anvertrauen würde. Als er jedoch merkte, daß diese Hoffnung getrogen hatte, versuchte er, sein Ziel auf indirektem Wege zu erreichen, indem er auf dieses Gerede hinwies und erklärte, daß er es nicht glauben könne. Doch auch dieses Bemühen, die volle Wahrheit zu erfahren, erwies sich als erfolglos. Chlumák antwortete darauf entweder überhaupt nicht, und wenn er doch etwas erwiderte, tat er das einfach oberflächlich, in verallgemeinernder Weise, und versuchte, das Gespräch auf andere Themen zu bringen. Er ließ auch merken, daß ihn derartige Anspielungen unliebsam berührten. Ansonsten war er redefreudig, philosophierte auf überaus fesselnde Art und bewies mit allem Erdenklichen, daß er sich weder unglücklich noch unzufrieden fühlte, und daß das, was ihm widerfahren war, vorherbestimmt gewesen sei und so habe kommen müssen.

So vergingen die Ferien, und eines Abends verabschiedete sich Herr Karl von seinem Freunde. Er verabschiedete sich schweren Herzens, weil er sich eingestehen mußte, daß er sich vergeblich bemüht hatte, um seinen Freund aus dem verhängnisvollen Kreis herauszuholen, in dem jener herumtaumelte, seinem Verderben entgegen. Schließlich hatte er gehört, daß gerade an jenem Tag Chlumák eine gerichtliche Vorladung zugestellt worden war. Sie war die Folge einer Anzeige, die ein bestimmter Wirt erstattet hatte, um von Chlumák zu erreichen, daß er seine Bierschulden bezahlte. Und andere Anzeigen der gleichen Art würden in allernächster Zeit folgen. Herr Karl sah auch voraus, daß gleich nach seiner Abreise Chlumák wieder in das Leben zurückkehren würde, von dem er ihn so einigermaßen hatte fernhalten können, solange er ihn an sich hatte binden können. Schließlich hatte Chlumák ihm das auch selbst angedeutet.

»Sie fahren weg,« hatte er gesagt, »was werde ich ohne Sie anfangen? Es wird mir nichts anderes übrigbleiben, als mich wieder auf mich selbst zu beschränken. Mit einem anderen kann ich nicht vernünftig über Dinge sprechen, die mich interessieren und mit denen ich mich beschäftige, um diese irdische Not hier zu vergessen. Und dann bleibt mir noch dieser Ausweg – Masch-Allah, Sie wissen schon. Wenn Sie nächste Ostern wiederkommen, werde ich ...«

»Zu Ostern werd' ich kaum kommen können,« unterbrach ihn der junge Mann. »Ich hab' Ihnen doch schon gesagt, daß ich in diesem Jahr mein Studium abschließe. Es wird nötig sein, daß ich mich auf die Prüfungen vorbereite und intensiv arbeite. Höchste Zeit wird's, daß ich meinem Vater nicht mehr länger auf der Tasche liege und mich auf meine eigenen Füße stelle.«

Chlumák ließ den Kopf hängen. »Wenn Sie zu Ostern nicht kommen,« sagte er, »wer weiß, wann und wie wir uns wiedersehen werden. Manchmal schwebt mir vor Augen, daß ich vor dem Schicksal davonlaufen sollte, aber dann meine ich wieder, daß es dafür bereits zu spät ist, daß ich das schon früher hätte machen sollen. Nun, Sie wissen, auf welches Wiedersehen ich fest hoffe. Vorläufig versichere ich Ihnen, daß ich Sie niemals vergessen werde, und ich weiß, daß auch Sie mein Freund bleiben werden, was immer auch geschehen mag. Auf dem Weg, den zu beschreiten mir beschieden ist, hat sich viel Schmutz angesammelt. Vielleicht wird es notwendig werden, auf irgendeine geschickte Weise drüberzuspringen ...« Er goß sich ein Bier ein, mit einem einzigen Schluck schüttete er fast das ganze Glas in sich hinein. Dann lächelte er, aber das Lächeln war von einer Art, daß sich dem Studenten das Herz zusammenkrampfte.

»Ich würde meinen,« sagte Herr Karl nicht ohne Bitterkeit, »daß es nicht nötig wäre, über den Schmutz drüberzuspringen und sich der Gefahr auszusetzen, hineinzufallen und drin stecken zu bleiben. Dem Schmutz kann man ausweichen, es liegt schließlich nur an uns selbst ...«

»Lassen Sie das, junger Mann,« erwiderte Chlumák und winkte ab, »und nehmen Sie zur Kenntnis, daß wir mit unserem Willen nichts auf der Welt ändern können. Alles geschieht nach uralten, im voraus festgelegten Gesetzen. So wie's nicht von meinem Willen abhängt, ob ich von großer Gestalt bin oder von kleiner, ob ich blaue, graue oder schwarze Augen hab', so ist es auch weder mein Verdienst noch meine Schuld, ob ich weitblickend bin oder blöde, tapfer oder feige, fest und trotzig oder weich und unterwürfig. Wie ich bin, ist das Resultat von Eigenschaften und Anlagen, die von Vorfahren ererbt sind. Es ist also alles im voraus festgelegt, ganz gewiß gemäß dem allerhöchsten Prinzip der Zweckmäßigkeit von allem, was zur Welt gekommen ist, gelebt und sich entwikkelt hat. Wenn erst einmal sämtliche Wesen, die hier existiert haben, in einem einzigen lebenden und sich weiter vervollkommnenden Ganzen verschmolzen sein werden, wird aus jedem einzelnen von uns ein Teilchen jenes unermeßlichen Ganzen. Und ich bin der Auffassung, daß jedes dieser Teilchen seine eigene Aufgabe und seinen besonderen Zweck in dieser unendlichen Weltseele haben wird, die befreit ist von der sie beengenden Materie, deren Zusammensetzung sich wieder ändert und in andere Formationen umwandelt; ohne die aber auch kein einziges Atom verlorengehen kann ...«

»Ich würde aber doch sagen, daß es ein göttliches Gericht gibt, und daß der menschliche Wille nicht umsonst existiert.«

»Mag sein, aber auf welche Weise funktioniert dieses Gottesgericht, und wo sind die Grenzen unseres Willens? Niemand von uns weiß ...«

»Gut, aber Sie, Herr Professor, wissen auch nicht, ob es zu dieser Verschmelzung aller Geister kommen wird, die, Ihrer Meinung nach, von Anbeginn an der festgesetzte Zweck allen irdischen Lebens und die höchste Seligkeit ist, die sich der Mensch erhoffen kann. Und sollte es doch dazu kommen, geschieht das dann ohne Zutun unseres Willens, oder ...?«

»Natürlich weiß ich das nicht, aber ich glaube fest daran. Und dieser Glaube beseligt mich und gibt mir Trost. Wollen Sie ihn mir gerade heute, beim Abschied, rauben?«

Ein schmerzhafter Vorwurf war aus dieser Frage herauszuhören, so daß Herr Karl stutzte. »Gott bewahre, Herr Professor,« antwortete er bewegt, »den Glauben würde ich niemandem rauben, Ihnen am allerwenigsten. Was ich geäußert habe, hab' ich bloß deshalb gesagt, weil ich Sie gern hier auf Erden glücklich und geachtet sehen möchte, noch vor dieser Verschmelzung, auf die Sie hoffen und an die Sie glauben.«

»Wer sagt Ihnen denn, daß ich unglücklich wäre? – Und wenn es Leute gibt, die mich nicht achten, so ist das nur scheinbar meine Schuld. Ich bin so, wie ich bin, und verstellen kann ich mich nicht. Daher liegt mir auch nichts an anderen, die mich nicht achten und nicht imstande sind, mich objektiv zu sehen. Sie sind der einzige Mensch, den ich in den Tempel meiner Anschauungen eingelassen habe, weil ich weiß, daß Sie mich nicht verachten, selbst wenn die ganze Welt mich verdammen würde. Ich bitte Sie, bewahren Sie mir Ihre Freundschaft, auch wenn Sie fern von mir sein sollten, sie wird mich für alles entschädigen. Wenn Sie wiederkommen, wann immer das auch sein wird, oder wenn wir uns überhaupt wiedersehen, vielleicht woanders, werde ich Ihnen wieder mein Herz aufschließen. Bloß, Karl, ich bitte Sie, nehmen Sie mir meinen Glauben nicht, und dann ... außerdem ..., verlangen Sie nicht, daß ich Ihnen schreiben soll. Erstens: Ich kann nicht, die Schreiberei widert mich an; und zweitens: Ich hab' Angst davor! Litera scripta manet!* In dem, was ich vielleicht schreiben würde, könnte eine Spitze verborgen sein, an der Sie sich verletzen oder deretwegen Sie sich von mir abwenden könnten. Überlassen Sie mich meinem Schicksal, was anderes kann man für mich nicht machen.«

Schweren Herzens verabschiedete sich Herr Karl. Ihm war, als stünde er am Grabe dieses Menschen, der düster dreinschaute und gleichzeitig lächelte, mit dem er allein an einem kleinen Tisch saß, im besten Gasthaus der Stadt.

»Bleiben Sie noch ein halbes Stündchen,« sagte Chlumak, als sie sich schon die Hände zum Abschied gereicht hatten.

»Ich würde dann mit Ihnen gehen – und die Sterne betrachten.«

»Verzeihen Sie – heut' kann ich nicht. Ich hab' noch 'ne Menge mit meinen Eltern zu besprechen. Der Vater ist erst am Abend von einem Krankenbesuch bei einem auswärtigen Patienten zurückgekommen ...«

»Selbstverständlich, natürlich – daran hab' ich nicht gedacht ...«

Sie gaben sich noch einmal die Hände. Im Weggehen hörte Herr Karl hinter sich die markante Stimme Chlumáks, der nach der Serviererin rief: »No, was ist, Babette? – Ein Glas Bier, aber beeilen Sie sich ein bißchen!«

11

Ein paar Jahre waren vergangen, und Herr Karl hatte sich nicht mit seinem Freunde getroffen, weil er seit damals nicht wieder in die königlich freie Goldbergstadt zurückgekehrt war. Er hatte Chlumák nicht zu Gesicht bekommen, aber er war über alles informiert, was ihn betraf. Die Nachrichten, die er anfangs erhielt, waren arg unerfreulich. Chlumák war noch mehr als jemals zuvor dem Suff verfallen und derartig in Schulden geraten, daß zuletzt sogar sein Gehalt gepfändet wurde. Was sein Äußeres anbelangte, war er in einem solchen Maße verkommen, daß ihn niemand für einen Professor, ja nicht einmal mehr überhaupt für einen Menschen aus intellektuellen Kreisen gehalten hätte. Und damit noch nicht genug: Je länger dieser Zustand andauerte, desto mehr vernachlässigte er auch seine beruflichen Verpflichtungen, so daß auch seine Schüler jeglichen Respekt vor ihm verloren. Die Katastrophe rückte unausweichlich näher und wurde wahrscheinlich bloß dadurch hinausgezögert, daß zahlreiche seiner Gläubiger unter den städtischen Gewerbetreibenden – wohl wissend, daß ihre Forderungen dann niemals bezahlt werden würden – gegen ihn keine formale Anzeige beim Statthalter erstatteten. – Zur damaligen Zeit gab es noch keine Landesschulräte*. – Und die Stadt, in deren Diensten er stand, schritt aus dem gleichen Grund auch nicht gegen ihn ein. Trotzdem hätte es doch nur zu einer Katastrophe kommen können, wenn nicht etwas ganz und gar Unerwartetes eingetreten wäre: Chlumák hatte urplötzlich geheiratet. Das war so gekommen: Sein größter Gläubiger, sein Hauswirt, der Lebzelter Zajitschek, hatte in irgendeiner benachbarten Stadt eine Verwandte, ein Mädchen, welche den Schmelz der ersten Jugend bereits verloren hatte. Ansonsten aber war sie sehr anständig und verfügte über eine Mitgift von einigen tausend Gulden. Den drohenden Verlust von ein paar hundert Gulden vor Augen, die ihm Chlumák für Kost und Logis schuldete, schlug der Lebzelter dem Professor vor, jenes Mädchen zu heiraten und mittels ihrer Mitgift seine zerrütteten Verhältnisse in Ordnung zu bringen. Chlumák, der mit der Zeit immer mehr Energie eingebüßt hatte und der, auf Französisch ausgedrückt ›laissait venir le évènements‹*, ließ sich retten. Kann sein, daß sein Gewissen sich in ihm geregt hatte, vielleicht griff er auch mehr automatisch nach der helfenden Hand, die ihm entgegengestreckt wurde. Denkbar wäre auch, daß ihm das Leben, das er führte, zuwider war, weil es nichts anderes mehr war als eine endlose Kette von Verdrießlichkeiten und Erniedrigungen, über die auch Resignation und die Phantasien von einem zukünftigen Verschmelzen der Seelen nicht hinweghalfen. Kurzum, da das Mädchen auch nichts dagegen hatte, mutterseelenallein in der Welt dastand und sich nach Geborgenheit sehnte, kam die Hochzeit, wie man so sagt, über Nacht zustande. Herr Karl, welcher sein Studium beendet hatte und jetzt in einer kleineren Stadt im östlichen Böhmen wirkte, erfuhr ziemlich bald nach der Hochzeit, daß sein Freund unter den gegebenen Verhältnissen gar nichts Besseres hätte tun können. Seine Schulden waren bezahlt, und er lebte nun, wie es hieß, ruhig und in guter Eintracht mit der zwar ziemlich einfachen, aber in jeder Hinsicht ordentlichen, bescheidenen und verständnisvollen Frau. Herr Karl gratulierte ihm herzlich und drückte seine Freude darüber aus, daß sich alles zum Guten gewendet habe. Gleichzeitig versicherte er ihm, daß seine Freundschaft unverändert weiterbestehe. Chlumák antwortete ihm im gleichen Ton. In seinem Brief stand kein Wort von seinen früheren Phantastereien, stattdessen waren innere Ruhe und Zufriedenheit herauszulesen, die Bestätigung dessen, was Karl schon von den Eltern erfahren hatte. Im Gegensatz zu früher enthielten die Zeilen auch eine nicht bloß flüchtig hingeworfene Darstellung der Ansicht, daß eine Ehe auch ohne schwärmerische Verliebtheit recht gut funktionieren könne, ohne deshalb, wie Verliebte meinen würden, gleich der Hölle ähneln zu müssen. Weitere Briefe wurden zwischen den beiden Freunden aber keine mehr gewechselt.

Aus den folgenden Briefen seiner Eltern erfuhr Herr Karl, daß Chlumák auch weiterhin im ganzen ruhig und ordentlich leben und nur hie und da, wie zu hören sei, über die Stränge schlage und sich einen Rausch antrinke. Es sehe angeblich so aus, als ob der Einfluß seiner Frau wohltuend auf Chlumák wirke, und daß er sich vielleicht mit der Zeit ganz freimachen könnte von seinem abscheuerregenden Lebenswandel, mit dem er sich alle Wertschätzung sämtlicher anständigen Leute und seiner Schüler verscherzt hatte.

So hatten die letzten Nachrichten gelautet, die Herr Karl über seinen Freund erhalten hatte. Mit ihm beschäftigten sich alle seine Gedanken, als er eines Abends in der Ferienzeit zu Besuch bei seinen Eltern in unserer königlich freien Goldbergstadt ankam.

Kaum daß es am nächsten Tag zehn Uhr geschlagen hatte, machte er sich auf, Chlumák zu besuchen.

Als er die Küche betrat, durch die man gehen mußte, um ins Zimmer zu gelangen, sah er eine kleine, gebeugte, alte Frau in der Tracht slowakischer Dorfbewohner auf einer niedrigen Truhe sitzen, die nahe bei der Zimmertür stand. Sie sah ihn hereinkommen, erhob sich aber nicht und nahm nicht einmal die Stummelpfeife, die sie gerade rauchte, aus dem Mund. Ohne ein einziges Wort zu sagen, musterte sie Herrn Karl mit ihren Blicken. »Ist der Herr Professor zu Hause?« fragte er sie. Sie nickte leicht mit dem Kopf und deutete mit dem Mundstück ihrer Pfeife auf die Tür. Er überlegte, ob er hineingehen sollte, es schien ihm doch ein bißchen früh zu sein. Was war das bloß für eine sonderbare Frauensperson, die da Pfeife rauchend bei der Tür hockte, als würde sie den Eingang bewachen?

Da kam schon Frau Chlumák heraus, – ein kleines Frauchen, keine Schönheit, aber recht lieb; eine sympathische Erscheinung in einem makellos sauberen Hauskleid.

Herr Karl stellte sich ihr vor und entschuldigte sich, daß er so früh komme – die Sehnsucht nach dem Freund, den er schon ein paar Jahre lang nicht mehr gesehen habe, hätte ihn nicht länger warten lassen. Sollte er stören, würde er später kommen.

Als Frau Chlumák seinen Namen gehört hatte, nahm sie seine Rechte in beide Hände und wurde vor aufrichtiger Freude ganz rot im Gesicht. »Wie können Sie bloß daran denken, mein werter Herr, daß Sie stören würden?« rief sie. »Und wenn Sie um sieben in der Früh gekommen wären, wär' keine Rede von Störung gewesen! Diese Freude, die Sie meinem Mann mit Ihrem Besuch bereiten! Wenn Sie wüßten, wie er an Sie denkt, wie gern er Sie hat! Es vergeht kein Tag, an dem er nicht von Ihnen spricht – und solche Sehnsucht hat er nach Ihnen! Kommen Sie doch weiter, bitt' schön!«

»Gestatten Sie mir nur eine Frage, Gnädigste – ist er gesund?«

Über diese an sich naheliegende Frage erschrak sie sichtlich. Es war, als wäre sie auf etwas aufmerksam gemacht worden, dem sie bis zu diesem Augenblick offenbar keine Beachtung geschenkt hatte.

»Gott sei Dank,« antwortete sie, »er fühlt sich wohl, zumindest klagt er über nichts. Aber Sie haben recht, daß Sie mir zu verstehen geben ... man müßte vielleicht daran denken ... Sie wissen schließlich ... nach dem, wie er früher gelebt hat, wär's kein Wunder, wenn er ... Aber seien Sie unbesorgt, ich werd' auf ihn aufpassen wie auf meinen Augapfel. Im Grunde ist er ein anständiger Mensch, er läßt sich auch was sagen ... nur manchmal, da packt's ihn ... weiß Gott, was das ist. Er sagt, er muß die Sterne studieren. Er hat mir's auch erklärt, aber, ich bitt' Sie, wie sollt' ich das verstehen können? Ich hab' ja nichts gelernt ... und oft denk' ich mir, daß er mich bald satt haben wird. Doch er ist brav, geduldig ... Aber, mein Gott, ... ich bitte Sie tausendmal um Entschuldigung! Da schwätz' ich da in der Küche mit Ihnen und hab' gar nicht daran gedacht, daß ... Daran können Sie merken, daß ich Sie für einen alten Bekannten halte, obwohl ich Sie zum ersten Mal seh'. Aber jetzt kommen Sie bitte weiter ...!«

Während der ganzen Zeit, die dieses Gespräch gedauert hatte, war die alte Frau bewegungslos auf ihrer Truhe gesessen, hatte kein Wort gesprochen und auf keinerlei Art zu erkennen gegeben, daß sie interessiert hätte, was da geredet wurde. Sie hatte bloß gepafft und große Wolken von bläulichem Rauch ausgestoßen, die in den durchs Fenster einfallenden Sonnenstrahlen aufleuchteten.

Das Wiedersehen der beiden Freunde war rührend. Lange hielten sie einander umarmt, ihre Augen wurden feucht.

Und Chlumák sagte: »Da siehst du, Paula, hier hast du ihn! Das ist der Mensch, der mich immer verstanden hat ...«

Darauf folgten ein Fragen und ein Erzählen, wie's auch schon früher gewesen war. Chlumák redete vernünftig und einfach, beinahe spießbürgerlich, könnte man sagen. »Also, sehen Sie, das ist meine Frau! Das muß gesagt werden, eine bessere hätte ich gar nicht bekommen können. No, ich hab' eben gewartet, bis die Richtige gekommen ist. Glauben Sie mir, es ist gut, nichts zu überstürzen. Merken Sie sich das, bis Sie an der Reihe sind, sich eine Lebensgefährtin zu wählen! Sie ist sparsam, was ich, wie Sie wissen, nicht war. Gelehrt ist sie nicht, und das ist gut so. Eine gelehrte Frau hätte mich da nicht rausgerissen. Und kochen kann sie ausgezeichnet. Überzeugen Sie sich doch selbst, essen Sie heute mit uns zu Mittag! Sie wissen, zwischen uns gibt's keine Zeremonien. Was wir haben, geben wir, aber ich hoffe, daß Sie die Küche loben ...«

»Aber, lieber Mann, was redest du denn da? Als ob Herrn Karl zu Hause nichts Besseres geboten würde, als ich auf den Tisch bringen könnte. Deinen Reden nach könnte Herr Karl meinen, daß wir ihm was ganz Ausgefallenes anbieten.«

»Laß nur, reg dich nicht auf! Du brauchst dein Licht nicht unter den Scheffel zu stellen. Glauben Sie mir, Karl, sie ist eine ausgezeichnete Köchin. Das zeigt sich gerade bei den allereinfachsten Gerichten. Also, bleiben Sie heute da, Karl!«

»Aber Mann, es ist doch schon halb elf!« sagte Frau Paula in nicht geringer Verlegenheit. »So einen Gast muß man doch entsprechend bewirten. Wo könnte ich denn noch einkaufen – wo's bereits so spät ist. Sie müssen schon entschuldigen, mein lieber Herr – wir haben ja nicht mal eine Hausgehilfin ...«

»Eh, du brauchst gar nichts zu kaufen. Was wir haben, geben wir gern, und von Herzen. Das weiß Herr Karl. Ich bin überzeugt, daß er bleibt, selbst wenn er wüßte, daß wir nichts da haben als ein bißchen Knoblauchsuppe, ein Stückchen Fleisch und Soße. Du machst einen Knödel dazu, und alles ist in Butter. Ein gut zubereiteter Knödel ist besser als ein angebrannter Fasan, nicht wahr, Karl?«

»Aber sicher. Es geht gar nicht darum, was Sie mir anbieten sollten, aber Sie müssen schon entschuldigen, die Mutter rechnet heute fest mir. Wenn Sie gestatten, komm' ich morgen oder an irgendeinem Tag, den Sie mir angeben, doch natürlich unter der Bedingung, daß Sie kein Festmahl auftischen, sondern ein ganz normales Mittagessen ...«

»Also gut, dann morgen ...«

»Ja, morgen,« sagte die Frau in herzlichem Ton und strahlte dabei vor Freude. »Und jetzt lass' ich Sie allein. Es ist höchste Zeit, daß ich in der Küche nach dem Rechten sehe.«

Die beiden blieben allein und unterhielten sich.

Erst jetzt fiel Karl auf, daß sein Freund ungewöhnlich dick geworden war. Vor allem das Gesicht erschien ihm richtig aufgedunsen. Die Augen waren etwas eingefallen und matt, nicht einmal ein Abglanz von den Blitzen war geblieben, die früher daraus hervorgeschossen waren. Dafür hatte er den Eindruck, daß Chlumáks Stimme noch kräftiger geworden war, noch metallener klang als ehedem. Sollte vielleicht der Keim irgendeines Leidens in ihm aufgegangen sein ...?

Er hatte keine Möglichkeit, dieser Frage weiter nachzugehen, fast könnte man sagen, daß der Freund solche Gedanken verscheuchte, indem er ein großes Loblied auf seine Frau anstimmte.

»Sie ist ein Engel,« sagte er abschließend, »die hab' ich gar nicht verdient. Mit ihrem einfachen, gesunden Menschenverstand steckt sie meine ganze Gelehrsamkeit – sofern ich tatsächlich eine haben sollte – glatt in die Tasche. Ich hab' sie gern, Sie sehen's ja, sehr gern sogar ... aber ... no, warum sollte ich's Ihnen nicht sagen? Ungefähr so, wie ein Mensch seine Mutter gern hat. Paula hat sie mir ersetzt, obwohl meine Mutter bis jetzt noch am Leben ist ... Sie haben sie doch in der Küche gesehen, oder ...?«

»Jene alte Frau draußen ist Ihre Mutter?« fragte Herr Karl völlig überrascht. »Niemand hat mir gesagt, daß sie hier bei Ihnen lebt ...«

»Nun, vielleicht hat's keiner gewußt. Ich hab' sie zu mir genommen, die Ärmste. Vor etwa einem Monat ist sie gekommen. Meine Frau hat sie am Bahnhof von K.* abgeholt. Mit ihr ist nichts mehr los, sie ist beinahe vollkommen taub geworden. Sie geht nirgendwo hin, beachtet niemanden, hockt einfach den ganzen Tag lang da und raucht ihre Pfeife. Nun, sie soll sich hier ausruhen. Ihr ganzes Leben lang hat sie genug durchmachen müssen ...«

Das also ist die Mutter, von deren Reichtum in der ganzen Stadt so viel herumgeredet worden ist, schoß es dem jungen Herrn durch den Kopf. Chlumák hatte diesen Gedanken vielleicht erraten, denn er starrte zu Boden, machte eine abwehrende Handbewegung und zog die Augenbrauen hoch. Es schien, als wollte er wie früher sein gewohntes finsteres Gesicht aufsetzen. Doch das gelang ihm nur äußerst unvollkommen.

Herr Karl erwartete, daß er wenigstens jetzt von seinem Freunde erfahren würde, was jenen dazu bewogen hatte, seine Mutter als reiche Frau auszugeben, doch der äußerte sich gar nicht dazu. »Rauchen

Sie eine!« sagte er, bot ihm eine Zigarre an und zündete sich selbst auch eine an. »So redet sich's besser.«

Dann wandte er sich wieder dem Thema zu, von dem ihn Karls Frage nach seiner Mutter abgebracht hatte. »Fräulein Sophie hab' ich ganz anders geliebt. Um die volle Wahrheit zu sagen – wem sollte ich sie überhaupt sagen, wenn nicht Ihnen – und außerdem, irgendjemandem muß ich mich anvertrau ... ich glaub' direkt, daß es mir das Herz abdrücken würde, wenn ich's nicht täte – ich liebe sie auch jetzt noch und hab' niemals aufgehört, sie zu lieben. Das war wunderschön, geradezu ideal! No, es hat nicht sollen sein, das Schicksal hat es nicht gewollt. Vielleicht war's auch gut so, daß es so gekommen ist. Wer weiß, welche Enttäuschungen ich mit meinem Traum vom Glück und mit meiner herrlichen Illusion erlebt hätte. Wenn die Mutter nicht gewesen wäre, wär' Sophie bestimmt meine Frau geworden ... aber eine andere Mutter hätte ich erst bekommen können, wenn meine leibliche Mutter das Zeitliche gesegnet gehabt hätte. Die Mutter hat natürlich keine Ahnung davon und wird auch niemals etwas davon erfahren. Es ist ja auch weder durch ihre Schuld noch durch ihr Dazutun so gekommen. Passiert ist es einfach deswegen, weil es unter den gegebenen Voraussetzungen gar nicht anders hätte geschehen können.«

Mit dieser Erklärung hörte Chlumák auf, und Herr Karl fragte nicht weiter nach, obgleich er nicht recht begriffen hatte, welche Zusammenhänge zwischen der Mutter und den Ereignissen bestehen sollten, auf die sein Freund hingewiesen hatte.

Das Gespräch geriet dann auf andere Geleise. Als Herr Karl vor dem Mittagessen wegging, nahm er den Eindruck mit, daß die Ehe mit Frau Paula seinen Freund vor dem Untergang bewahrt hatte. Das beruhigte ihn ungemein.

Während der Woche, welche Herr Karl in der Stadt blieb, besuchte er Chlumáks jeden Tag, und zweimal war er bei ihnen zum Mittagessen. Beide Male mußte er lachen, wenn er merkte, mit welcher kindlichen Freude Chlumák von den gut zubereiteten Speisen aus der Küche seiner Frau schwärmte. »Gell, das hat Ihnen geschmeckt, nicht wahr? Da bin ich aber froh! Sagen Sie ihr das, bitt' schön, das wird sie freuen, als hätt' sie hundert Gulden geschenkt bekommen. Ach, Paula, tu doch nicht so verschämt! So ein Lob hast du dir verdient. Eine gute Küche verlängert das Leben! Alle Ehre deinem Onkel Zajitschek, ohne den ich dich nie kennengelernt hätte. Aber vor seiner Küche, respektive der Küche der Frau Zajitschek, deiner Tante, – davor bewahr' uns Gott wie vor allen anderen Übeln ...!«

»Daß dir so ein Gerede überhaupt Spaß macht!« sagte Frau Paula darauf. »Da lobst du meine Küche, und trotzdem hast du's nicht erlaubt, daß ich unseren Gast mit etwas Ausgesuchtem bewirtet hätte ...«

»No, Karl, hab' ich vielleicht nicht recht gehabt? Gerade an den einfachsten Gerichten kann man das Können und die Tüchtigkeit einer Köchin am besten erkennen. Schließlich kenn' ich ihn, er ist nicht auf ausgefallene Leckereien aus ...«

»Sehr richtig,« bestätigte Herr Karl. »Sie sind eine hervorragende Köchin, Gnädigste, und ich kann es voll verstehen, daß er auf Ihre Künste so stolz ist.«

Am vorletzten Tag von Herrn Karls Aufenthalt in der Stadt schlug Chlumák einen Spaziergang vor. Sie gingen zusammen irgendwohin in den Wald. Unterwegs bemerkte Karl, daß seinem Freund das Gehen schwerfiel, besonders bei Steigungen. Da ging ihm die Luft aus, und er mußte Pausen einlegen. »Mit dem Gehen hapert's bei mir schon,« meinte Chlumák, »und dabei sollte ich viel spazierengehen, wegen der

Bewegung. Ihr Herr Vater hat mir das empfohlen. Aber was wollen Sie, man wird nun mal bequemer. Mir scheint, daß ich schon alt werde ...«

»Aber Sie sind doch gerade erst über dreißig ...«

»Und wenn schon, aber ich fühl' mich, als wär' ich sechzig. No, was hilft's? Viel Bier trinke ich jetzt nicht, aber ganz ohne kann ich nicht sein. Vielleicht füttert mich auch meine Frau zu üppig. Davon werd' ich so fett. – Aber setzen wir uns hierher, ich möchte Ihnen noch gern etwas erzählen, ehe wir uns verabschieden.«

Sie setzten sich tief drin im Wald ins Moos. Über ihren Köpfen rauschte es in den Bäumen. Und Chlumák erzählte Herrn Karl aus seinem Leben: Wie er sich in der Kindheit hatte durchschlagen müssen; wie ihn der geistliche Onkel unterstützt hatte; wie er nach Řečkovice, ins Haus des Barons von Kunewald gekommen und wie schön sein Leben dort gewesen war; wie man ihm bei den Touscheks nachgestellt hatte, und so weiter. Chlumák erzählte nicht zusammenhängend, sondern übersprang so mancherlei. Zum Ende sagte er: »An Řečkovice denke ich bis heut' noch. Sie können sich gar nicht vorstellen, was für eine liebevolle, gütige Seele die Frau Baronin war. Mehrmals sagte sie zu mir: ›Sie müssen in allem Vertrauen zu mir haben, lieber Herr Chlumák! Sie müssen sich vorstellen, daß ich Ihre Mamà bin.‹ – Und dann komm' ich hierher und kriege eine Wohnung bei den Touscheks. Sie haben mir den Kopf vollgeredet, wie ihnen die Zugehörigkeit zu einer guten Familie über alles geht. Da hab' ich an die Frau Baronin gedacht, und der Teufel hat mir zugeflüstert, daß ich den Touscheks von der vornehmen Mamà erzählen soll, die ich in Mähren zurückgelassen habe. – Das hat ihnen ungeheuer imponiert, aber wie hätte ich auf die Idee kommen sollen, daß sie diese Fabel postwendend in der ganzen Stadt herumposaunen würden?!

Schon am nächsten Tag merkte ich, daß allesamt wußten, daß ich eine reiche Mutter hätte, Felder und Weiden, Pferde- und Rinderherden, und das war alles noch gehörig ausgewalzt und übertrieben worden. Am Anfang mußte ich darüber lachen, aber bald war mir klar, daß ich eine riesige Dummheit begangen hatte. Glauben Sie mir, daß ich die ganze Angelegenheit gern wieder ins Lot gebracht hätte, aber irgendeine falsche Scham hielt mich davon ab. Ich war überzeugt, wenn ich die Wahrheit sagen würde, würde ich zum Gegenstand des allgemeinen Gelächters werden. Und dann, vor wie vielen Leuten hätte ich dieses Dementi abgeben müssen? Beinahe vor der Gesamtzahl der Einwohner ...! Damit ich wenigstens nicht genötigt wäre, diese Lüge zu wiederholen, bin ich den Leuten überhaupt aus dem Weg gegangen. ... Wie ich Sie kennengelernt habe, hab' ich fest vorgehabt, mich Ihnen anzuvertrauen, Sie drum zu bitten, mir zu helfen, dieses Netz aus Unwahrheit und Gerüchten zu zerreißen, in das ich mich verstrickt hatte, aus eigener Schuld, freilich. Aber jedes Mal, wenn mir das Geständnis schon auf der Zunge lag, schreckte ich wegen der Möglichkeit zurück, mich vor Ihnen lächerlich zu machen, Ihre Achtung und Freundschaft zu verlieren, – und hab' wieder geschwiegen ...«

Er brach ab und blickte den jungen Mann forschend und ängstlich zugleich an. Der gab ihm die Hand.

»Mein lieber Herr Professor,« sagte er, »wie haben Sie nur auf so einen Gedanken kommen können! Glauben Sie mir, wenn diese ganze Sache nicht so eine ernste Seite für Sie hätte, würde ich herzlich darüber lachen! Ich hab' mir ja schon selber gedacht, daß so etwas Ähnliches dahinterstecken muß ...«

»Sehen Sie, sehen Sie! Was Sie mir eben gesagt haben, hab' ich mir selbst auch schon hundertmal eingeredet, und trotzdem hab' ich mich nicht dazu durchringen können ... bei den Finanzamtsvorstands genauso wenig. Ich hab' immer gehofft, daß die ganze Sache mit der Zeit einschlafen würde ... Sie ist nicht eingeschlafen, der Herr Finanzamtsvorstand hat die Wahrheit von woanders her erfahren und mir ins Gesicht gesagt. Ich war fertig, vor Scham wäre ich am liebsten im Erdboden versunken ... als ob sich alles gegen mich verschworen gehabt hätte. Ich bin damals von ihnen davongelaufen wie ein geprügelter Hund. ... An jenem Tag hab' ich nochmals ein bißchen von meiner Fassung wiedergefunden und mir vorgenommen, daß ich Ihnen alles gestehe, wie das alles gekommen ist ... genau so, wie ich's Ihnen jetzt gerade erzählt habe. Doch als ich schon an der Haustür stand, fiel der ganze Mut von mir ab. Mir war, als hätte ich einen Knebel im Mund gehabt, als würde ich kein einziges Wort rausbringen ... Dann hab' ich zu trinken begonnen, hab' Karten gespielt, um mich zu betäuben. Einerseits war mir alles gleichgültig, andrerseits hatte sich irgendein Trotz meiner bemächtigt, ich wollte dem Schicksal die Stirn bieten. In unvorstellbare Schulden bin ich geraten! Sei's drum, hab' ich mir gedacht – was ist das Leben schon! – Sollen sie mich doch aus meiner Stellung rausschmeißen, vielleicht sogar einsperren ... meine Ehre ist sowieso schon beim Teufel ... Aber nach einiger Zeit war auch meine letzte Energiequelle, dieser Trotz, versiegt. Wenn das nicht geschehen wäre, hätte ich auch nicht geheiratet. Um dic Wahrheit zu sagen: Ich hab' ja gar nicht geheiratet, ich bin verheiratet worden ... so muß man das nennen. Nun, heute sehe ich ein, daß es so gut gewesen ist. So verlasse ich diese Welt wenigstens nicht mit dem Schandfleck von Schulden. Und meine Frau ist brav, ach, noch viel besser als brav, ein bißchen haben Sie sie ja kennengelernt. Meine Heirat ist auch zur Rettung für meine Mutter geworden ... ein bißchen spät ist sie zwar gekommen, diese Rettung, aber sie ist doch gekommen, und zwar gerade in dem Moment, wo die Gemeinde sie ins Armenhaus stecken wollte. Das hätte meine Mutter nicht überlebt; sie hat auch ihren Stolz, ihren Trotz ...«

Sie saßen noch lange da und redeten. Als sie nach Hause zurückgingen, war's bereits Nacht, und die Sterne leuchteten am dunkelblauen Himmelsgewölbe auf. »Schauen Sie, dort steht wieder die Spika, die Goldene Ähre, wie damals vor Jahren, als ich sie Ihnen zeigte. Aber über jenem Dach, Sie wissen schon ... steht sie heute nicht ... Wer weiß, warum nicht ... aber ich denke noch immer daran. An jene Verschmelzung glaube ich weiterhin fest ... und nach der sphärischen Harmonie überfällt mich von Zeit zu Zeit eine ganz unbeschreibliche Sehnsucht. Glauben Sie mir, ich höre diese Harmonie, aber dazu muß ich mich in die entsprechende Stimmung versetzen – und dann trinke ich ... können Sie das begreifen?«

Ja, natürlich konnte Herr Karl das verstehen, aber Frau Paula angeblich nicht, schade. Wenn sie dieses Verständnis hätte, wäre sie, nach Chlumáks Auffassung, noch besser als sie ohnedies schon war.

»Glauben Sie mir, sie könnte gar nicht mehr noch besser sein,« sagte Herr Karl.

Am nächsten Tag trafen sie sich nach dem Mittagessen nochmals, um Abschied zu nehmen. Und dieser Abschied war wirklich schwer.

Als Herr Karl Chlumáks Wohnung verlassen hatte und auf dem Heimweg war, begegnete ihm die Frau Touschek. Die hatte ihn kaum erblickt, da steuerte sie schon von der anderen Straßenseite auf ihn zu, mit Bewegungen, welche an das Manövrieren überladener Fregatten erinnerten. Sie packte ihn am Arm und öffnete die Schleusen ihrer Beredsamkeit. »Ach, das ist ja der Herr Karl ... das freut' mich aber, daß ich Ihnen seh'! Wie geht's denn so ...? No, gut geht's, gell? Beim Herrn Prefessor seids gewesen, gell? Da werdets Ihr vielleicht gestaunt haben! Der hat ganz schön abgewirtschaftet, gell? Der hat sich da ja was eingebrockt! So ein Frauenzimmer zu nehmen, aus dieser Zajitschek-Sippschaft! Ist das denn eine Frau für einen Prefessor? No ja, gewiß ...! Er kommt ja auch aus keiner Familie, so haben sie sich halt gefunden. Das hat er davon, daß er uns so einen Bären aufgebunden hat, mit der reichen Mama ...! No, wir haben's ihm geglaubt, weil wir gutmütige Menschen sind und keine Falschheit nicht kennen. Es ist immer leicht, einen kreuzbraven Menschen anzuschmieren ...! Und Ihr seids sein Freund. Gut. Ich sag' ja nichts, bloß das, daß Ihr aufpassen sollts. Es tät' mir leid, wenns Ihnen in ihm täuschen. Wahrscheinlich hat er's Euch auch erzählt, das von seiner reichen Mama, und was er für Felder hat und Rinder. Habts Ihr's ihm geglaubt?«

»Nun, Frau Touschek, ... das darf man nicht so wörtlich nehmen ... da ist etwas mißverstanden worden ...«

»Erzählts mir so was nicht ... Ihr seids auch so ein gutmütiger Kerl und habts Euch einseifen lassen, so wie wir auch. Was denn für ein Mißverständnis? Ich hab's genau verstanden, ... er hat ja nicht Lateinisch geredet. Aber jetzt ist das schon alles egal! Es hat ihm auch nichts geholfen, nicht wahr? ... Was mich am meisten geärgert hat, war das, daß es bei uns so schlechte Menschen gibt! Was die in der ganzen Stadt ausposaunt haben, als ob wir ihn hätten einfangen wollen, für eine von unseren Töchtern. Überlegens Ihnen, so eine Gemeinheit! Wir haben's – Gott sei Dank – nicht nötig, daß wir Hochzeiter für unsere Mädeln angeln müssen. Wenn ein Mensch jeder von ihnen siebentausend Gulden in bar mitgeben kann, und eine hübsche Aussteuer noch dazu, dann kommen die Bräutigame von selber dahergelaufen, wenn's auch keine Prefessoren waren. Die Toni hat bis nach Prag weggeheiratet, einen Eisenbahner, einen recht braven und feschen Herrn hat sie ... jetzt ist er schon der Erste im Lagerhaus und hat alles unter sich, was dort liegt und steht. Die Pepi, no, das wißts Ihr vielleicht, die hat hier den Fiala, den Zimmermeister, der die zwei Häuser in der Kirchenstraß' hat und jetzt ein drittes am Kastanienweg bauen wird. Der ist noch nicht ganz zweiundvierzig Jahre alt, und den wollen sie schon zum Bürgermeister machen, wenn nach Neujahr die Wahlen sind. Da seht Ihr's, ob wir auf irgendeinen Prefessor haben warten müssen, der überhaupt gar nichts hat als das, was ihm die Stadt zahlt ...«

Und noch viele, viele weitere Sätze, vom Hundertsten ins Tausendste, alles natürlich mit der dazu passenden Gestikulation vorgebracht, mit schnarrender Stimme, die an eine Oster-Ratsche erinnerte, mit Pusten und Schnaufen, so daß die Leute stehen blieben und dem jungen Mann der Kopf schwirrte. Der rettete sich schließlich dadurch, daß er die Flucht ergriff.

Als Herr Karl am nächsten Tag aus der Stadt herausfuhr, dachte er nicht, daß er seinen Freund zum letzten Mal gesehen haben könnte. Neue Schulgesetze traten nämlich in Kraft, und die umsichtigen Väter der königlich freien Goldbergstadt schafften die Realschule ab und richteten eine Bürgerschule ein.* Die Lehrer, welche bis dahin an der Realschule unterrichtet hatten, zogen beinahe ausnahmslos von der Stadt weg. Chlumák landete irgendwo im nordöstlichen Böhmen, gar nicht weit von dem Ort entfernt, an dem Herr Karl gewirkt hatte. Es war ein eigenartiger Zufall, daß er gerade zu jener Zeit seinen Wohnsitz verlegte, zunächst nach Wien, ein Jahr darauf nach Pilsen. Sie verfehlten sich und sahen sich nicht mehr. Anfangs wechselten sie gelegentlich noch Briefe, dann hörte die Korrespondenz ganz auf, und Herr Karl erfuhr vom Hörensagen nur so viel, daß Chlumák wieder zu trinken begonnen hatte.

Nach ein paar Jahren kam die Nachricht, daß Chlumák im Alter von knapp vierzig Jahren gestorben war.

Mein lieber Leser! Was ich Dir hier erzählt habe, ist nicht erfunden.* Jener Herr Karl war ich selbst. Du kannst mir glauben, daß mich die Kunde von Chlumáks Ableben sehr schmerzlich berührt hat, und daß ich ihm bis zum heutigen Tage ein treues und aufrichtiges Angedenken bewahrt habe. Im Kern war er ein guter und hochherziger Mensch gewesen. Ich mache mir Vorwürfe, daß er auf Zureden von mir und meinem Vater das erste Glas Bier getrunken hat, und daß wir daher teilweise an seinem Schicksal mitschuldig sind. Vor allem aber, so glaube ich, haben ihn die kleinstädtischen Verhältnisse umgebracht, in die er hineingeraten ist.

Ob Frau Paula schon gestorben ist, vermag ich nicht zu sagen. Ich weiß auch nicht, ob das Fräulein Finanzamtsvorstand Sophie noch am Leben ist. Das eine allerdings weiß ich bestimmt: Sie hat nie geheiratet.

Anmerkungen des Übersetzers

5 Nicht erst zum Ende der Lektüre wird jedem Leser aufgefallen sein, daß Klostermann die »königlich freie Goldbergstadt« und zumindest auch einen Teil ihrer Bewohner sehr ironisch, ja schon beinahe sarkastisch-bissig beschreibt. Den Namen ›Bergreichenstein‹ nennt er, wie gleich am Anfang des ersten Kapitels erklärt, wirklich nicht ein einziges Mal, aber jedem Kenner ist klar, daß es nur diese Stadt sein kann. Belege:

- Der 1584 von Rudolf II. verliehene Titel: ›Königlich freie Goldbergstadt‹.
- Namen wie ›Lange Gasse‹, ›die Holm‹, ›Füchsel‹ ...
- Der Stadtbrand von 1863.
- Die Unterrealschule der sechziger und siebziger Jahre des vergangenen Jahrhunderts.
- Der Doktor und seine kinderreiche Familie mit dem »Herrn Karl« als ältestem Sohn, der bereits Student ist.

Die Art, in welcher der Schriftsteller Karl Klostermann die »königlich usw. Goldbergstadt« darstellt, muß als eine Art von Rache des Sohnes für das verstanden werden, was ein Teil ihrer Bewohner dem Vater, dem »Doktor«, angetan hat. Dieser war nämlich aufgrund seiner Beliebtheit als Arzt wie als Mitbürger in den Stadtrat gewählt worden, wodurch er Einblicke in den »Filz«, die Mauscheleien und die Vetternwirtschaft in dieser Kleinstadt erhielt. Dr. med. Josef Klostermann, der fast als Gerechtigkeitsfanatiker bezeichnet werden kann, wollte diese Mißstände abstellen, als ihm das aber mit den demokratischen Möglichkeiten eines Stadtrats nicht gelang, verzichtete er ostentativ auf seine Bestallung als Stadt-Medikus sowie auf die damit verbundene Pension und blieb als »gewöhnlicher« praktischer Arzt in Bergreichenstein. Teile der durch Dr. Klostermanns Verhalten bloßgestellten Kreise innerhalb der Bergreichensteiner Bürgerschaft wollten daraufhin den Arzt durch üble Machenschaften – ausgestreute Gerüchte bezüglich falscher Diagnosen und Therapien, Irreführung von Leuten, die den Arzt holen wollten, usw. - wirtschaftlich ruinieren. Ganz ist ihnen das nicht gelungen, aber schwere Einbußen mußten die Klostermann zumindest zeitweilig doch hinnehmen. Und der Verzicht auf die Pension traf die Familie besonders schwer, da Dr. Josef Klostermann bereits 1875 starb, erst 61 Jahre alt, zu einem Zeitpunkt, da ein Teil der zehn Kinder noch minderjährig und unversorgt war. All das hat der Sohn diesen Bergreichensteinern nicht verziehen, und daher diese ironisch-sarkastische Darstellungsweise, übrigens nicht nur in der Erzählung »Der Herr Professor«, sondern auch in sämtlichen anderen, mir bekannten Texten von Karl Klostermann, egal, ob es sich um kürzere Erzählungen oder – wie bei »Hostiný dum« [»Ein gastfreies Haus«] – um ganze Romane handelt.

10 Diese Frau Touschek, neben Professor Chlumák und der »königlich freien Goldbergstadt« gleichwertige Hauptfigur der Erzählung, hat Kloster-

mann mit großer Genauigkeit gezeichnet. Eines ihrer besonderen Merkmale ist ihre Sprache. Der Autor läßt sie die in Südböhmen übliche Umgangssprache der minder gebildeten Schicht sprechen, deren Charakteristika nicht ins Deutsche übertragbar sind. Frau Touscheks Schwierigkeiten beim Gebrauch von Fremdwörtern und mit der Höflichkeitsform in der Anrede sind dagegen in der Übersetzung berücksichtigt worden.

15 55 Tagwerk Grund – drei Tagwerk Grund entsprechen etwa einem Hektar.

24 Strážnice – eine kleine Stadt, etwa 70 km südöstlich von Brünn/Brno.

25 »Adjunkt« – Grundbedeutung: Ein einem Beamten beigeordneter Gehilfe, heute etwa einem Referendar oder Assessor vergleichbar.
»Supplent« – ein noch nicht definitiv angestellter oder noch nicht verbeamteter Lehrer an einem Gymnasium.

29 Ein »Schock« - alte Zähleinheit, entspricht 60 Stück, z.B. bei Eiern verwendet.

38 »Hannakei« – Landschaft in Mittel-Mähren, dem Charakter und der landwirtschaftlichen Bedeutung nach etwa mit dem Gäuboden in Niederbayern vergleichbar.
»Saunagel« – der am weitesten links oder rechts stehende Kegel, wenn alle neun Kegel aufgestellt sind.

41 Wenn Klostermann schreibt: » ... eine entsetzliche Feuersbrunst vernichtete beinahe die Hälfte ihrer Gebäude, ...« dann meint er damit die Brandkatastrophe vom 10. Dezember 1863. Das

Ausmaß des Schadens hat er aber übertrieben, denn neben der Kirche und der Dechantei wurden »nur« 36 Häuser ein Opfer der Flammen. Da nach der Topographie von Joh. Gottfried Sommer: »Das Königreich Böhmen«, Prag, 1838, für Bergreichenstein aber bereits 199 Häuser mit insgesamt 1752 Bewohnern angegeben werden, hat der Stadtbrand knapp ein Fünftel, aber nicht »beinahe die Hälfte« der Gebäude vernichtet.
Alle Zahlenangaben nach Franz E. Penz: »Unser Bergreichenstein«, Ottobrunn 1991.

104 Lichtmeß – der 2. Februar. An Lichtmeß wurden die Mägde und Knechte ein- und ausgestellt.

117 Herbstmilch – sauere, zusammengeschüttete Milch, die monatelang haltbar war und zum Säuern von Speisen verwendet wurde.

118 »...ein Arzt, ..., der mit einer vielköpfigen Familie gesegnet war.« Das ist die Familie, aus welcher der Erzähler stammt. Der »Arzt« ist sein Vater, Dr. med. Josef Klostermann, der von 1862 an bis zu seinem Tode 1875 als Mediziner in Bergreichenstein praktizierte. Die »vielköpfige Familie« bestand beim Einzug in Bergreichenstein aus den Eltern, derem ältesten Sohn Karl, dem Erzähler, und noch weiteren sieben Kindern, zu denen in Bergreichenstein noch zwei hinzukamen, und der von der Familie nicht wegzudenkenden Kinderfrau Sabine.

123 »Fischbeine« – dünne Stäbchen, mit denen damals die Korsetts versteift wurden.

131 »presento medico nihil nocet« ...zu Deutsch: Wenn der Arzt zugegen ist, kann nichts schaden.

135 Winterkönig – Friedrich von der Pfalz war nur ein Jahr lang König von Böhmen. Die Schlacht am Weißen Berg beendete seine Herrschaft.

149 »Novara« – 1849, Sieg des österreichischen Feldmarschalls Radetzky über die Italiener.

151 »Brazulett« – Verbalhornung des französischen Wortes ›brasselett‹ = Armband.

152 Hinterkorn – das letzte beim Dreschen gewonnene Korn. Darin konnten auch giftige Unkrautsamen enthalten sein.

153 »Liwanzen« – im Böhmerwald übliche Bezeichnung für ›Plinsen‹ oder ›Pfannendalken‹.

194 »Atair« – im Sternbild des »Adlers«; »Gemma« – im Sternbild »Nördliche Krone«.

200 Schlacht von Jerez de la Frontera – 711 n. Chr., Sieg der Mohammedaner über die Westgoten in Südspanien.

210 »Litera scripta manet« – »Was geschrieben ist, läßt sich nicht mehr ändern oder zurücknehmen«.

212 »Landesschulräte« – oberste Dienstvorgesetzte sämtlicher Lehrer in Böhmen.
»Laissait venir le évènements« – der die Dinge treiben ließ, das heißt, gegen nichts mehr etwas unternahm, was die Zeit auch immer bringen mochte.

218 Bahnhof von K. – damit ist der Bahnhof von Klattau/ Klatový gemeint.

226 Bürgerschule – »Über Anregung hiesiger Bürger hat der Gemeinde-Ausschuß bereits im Jahre 1857 den Beschluß gefaßt, um der Jugend mehr Gelegenheit zu ihrer Ausbildung zu geben

[...] und gleich darauf die Errichtung einer dreiklassigen Unterrealschule auf Kosten der Gemeinde Bergreichenstein beschlossen.« – Das meldet Engelbert Panni in seiner handgeschriebenen Chronik der Stadt Bergreichenstein auf der Seite 216. Auf Grund des Volksschulgesetzes von 1869 und der Tatsache, daß sich die Stadt die Erweiterung ihrer Unterrealschule zu einer voll ausgebauten Realschule nicht leisten konnte, wurde die seit 1861 existierende Unterrealschule in eine Bürgerschule umgewandelt. (Nach Franz E. Penz, »Unser Bergreichenstein«)

227 »Mein lieber Leser! Was ich Dir hier erzählt habe, ist nicht erfunden.« Klostermann ist nicht bloß bezüglich der Topographie und Stadtgeschichte von Bergreichenstein sehr dicht an der Realität geblieben. Wer sein Erinnerungsbuch »Červánky mého mládí! [»Morgenrot meiner Jugend«,1926 posthum herausgekommen] kennt, findet darin den Herrn Professor Chlumák in der eingehenden Beschreibung des Bergreichensteiner Realschullehrers Jan Chlud wieder, wie Klostermann selbst schreibt: »... jedoch ein bißchen verzeichnet und retouchiert.« Ähnliches dürfte sicherlich auch für andere Akteure der Erzählung gelten.

In einer Beziehung hätte Klostermann, nach meiner, des Übersetzers, Auffassung, die schöpferische Freiheit nicht so großzügig nutzen sollen, nämlich bei der Namensgebung. Sämtliche handelnden Personen – außer den ungenannt bleibenden Mitgliedern der Arzt-Familie – tragen ausnahmslos tschechische Namen. Da Klo-

stermann tschechisch für eine tschechisch-sprachige Leserschaft schrieb, mag das vielleicht verständlich sein, erweckt aber den irreführenden Eindruck, als wäre Bergreichenstein bereits im 19. Jahrhundert eine vorwiegend, wenn nicht ausschließlich tschechisch bewohnte Stadt gewesen. Nach der Volkszählung von 1910 lebten in Bergreichenstein aber 2127 Deutsche und nur 88 Tschechen, und selbst die 1921 von der Regierung der erste Tschechoslowakischen Republik durchgeführte Volkszählung weist nicht mehr als 176 Tschechen aus. In der Zeit, in welcher der »Herr Professor« spielt, hießen die amtierenden Bürgermeister Johann Buchinger (1864) und Wenzel Ertl (1867), alles Namen, nach denen wohl eher auf Deutsche als auf Tschechen geschlossen werden kann.
Der leichteren Lesbarkeit wegen wurden bei der Übersetzung die Namen »eingedeutscht«, d. h., nicht der tschechischen Orthographie folgend, sondern phonetisch wiedergegeben, bei Frauennamen die Endung -ová sowie Deklinationsendungen bei Namen allgemein weggelassen.